J. S. Wonda

LIAM HARSEN

Be My Fire

J. S. Wonda

BE
LIAM HARSEN
MY
ROMAN
BAND EINS
FIRE

Meine Bücher und Produkte gibt es im:

www.wondaversum.de

LIAM HARSEN
Be My Fire

Band 1 einer Reihe

Neuauflage 2023
3. Auflage

Bildmaterial: Shutterstock.com, freepik.com, rawpixel.com
Korrektorat: Veronika Schlotmann-Thiessen

ISBN: 978-3-98942-621-4

Bestellung und Vertrieb: Nova MD GmbH, Vachendorf
Druck: CPI books GmbH, Leck
Printed in the EU

Jane S. Wonda
Karlsplatz 3
80335 München
www.facebook.com/janeswonda
Instagram: @janes_wonda
TikTok: @janes.wonda
www.wondaversum.de/shop

Für alle, die lieben.

SOUNDTRACK

Gimme Your Love – Morcheeba
Lean On – Major Lazer, MO, DJ Snake
Slip – Elliot Moss
Your Wish – Talisco
Transitions – El Ten Eleven
Swim Deep – Brolin
Dancin (KRONO Remix) – Aaron Smith
Feels Like Home – Spada
Art Of Shades – All Away
Come – Jain
Curtains – Last Lynx
The Finishing – Stavroz
10,000 Emerald Pools – Borns
Long Way Down – Robert DeLong

Du findest eine Playlist zum Buch unter LIAM HARSEN Soundtrack auf Spotify.

BABE,

ich bin ein Arsch und du willst meine Story nicht hören, wenn du mit Ärschen wie mir nichts anfangen kannst. Ganz ehrlich, greif lieber zu einem anderen Buch. Denn das hier wird verdammt *hot*. Und *abfuck*. Und sehr wahrscheinlich bleibt dein Höschen dabei nicht trocken. Das wollen wir doch nicht riskieren, oder?

Also sei so gut und zieh Leine, wenn dir meine Art nicht passt.

Ich verschwende meine Zeit nicht mit Girls wie dir, die mich nur platonisch ficken wollen.

Ich ficke richtig.

Hart.

Und du wirst dir wünschen, dass ich niemals damit aufhöre.

Erotikroman für erwachsene Leser

SHOT

Mein Schädel explodiert. Jede Grenze wurde ihm genommen, da ist nur Schmerz.

Meilenweit, in alle Richtungen, wie ein Orbit kreist er um meinen Kopf und macht mich blind. Und taub. Und wahnsinnig.

Irgendwann schaffe ich es, die Augen zu öffnen. Sofort fällt gleißendes Licht zwischen meine Lider. Alles ist blendendes Weiß, bis ich mich endlich an die Scheißhelligkeit gewöhne.

Ausatmen.

Luft holen.

Hilflos hebe ich die Arme und versuche zu erfühlen, wo ich mich befinde. Ein Bett. Haut. Nackte Haut, die nicht meine ist, jeweils an meiner rechten und an meiner linken Seite. Aber nicht ihre. Nicht *sie.*

Fuck.

Ich lasse mich wieder in die Kissen sinken. Krampfhaft versuche ich mich zu erinnern, doch mein Gedächtnis ist wie ausgelöscht. – *Ich weiß überhaupt nichts mehr.* Mein Mund ist trocken. Alles in mir schreit nach Wasser und doch kann ich mich nicht bewegen. – Ich will es auch gar nicht, denn sonst würde dieser Albtraum, in dem ich gerade aufgewacht bin, wahr werden. Zwei Frauen, vielleicht drei, vielleicht ein ganzer Pulk von ihnen neben mir an einem Morgen sind ein verdammt schlechtes Zeichen.

Denn es sind ein Dutzend zu viele. Ich kann es nicht leugnen, aber ich will noch immer nur die Eine.

Und obwohl ich mich bis zur Besinnungslosigkeit zugedröhnt habe, vergeht der Gedanke daran nicht.

Daran, dass sich alles verändert hat. Und nichts mehr so ist, wie es war. Wie es sein sollte.

Nein.

Alles ist verloren.

TEIL I

Irgendeine von den zehn Weibern, die meine Sofagarnitur bevölkern, hat den Fernseher eingeschaltet. Benommen drehe ich den Kopf.

»Kann den Krach irgendjemand ausmachen. Na los.«

»Aber da ist doch dein Bruder, Liam …«, säuselt ein Girl ganz in der Nähe.

Ich schrecke hoch. »Was?«

»Dein Bruder.« Sie kichert. Sie ist völlig dicht.

Eine andere beginnt auch zu lachen. »Er sieht dir eigentlich kaum ähnlich. Ist viel dürrer.«

»Ist das überhaupt dein Bruder?«

Am liebsten würde ich diese Frage verneinen. Hastig stoße ich eine Brünette beiseite, die gerade dabei ist, mich wieder auszuziehen, und greife nach der Fernbedienung. Ich schalte lauter.

»… zwar hat die Staatsanwaltschaft die Anklage wegen Erpressung mangels Beweisen fallen lassen. Harsen wurde aber auf Betreiben der Firma Universe zu einer Schadensersatzleistung wegen Rufschädigung in Höhe von 5.000.000 $ verurteilt.«

Ich reiße an irgendeinem Arm, der in greifbarer Nähe liegt, und damit das Girl an mich, zu dem er gehört. »Was hat die Nachrichtentante gerade gesagt?«, fahre ich sie an.

»Ich weiß nicht, Liam«, sagt sie kleinlaut. »Irgendwie fünf Millionen Dollar, oder?«

»Ich habe keine fünf Millionen Dollar.«

»Ach so?«, fragt sie verdutzt. Sie hat kleine braune Augen und trägt einen schiefen Pony. Ich habe keine Ahnung, wie sie heißt.

»Nein.«

»Oh«, macht sie.

»Dann sieht das ja nach Ärger für dich aus«, sagt wieder eine andere. Sie streichelt mir über die Brust. »Obwohl ... das ist ja das Problem deines Bruders, oder? Nicht dein eigenes?«

Gott, ist sie dumm. Natürlich ist das mein Problem! Wieso ficke ich solch hohle Tussen?

Ich schiebe sie von mir und stehe auf. Verzweifelt sehe ich mich im Raum um. Meine Möbel. Mein Wohnzimmer. Meine Villa. Die ich mehr liebe, als alles auf der Welt.

Sie ist fünf Millionen Dollar wert.

Und das bedeutet, dass ich sie verliere.

1
LIAM

Irgendwann in meinem Leben war ich mal dieser Typ, den alle haben wollten. Und wenn ich *alle* sage, meine ich auch alle. Und wenn ich sage: Ich *war* dieser Typ, dann lüge ich wohl, klar. Trotzdem ist es ohne dieses ganze Geld unter meinem Arsch, ohne die fette Karre in der Einfahrt einer Villa und ohne diesen ganzen Bonzen-Kram gar nicht mehr *so* leicht. Gar nicht mehr *so* gut.

Weil ich mich verdammt noch mal prostituieren muss. Jeder andere an meiner Stelle – vorausgesetzt es könnte jemanden an dieser Stelle geben – hätte es schlichtweg stumpfsinnig geil gefunden, die eigene Chefin zu vögeln.

So wie sie da über dem Schreibtisch liegt. Ihr nackter Arsch in meinen Händen. Die Arme weit ausgestreckt, das viele Papier, die Stifte, das ganze Scheißschreibzeug auf dem Boden verteilt, da könnte man sich ja eigentlich einfach nur freuen.

Tue ich nicht.

Das ist Arbeit.

Ich ficke meine Chefin und selbst das ist Arbeit. Sie stöhnt. Immer wieder, wie eine Dampfwalze, die nicht vorankommt, und ich werde passend dazu härter, schneller, mühe mich hier richtig ab.

Der Glastisch wackelt. Ihre Arschbacken wackeln, während ich wie bekloppt in sie hineinstoße. Weiter machen, einfach weiter, sie zum Orgasmus bumsen, ihr das Gehirn rausvögeln, bis sie nicht mehr darüber nachdenken kann, dass sie mich eigentlich feuern wollte.

Ich arbeite doch für Sie!, will ich ihr ins Ohr schreien. Ich. Ficke. Sie. Verdammt! Und jetzt lassen Sie mir diesen dummen, letzten Job, den ich habe, denn ich bekomme keinen anderen in dieser gottverlassenen Stadt, die gerade von einer Bankenkrise nach der nächsten durchgeschüttelt wird. Wenn ich hier bleibe, vögle ich Sie, hören Sie, Mrs. Wanderblit? *Hören Sie das?*

Alles, was ich höre, ist ihr Gestöhne und der Schreibtisch, der unter ihrem Gewicht ächzt. Meine eigenen Geräusche blende ich aus.

Mein Gott. Wie lange braucht die noch? Die kriegt ja nie genug.

Mein Schwanz schläft richtig ein, immer die gleiche Bewegung, raus, rein, langweiliger geht es kaum, aber sie will es so. Ich weiß es.

»Liam!«, schreit die Fotze auch noch. Wenigstens weiß ich jetzt, dass sie endlich bereit ist.

Wird ja auch Zeit, was?

»Mrs. Wanderblit«, stöhne ich gekünstelt und hoffe einfach mal, dass ich überhaupt in der Lage bin, abzuspritzen. »Ich steh so drauf, Sie glücklich zu machen!«

»Oh, Liam«, keucht sie und keucht. Und keucht, schreit, schreit lauter, krallt sich mit aller Gewalt an die Glasplatte des Tisches und kommt endlich. Gott sei Dank! Scheiße aber auch.

Ich drücke mich noch einmal in sie und muss dann echt meine Augen schließen. Kurz mal vorstellen, ich wäre hier der Boss. Kurz mal die Phantasie einschalten: Ich, der Boss. Sie die Sekretärin, vielleicht auch nur die Putze. Die Sekretärin vernasche ich vor dem Frühstück. Ich, der entscheidet, ob sie gehen muss oder bleiben darf, sie, die sich etwas einfallen lassen muss, damit *sie mir* gefällt. Ja.

So ist es besser.

Sehr viel besser.

Ich ergieße mich richtig peinlich in das Kondom, um das ich bei Mrs. Wanderblit dankbarer bin, als jemals sonst in meinem Leben, und löse mich von ihr. Sie dreht sich herum.

Und sie lächelt mich glücklich an, und als ich auch lächle, wird sie ernst.

»Aber ich kann leider wirklich überhaupt nichts für dich tun, Liam.«

Dreckige, schäbige, zum Himmel stinkende Bitch!

»Als hätte ich es nur deshalb mit Ihnen getrieben«, lächle ich und Galle steigt mir in den Hals. Dreckstück! »Habe ich nicht«, setze ich nach, damit sie mir auf jeden Fall glaubt.

Sie richtet sich auf und schmiegt sich an mich. Das Kondom hängt schlaff an meinem Schwanz hinunter und ich ekle mich vor mir selbst. Mrs. Wanderblit ist *nicht* scharf. Nie im Leben hätte ich so eine wie sie gevögelt.

»Okay, dann packe ich mal meine Sachen«, sage ich und lasse es mit voller Absicht tief enttäuscht klingen.

Ich ziehe meine Jeans hoch.

Sie lächelt mich an, eine hässliche Sorgenfalte kräuselt sich auf ihrer Stirn. »Vielleicht gehen wir heute Abend ja gemeinsam etwas essen?«

Ganz bestimmt nicht! Du hast gerade dafür gesorgt, dass ich auf der Straße schlafen muss, Mistweib!

»Das fände ich schön«, lüge ich gekonnt, schließe endlich meinen Gürtel und spucke ihr ein letztes Mal gedanklich ins Gesicht. Sie bekommt davon nichts mit und schaut mir verträumt hinterher. Wie abgefuckt muss man drauf sein, um nicht zu checken, dass man gnadenlos benutzt wurde? Ich hebe die Hand für einen albernen Gruß, dann verlasse ich ihr Büro, dessen Einrichtung so teuer ist wie die Jahresmiete meiner Bude, aus der ich demnächst fliegen werde. Ich laufe zu meinem Schreibtisch. Es ist Nachmittag, die meisten sind bereits zu Hause oder wurden genau wie ich gefeuert.

Phil grinst mir von seinem Platz aus zu. Er ist Informatiker und ihn werden sie niemals feuern. Er hebt den Daumen. *Na, hat der Plan funktioniert?*

Affe. Zur Antwort hebe ich die Box an, die auf meinem Schreibtisch wartet, und stolziere mit ihr in meinen Armen hinaus. Sie ist das Scheißbaby, das ich niemals haben werde und das doch alles ist, was ich besitze.

2
LIAM

Ich bin arm. Ich bin am Arsch.

Scheißfinanzkrise! Scheißmakler, Scheißbörse, Scheiß-einfach-alles.

Ich muss zu Phil ziehen. Phil Bosworth, der letzte Typ, bei dem man wohnen möchte, weil er ein elender Drecksack ist, der nicht einmal weiß, wie man das Wort Hygiene buchstabiert. Er ist mit den Harsens seit Kindertagen befreundet und hat im Gegensatz zu uns etwas aus seinem traumhaften Leben gemacht: Er fickt seinen Rechner, aber dafür bekommt er wenigstens Geld.

Weil ich im Gegensatz zu ihm nicht einen Cent mehr besitze, suche ich wie im Fieberwahn nach einem Job. Leider will mich keiner. Nur zu verständlich. Die halbe Stadt weiß, dass ich Liam Harsen, der Sohn des verstorbenen Harsen-Millionärspärchens bin, der die letzten sieben Jahre seines Lebens nichts Besseres zu tun wusste, als das Erbe seiner Eltern zu verschleudern. Das spricht nirgends für mich.

Jeder kennt mich halt leider.

Echt peinlich, echt nervig, nur für eine Sache gut.

Die Frauen kennen mich auch alle. Ich habe einen Ruf.

Gerade komme ich aus der Dusche, nur irgendein

Handtuch von Phil um die Hüften, steht im Flur plötzlich so ein Weib. Und was für eines! Ich kann sie gar nicht richtig wahrnehmen vor Titten. Die sind übermächtig riesig.

»Hi«, lächle ich und frage mich im Stillen, was zur Hölle eine wie sie hier bei meinem Informatiker-Kumpel will. Sie kann unmöglich zu ihm wollen. »Wartest du auf irgendetwas?«

Sie sieht mich groß an. Große Titten und halb so große Augen.

»Phil … e-er …« Sie stottert, niedlich. »Wir haben nur –«

»Phil?«, rufe ich in den Flur hinein.

»Komme gleich! Noch zehn Minuten, dann ist das Plug-in fertig!«

Zehn Minuten.

Ich grinse das Mädel an. Sicherlich eine Studentin. Phil doziert freitags am West Los Angeles College. Er ist ein intelligenter Streber und zum Glück braucht er für sein Plug-in trotzdem zehn Minuten.

»Kommst du von hier?«, frage ich sie und gebe ihr im Geiste den Namen Esther. Warum? Irgendwie sieht sie so aus. Mausgrau bis auf diese gewaltigen Glocken.

»Ja«, antwortet sie stumpf und kann den Blick nicht von meinem durchtrainierten Oberkörper nehmen. Die zerläuft bereits innerlich, das sehe ich. Perfekt.

Ich mache einen großen Schritt auf sie zu, umgreife ihr Handgelenk und ziehe sie an mich.

»Du bist heiß«, flüstere ich ihr ins Ohr. Sie zittert in meinem Griff.

Ich löse mich wieder. Ein kurzer Blick in ihre Augen genügt. Es ist alles klar, eine kleine Schlampe, die noch niemals so einen wie mich erlebt hat. Ich ziehe sie mit mir zurück ins Bad und wie auf Kommando fällt mein Handtuch, als ich die Tür schließe.

Mit dem Handtuch fällt auch sie vor mir auf die Knie. Uuuh, ganz schön versaut das kleine Ding. Mein Schwanz ragt zwischen uns empor, voller Verlangen auf ihre Lippen, später auf ihre Titten, die ich ganz sicher noch einmal durchkneten muss, bevor sie wieder geht.

Etwas unbeholfen nähert sich ihr kleiner Mund meiner Spitze. Ich mache es ihr leicht, fasse ihren Kopf und lehne mich genüsslich an die Fliesen, die mir mit ihrer Kälte kurz einen Schock über den Rücken jagen. Egal. Die kleine Studentin beginnt, mir im hervorragenden Stil einen zu blasen. Mein Schaft schiebt sich in ihren Mund, und als er fast zur Hälfte in ihr verschwindet, beginnt sie erstickt zu stöhnen.

Das ist so viel geiler als die alte Wanderblit. Esther, seufze ich entspannt in Gedanken, während sie sich immer schneller bewegt und immer gieriger wird. Gott, ja! Ich schließe die Augen, lehne mich zurück und halte weiterhin ihren Kopf.

Was wollte sie eigentlich hier? Nur ihr dummes Plugin? Und warum sollte Phil ihr das machen wollen, was gibt sie ihm dafür? Sie wird doch nicht …

Na ja. Who cares.

Während sich das Mädel weiter an mir verausgabt, suche ich im Regal neben mir nach einem Kondom. Ich öffne es, drücke Esther leicht von mir und ziehe es mir umständlich über. Verdammt, was kauft Phil denn für Winz-Größen?

Sie richtet sich erwartungsvoll auf.

»Leg dich darüber«, befehle ich und zeige auf die Waschmaschine. Sie lehnt sich willig über die Maschine und streckt mir ihren süßen Arsch entgegen. Shit! Das ist ein so viel besserer Anblick als der von Wanderblit letzten Dienstag.

»Na, Süße«, knurre ich. »Bock auf einen richtigen Harsen-Fick?«

»Mhm«, keucht sie stumpf, als ich mich hinter sie stelle.

»Komm etwas vor«, befehle ich und sie gehorcht augenblicklich. Ich packe ihre Arschbacken, schiebe sie leicht auseinander und stoße mich zügig in sie vor. Esther schreit rhythmisch, schön im Takt, *ja, schrei für mich, Baby* … So einen Quickie hatte ich lange nicht mehr, so einen geilen Quickie, einfach nur für mich und nicht, weil ich mich irgendwo jobtechnisch durchvögeln muss. Ich fahre mit meinen Händen über ihre Haut, über ihren Hintern, vor zu ihrer Klit. Mit ein paar gezielten Bewegungen meiner Finger bringe ich sie zum Schreien. Ich komme mit ihr. Kurz und schnell.

Sekunden später halten wir erschöpft in der Bewegung inne. Ordentlich durchgefickt – auf beiden Seiten.

»Liam? Bridget?«, kommt vom Flur.

Ach, doch so ein normaler Name.

Ich gleite aus Bridget heraus, ziehe das Kondom ab und sehe ihr dabei zu, wie sie sich aufrichtet. Der Blick, den sie mir zuwirft, glüht. *Geiler Fick.*

Ja, nicht schlecht.

»Seid ihr da drin?«, ruft Phil und klopft gegen die Tür. »Ich bin fertig. Windows läuft jetzt wieder.«

Bridget zieht ihre Leggings hoch und rafft ihre Bluse. Sie geht, ohne sich noch einmal umzudrehen, hinaus und ich habe keine Ahnung, was sie dann tut, aber ich entscheide mich dafür, auf jeden Fall noch einmal zu duschen.

3
LIAM

Immer wenn ich nicht weiter weiß und mir die verbliebene Knete aus der Arschritze quetschen muss, haue ich meinen besten Kumpel Taylor an. Er ist Kellner und hat mich ähnlich wie Phil bereits ein paar hundert Mal aus der Scheiße gerettet. Was die beiden Typen dafür bekommen? Flirttipps. Ist einfach so, ist eine gute Währung.

Mein neuer Plan klingt relativ simpel: Überzeuge irgendeine Mittdreißigerin von dir und deinem Schwanz, zieh bei ihr ein, lass dir alles von ihr bezahlen, löse jede Menge Geldsorgen auf einen Schlag und genieße dein junges Leben.

Taylor hat mir dazu passend einen Job auf einer High-Society-Party besorgt. Die Hälfte der Leute kenne ich natürlich. Vom Sehen und einige, als ich noch wesentlich jünger war und jede rangelassen habe, auch vom Hören.

Doch nach diesen kleinen Püppchen suche ich nicht. Kein Vater weit und breit würde zulassen, dass ich ihre reiche Prinzessin von einer Tochter vögle und im besten Fall heirate, also Zeitverschwendung pur.

Nein, ich suche nach irgendeiner Mittdreißigerin, die einsam ist und einen Lover braucht. Einen wie mich. Die darauf steht, völlig durchgevögelt und fertig am nächsten Tag zu ihrer Arbeit zu fahren, während sie mich in ihrer Villa in Beverly Hills zurücklässt, damit ich dort tun kann, was auch immer ich will.

Ja. So eine suche ich.

Ich lächle also jeder Lady zu, die einen Campari bei mir bestellt und flirte mit ihr die Zeit über, in der sie an der Bar auf den Drink wartet.

Einige haben kein Interesse, andere haben Männer, eine wirkt vielversprechend, lächelt aber einem alten Sack zu. Entweder sie hat einen verrückten Geschmack oder sie spielt dasselbe Spiel wie ich nur andersherum. Als sie aufsteht, schaue ich ihr hinterher. Schöne Beine hat sie, trotz des Alters.

Ich wende mich ab und der Nächsten zu.

»Einen Caipirinha bitte«, lächelt die Blondine, sitzt aufreizend an der Bar und sieht so aus, als wisse sie genau, was in meinem Kopf vorgeht.

»Den haben wir hier nicht«, kläre ich sie auf und errate im nächsten Moment, dass es ein Test war. *Aaha.* Ich lächle charmant und unwiderstehlich. Sie ist es. Reich, Single und auf der Suche nach mir. »Einen Caipirinha bekommen Sie zwei Ecken weiter im La Mezzo Cristilla.«

Sie hebt eine hübsch gezupfte Augenbraue.

»Ich kann Sie nach meinem Job hier dorthin begleiten.«

Sie lächelt auch. Angebissen. Das war's.

»Wie lange dauert das denn?«, fragt sie und beugt sich über die Theke. Ihre kleinen Brüste schieben sich ihr Dekolletee hoch – ja, damit kann ich arbeiten.

Ich tue so, als würde ich auf meine Uhr sehen und nachdenken. Dann hebe ich erneut den Blick. »Wenn ich es mir recht überlege, könnte ich hinten einmal im Lager nachschauen, ob wir Limetten dahaben.«

Sie lächelt breiter.

Ich lege das Glas in meiner Hand ab, gebe Taylor ein Zeichen und verlasse die kleine Bar. Ein mobiles Teil, das sie für die Gartenparty aufgestellt haben.

»Kommen Sie mit?«, frage ich rein rhetorisch und gehe an ihr vorbei. »Ich habe noch nie einen Caipirinha gemacht«, lüge ich. »Vielleicht sagen Sie mir, welche Zutaten man dafür braucht?« Albernes Geplänkel, sie und ich wissen, was ich im Lagerraum suche. Die schnelle Nummer mit ihr.

Arg, doch so alt und doch so ein Luder. Das könnte spaßig werden. Aber der Spaß steht jetzt nicht im Vordergrund. Ich muss auf der Hut bleiben; immer schön das Ziel vor Augen.

Ich gehe vor und sie folgt. Ihre Hand kann ich nicht nehmen, sonst verliere ich gleich den nächsten Job. Wir schlängeln uns durch die vielen Gäste hindurch; alte Säcke, junge Bräute, Champagnergläser. Fingerfood auf Tabletts meiner Kollegen, voluminöse Blumenvasen und exotische Pflanzen an jeder Ecke, mobile Springbrunnen und sanftes Licht. Eine gelungene Party des megareichen Wer-auch-immers. Es ist mir zum Glück scheißegal, wie der Typ heißt, der genügend Kohle besitzt, um halb LA zu verköstigen. Die wichtigste Braut des Abends folgt mir und das zählt.

Endlich erreiche ich die Tür, hinter der der kleine Raum liegt, in dem sich der Alkohol stapelt.

»Wie heißt du?«, frage ich schnell und greife endlich nach ihrer Hand.

»Carmen.« Ihr Blick ist undurchschaubar. Sie ist halt alt, sie ist erfahren. Vielleicht zögert sie.

Ich schließe die Tür hinter uns.

»Hi, Cam. Ich bin Liam.«

»Ich weiß«, sagt sie prompt. *Ach was.*

»Gut.« Ich lege einen Arm um ihre Taille, verlangsame meinen Atem. Sie soll denken, dass sie mich geil gemacht hat. Carmen ist kaum kleiner als ich. Ich presse mich eng gegen sie, damit sie meinen Schwanz spürt, der, wenn sie es will, ihr neues Spielzeug wird. »Du willst den ordentlichen Fick mit mir, habe ich recht?«

Sie versteift unter meiner Berührung.

»Fuck, dass du so durchtrieben bist, macht mich richtig an. Spürst du das? Ich steh drauf, wenn Frauen, wissen, was sie wollen.«

Und dann mache ich es kurz. Ich muss sie ja schließlich zügig davon überzeugen, dass sie mich will und nur mich. Also schiebe ich sie ohne weitere Worte gegen die Holzwand des kleinen Schuppens neben das Fenster und dann ihr Kleid hoch. Ich überlege sie zu küssen, besser ist das wohl, also suche ich ihre Lippen und drücke meine Zunge in ihren Mund. Ungeduldig warte ich, bis sie unter meinen Lippen auftaut, greife hoch in ihre kleinen Titten und knete sie, bis sie endlich aufstöhnt, meinen Namen keucht und mir verfällt.

Ich ziehe ihren Slip herunter, ohne meinen Mund von ihrem zu lösen. Ja, du untervögelte Pussy, ich küss dich, damit du nicht denkst, es sei nur verdammter Sex für mich, sondern mehr. Sehr viel mehr. Geld und noch mehr Geld. Und ein Leben in Luxus und so weiter.

Ich öffne meine Kellnerhose und zücke ein Kondom, das ich natürlich immer bei mir trage, ziehe es schnell über.

»Bist du bereit?«, knurre ich.

Ihr teurer Schmuck verrät mir, was ich wissen muss, und wenn ich mich einmal entschieden habe, ist das eben so. Ich presse sie, ohne auf ihren leichten Widerstand zu achten, noch enger gegen die Wand, lege ihre Beine um meine Hüften und schiebe mich in sie, mit einem Mal, sofort, tief in sie hinein, denn leider ist sie alles andere als eng.

Carmen krallt sich hilflos in mein billiges Jackett und beißt sich auf die Lippen, um nicht zu schreien und uns zu verraten. Ganz schön kontrolliert, die Gute. Sie ist die perfekte Wahl.

Wie immer, wenn ich diese mechanische Arbeit verrichte, driften meine Gedanken weit ab, hin zu ihrem Haus, zu dem geilen, süßen Leben, das sie mir ermöglichen wird. Mein Blick wandert über ihr allmählich schweißnasses Gesicht, ihre geschlossenen Augen, ihren leicht geöffneten Mund. Nach einem besonders harten Stoß, der sie die Wand noch ein deutliches Stück höher schiebt und sie glücklich aufjauchzen lässt, fällt einer der Eiskühler aus dem Regal neben uns und schlägt krachend auf der Erde auf, beginnt dort, herumzurollen. – Da sieht man mal, wie wenig ich bei der Sache bin. Das wäre mir bei echtem Sex nie im Leben aufgefallen. Carmen fällt es nicht auf. Ich sehe dem Eiskühler hinterher und schaue hinaus, ob uns jemand bemerkt haben könnte.

Draußen vor dem Fenster stehen zwar ein paar Leute, aber keiner von ihnen scheint auf unsere Fickgeräusche zu achten. Eine Frau in einem roten Kleid geht ganz dicht am Fenster entlang.

Ich sehe ihr hinterher. Irgendetwas hat sie, das mich sofort fängt.

Sie geht an einem der Springbrunnen vorbei, trifft dort auf ein Pärchen in ihrem Alter, unterhält sich mit ihnen und dreht sich schließlich um. In meine Richtung.

What?

Mein Denken setzt aus. Vollständig. Jede Kontrolle entgleitet mir.

Carmen schreit sich zum Orgasmus. Irgendwie schaffe

ich es, mich weiter in ihr zu bewegen, auch wenn ich nur eine Sache tun kann.

Sie ansehen. Die Realität um mich herum verschwimmt.

Da gibt es nur dieses Mädchen im roten Kleid.

Und mich.

Und leider die falsche Frau, die ich vögle.

Das kann ja jetzt wohl nicht angehen! Bin ich gerade bescheuert, oder was? Bin ich völlig hirntot, komplett durch? Zum ersten Mal in meinem Leben bin ich mir sicher, dass mir ein gewaltiger Schlag in die Fresse gut tun würde. Carmen, Wichser! Die ist jetzt dran. Sie ist es, die du brauchst. Keine andere. Ich wende mich ab, schaue in Carmens Gesicht, erkenne darin die Glückseligkeit des Höhepunkts und bestrafe mich für meine Abwesenheit, indem ich weiter mache, ihre Hüfte in meine Hände presse, meinen Kopf in ihr Dekolletee versinken lasse, mich irgendwie unter ihre Bluse grabe und beginne, an ihren Titten zu saugen und zu beißen. Weiter, ficken, weiter, Carmen, nicht an das Fenster denken, nicht daran denken, dass es schönere Frauen gibt, nicht – Nein! Und als Carmen das zweite Mal die Arschbacken zusammenkneift, die Luft tief einzieht und schreiend kommt, ziehe ich meinen Schwanz fast panisch aus ihr hervor, ohne auch nur an so etwas wie Ejakulation zu denken. Wäre eh nicht möglich. Kann froh sein, dass er überhaupt noch steht.

Ich will nur noch weg, raus, sehen, wen ich gerade gesehen habe. Finden, wen ich suchen muss.

Das Bild dieser wunderschönen Frau hat sich nach nur wenigen Sekunden in mein Hirn gebrannt und wird sich dort auf ewig verankern. Ich ahne es.

»Wann sehe ich dich wieder?«, raune ich möglichst verführerisch und sehe mit jedem Widerwillen und größter Ungeduld in Carmens durchschnittliches Gesicht. »Wo wohnst du?«

»In Beverly Hills, nur zwei Straßen von hier«, sagt sie lockend, richtet ihren Rock. Sie zückt eine Visitenkarte. »Komm doch morgen vorbei?«

Ungläubig nehme ich sie entgegen. Carmen Brown ist Anwältin. Das war ja einfach.

»Ich komme auch schon heute Nacht, wenn du willst.« Wenn schon, denn schon. »Nachdem ich hier fertig bin.«

Sie schlägt die Augenlider auf. »Das würde mich freuen …« *Verdammt! Macht die es mir einfach!*

»Und du gehst dann jetzt besser, wenn du nicht willst, dass ich meinen Job verliere.« Alles klar, geh, verschwinde, du sollst nicht sehen, wie ich gleich die Nächste anbaggere. Die anbaggere, der du noch niemals in deinem Leben das Wasser reichen konntest.

»In Ordnung«, sagt Carmen nur und verlässt zwinkernd den kleinen, stickigen Raum. »Ich freue mich auf dich, Liam«, säuselt sie zum Abschied.

Tja, so einfach ist das Leben, wenn man Liam Harsen ist.

Das denke ich kurz. Dann vergesse ich mich wieder.

Wie im Wahn ziehe ich mir meine Hose hoch, beobachte Carmen dabei, wie sie die Party Richtung Gartentor verlässt, und folge ihr schließlich hinaus.

Das Kondom lasse ich im nächsten Mülleimer verschwinden, niemand sieht mir den Fick an. Für alle bin ich nur der Kellner.

Fuck. Ich bin nur der Kellner. Wie scheiße ist das?

Ich suche nach den blonden, engelsgleichen Haaren. Suche nach dem tiefroten Kleid, das vorhin so nah am Fenster stand. Sie ist nicht da. Wo ist sie verdammt? Wieso will ich wissen, wo sie ist? Ich kann jede haben? Scheiß auf eine Blondine im roten Kleid, scheiß einfach auf sie, Liam, stell dich nicht so hochgradig bescheuert –

Sie sitzt auf einem Sofa in der Lounge. Neben ihr ein alter Mann, auf der anderen Seite eine alte Frau – ihre Eltern.

Das Mädel ist mit ihren Eltern hierhergekommen.

Dieses Mädel ist die wunderschönste Frau, die ich jemals gesehen habe.

Schnell laufe ich zur Bar zurück und lasse mir ein Tablett mit Getränken zusammenstellen. Ich muss ihr näher kommen. Scheiße. Ich muss ihr verdammt nahekommen und am liebsten so nahe, dass ich mich nie wieder von dieser göttlichen Schönheit lösen kann.

Als ich auf sie zusteuere, auf sie und ihre Eltern, versuche ich ihre hinreißende Perfektion zu fassen.

Ihr Gesicht ist die reine Unschuld – und sogleich die reinste Sünde. Helle, porzellangleiche Haut, ein spitzes Kinn, volle, rote Lippen, hohe Stirn, leuchtende Augen. Ihr Körper ist sportlich, aber auch weiblich, sanft und geschmeidig. Das rote Kleid verbirgt viel. Wie alt mag sie sein? Anfang zwanzig. Sie hat es nicht nötig mit ihren Reizen zu spielen, sie braucht keine nackte Haut, um jedem zu zeigen, wie göttlich und begehrenswert sie ist. Meine Augen wandern von ihrer weichen, sanften Taille über ihre zarten, runden, unschuldigen Brüste, hinauf zu ihrem grazilen Hals, hinauf in ihr Gesicht. Das von blonden, engelsgleichen, leicht gewellten Haaren umspielt wird und ich ahne von hier aus der Ferne, dass sie blaue Augen hat. Dass sie wirklich ein Engel ist. Und sie soll mein Engel sein.

Engel? Bin ich irre? Habe *ich* das gerade gedacht? Liam Harsen, der aufgrund seines Lebensstils so was von in die biblische Hölle kommt? Ich denke nicht an Engel! Es *gibt für mich* keine Engel! Niemals!

Ich überlege kurz, wieder kehrt zu machen. Diese Frau da hinten will ich nicht vögeln – ich will sie nicht ficken, ich will ihr … nahe sein verdammt. Ich. *Ich,* der Master of Sex. Es kann keine Frau geben, die das in mir auslöst. Wie auch. Unmöglich, dass es eine gibt, die heiß aussieht und die ich nicht von oben bis unten durchvögeln will. Ficken – und nichts sonst.

Unmöglich.

Doch da sitzt sie.

Und sie wagt es, in meine Richtung zu sehen. Sie fängt meinen starrenden Blick auf.

Sie lächelt.

Fuck! Himmel! Wie kann das sein?

Wie nur?

Nicht *sie* verfällt mir, sondern ich, ich verdammte Scheiße, verfalle ihr! Diesem Engel, dieser Sünde, dieser Perfektion.

Ich versuche, nicht zu straucheln, bin unmöglicherweise kurz davor, fasse mich aber. Ich nehme die zwei Treppenstufen in die Insel aus Loungesitzplätzen und steuere weiter auf sie zu.

Ich fixiere sie mit meinem Blick.

Sie fixiert mich mit ihrem Blick.

Dann halte ich das Tablett vor sie und ihre Eltern. Weil ich ein verschissener Kellner bin, der weder ihr noch ihren Eltern und auch sonst niemandem auf diesem Planeten etwas zu bieten weiß. Außer teuren Champagner.

Ich lächle ihren Vater an, ihre Mutter, die ihr beide kaum ähnlich sehen, und dann passiert die Hölle.

»Du bist doch dieser Harsen-Junge, habe ich recht?« Der Alte mustert mich scharf und erwischt mich kalt. Arschkalt. Wo bleibt meine sonstige Coolness? Wo mein Ihr-könnt-mich-niemals-lecken-Image? Wo nur?

Der blonde Engel hat mir alles geraubt. Ich stehe da, als hätte man mir den Champagner ins Gesicht gekippt, und die einzig geistreiche Erwiderung, die mir einfällt, ist: »Ja, Sir.«

Ja, Sir.

Nicht einmal lügen kann ich! Ich! Ich, Liam Harsen kann nicht mehr lügen. Das ist echt das Allerletzte.

»Aha«, macht der Alte und verengt die Augen. Dann schleicht Genugtuung auf sein Gesicht. »Ein Harsen-Junge, der mir den Champagner auf einem Tablett reicht. Dass ich das noch einmal erlebe.«

Was soll das denn jetzt bitte heißen? Wichser! Elender, dreckiger Bonzenwichser. Deine Eltern sind ja nicht verreckt, stimmt's? Als du gerade in der High School warst, im letzten Jahr? Deine verschissenen Eltern leben noch, habe ich recht? Sind alt und schmieren dir Butter um die Fresse, wenn du mal jemanden brauchst, der dich an Familie erinnert.

Ich lächle und halte weiter das Tablett, warte, bis er endlich sein Scheißglas nimmt. »Ich liebe diesen Job.«

Das Mädchen kichert. Ich bemerke es in den Augenwinkeln und höre es in meinen Ohren, die nachklingen, die nachzittern. Ihr Lachen ist das Schönste, das ich jemals hören durfte.

Der Vater dieses bezaubernden Wesens greift endlich nach seinem dummen Champagner. Seine Frau tut es ihm gleich, ihr Gesicht ist zusammengekniffen. Sie mustert mich abschätzig. Ob meine Eltern wohl so ähnlich waren? Ich erinnere mich nicht, aber gut möglich. Scheinen sich gekannt zu haben: die Harsens und das komische Pärchen hier.

Ich wische den Gedanken beiseite, denn endlich kann ich mich ihr zuwenden.

Noch immer halte ich das Tablett ausgestreckt. Die künstliche Pose schmerzt allmählich in meinem Unterarm. Ich lächle sie an. Nur kurz, nur ganz kurz, weil ich weiß, dass ihr Vater mich killen wird, sollte ich irgendetwas andeuten.

Sie nimmt sich ein Glas. Einundzwanzig also, holla, älter sieht sie aber wirklich nicht aus. In ihrem Blick fackelt das Feuer, als sie mir im Geiste zuprostet. Mein Gott! Die flirtet tatsächlich *mit mir*! Mit diesem Nichts von einem Loser, der es geradeso schafft, ein armseliges Tablett aufrecht zu halten. Ob sie weiß, dass ich ihr bereits jetzt verfallen bin? So verfallen, dass ich nicht mehr ein und aus weiß, nicht mehr weiß, wie ich lügen soll, was ich tun soll?

Einundzwanzig. Also mindestens keine Jungfrau mehr, aber trotzdem verdammt jung. Meine Phantasie springt an und ich muss mich schleunigst zügeln, damit mir kein Sabber die Kinnlade entlang läuft. Ich reize den Moment aus. Ich will eigentlich auf keinen Fall wieder weg von ihr, am besten niemals mehr. Ich will, dass sich diese Augen in meine bohren, wenn sie schreit, wenn sie vor Ekstase zerspringt, wenn sie meinen Namen in LA's Nacht hinausbrüllt – Fuck. Mein Schwanz wird hart. Wenn ich mich nicht bald verpisse, kann es jeder sehen, sie vor allem, also richte ich mich endlich auf und gehe einen Schritt weiter zur nächsten Sitzgruppe. Ich schiele zurück.

»Stella«, sagt die Frau von dem Lackaffen und beugt sich zu der Blonden vor. »Schatz, achte darauf, dass du nicht zu viel trinkst, ja?«

Die Blonde nickt. Sie nickt und ich schnalle, dass sie Stella heißt.

Stella.

Göttin.

Länger kann ich hier nun wirklich nicht in der Gegend rumstehen, also laufe ich weiter und biete einer dritten Runde den Champagner an. Immer lächelnd, immer das

Arsch-Wichs-Lächeln im Gesicht, während die Überreichen nach dem teuren Zeug greifen und es sich hinter die Binde kippen, als wäre es Wasser. Ich lausche.

»Mom, wirklich«, sagt Stella, ich bin mir sicher, dass sie es ist, die spricht, wer sonst könnte eine solch klare Stimme besitzen? Eine so reine, wundervolle Stimme, die etwas zwischen Zwitschern und Summen ist. Meine Nackenhaare stellen sich auf. Ich bin also durch und durch aufgestellt. »Es war so klar, dass du dich beschwerst, sobald ich mein erstes Glas Champagner trinke.«

Ihr erstes?

Eine fette, dunkelhäutige Frau nimmt sich das letzte Glas von meinem Tablett und ich suche krampfhaft nach einer Möglichkeit, noch hier in der Nähe bleiben zu können. Also sammle ich die abgestellten Gläser ein. Echt affig. Jetzt sieht sie, was für ein Loser ich wirklich bin. Ob ihr das gefällt? Eine wie sie hat sicherlich Ansprüche? Fuck! Und da dachtest du, Geld ist nicht alles! *Geld ist alles!* Für ihren Dad sowieso, für sie sicherlich auch.

»Darling«, höre ich ihre Mutter sagen. Ich muss mich abmühen, sie über das Stimmengewirr der anderen Leute hinweg zu hören. Die Live-Musik nervt auch. »Ich finde nur, du solltest es an deinem einundzwanzigsten Geburtstag nicht gleich übertreiben.«

Geburtstag! Alles klingelt in meinem Kopf. Fuck, die hat heute Geburtstag! Dieses bezaubernde, unglaublich hammergeile Ding dort, in diesem roten Kleid, mit diesen perfekten, blonden Haaren hat heute Geburtstag. *Es ist ihre Party.* Ich arbeite auf *ihrer* Geburtstagsparty.

Ich stolpere zurück zur Bar. Jetzt fällt mir auch der gigantische Geschenk-Tisch auf, der mit bunt verschnürten Paketen überladen ist, wie ein Opferaltar für eine Göttin. Sie ist eine Göttin. Wie könnte ich all den überteuerten Scheiß da hinten toppen?

Und wieso zur Hölle will ich ihn toppen?

Bin ich irre? Ich bin es.

Ich suche mir hinter der Theke unter der Ablage ein Blatt Papier. Wie automatisiert, völlig bekloppt offenbar. Mein Hirn schaltet auf Durchzug, mein Schwanz kommt nicht mit. Die Kopie der Getränkeliste genügt.

Ich richte mich wieder auf. Taylor mustert mich vollkommen zurecht, absolut angemessen auf eine Art, die nur beweist, dass ich sie nicht mehr alle habe.

Von Taylor wandert mein Blick zurück zu Stella.

Als wären Scheinwerfer auf sie gerichtet, als säße sie allein im Licht. Ein Bomben-Körper, ein strahlendes Lächeln, rote Lippen …

Sünde.

Verderben.

Stella.

4
LIAM

»Was zur Hölle tust du hier?«

Amie steht vor der Haustür. Nicht *meiner* Haustür wohlgemerkt, sondern der Haustür von Carmen Brown, die mich hinunter geschickt hat, um sie zu öffnen. Und Amie habe ich als Allerletztes erwartet.

»Du hast nicht angerufen.« Sie verzieht das Gesicht und tut so, als wäre sie schwer enttäuscht.

»Ja, Gott, hatte echt anderes im Kopf, als dich *anzurufen.*«

»Dabei vermisse ich dich doch …«, flüstert sie und streicht mir mit einem Finger über die Brust. Fuck.

»Liam?«, ruft Carmen aus der oberen Etage. »Wer ist es denn, soll ich kommen?«

»Nein, alles gut«, rufe ich zurück. »Eine Spendenaktion für die Kinderkrebsstation des Augustus Hospitals.«

»Um sieben Uhr abends?«, fragt sie und ich beiße mir auf die Lippen.

»Ja«, rufe ich stumpf. »Ich regle das, ich komme gleich.«

So, jetzt nichts riskieren. Aber Amie lächelt und ich weiß, was sie vorhat.

»Du verleugnest mich als Krankenschwester?«

»Bist doch so was in der Art«, sage ich leichthin. »Also was willst du hier?«

»Phil sagt, du wohnst nicht mehr bei ihm.«

»Ach.«

»Sagt, du hättest seine Freundin gebumst.«

»Seine Ex-Freundin.«

Amie lacht. »Ja, *jetzt* seine Ex.«

Sie sieht sich in der Einfahrt um. Ihr alter Ford steht an der Straße. Sie ist hergekommen, um mich zu ärgern. Toll, das kann ich gerade überhaupt nicht gebrauchen.

»Es ist nicht meine Schuld, wenn diese Bridget sich vom Nächstbesten durchficken lässt. Das weiß Phil auch.«

»*Natürlich* ist es nicht deine Schuld, Schatz«, zwitschert Amie ironisch. »Du konntest halt einfach nicht widerstehen, oder?«

Ich zucke mit den Schultern. Tut mir ja auch leid für Phil. Wer hätte das ahnen können?

»Und nun wohnst du wohl hier.«

»Für eine Weile, ja.«

»Ich gehe dann mal duschen, in Ordnung?«, ruft Carmen von oben.

Ich fluche in Gedanken. Das kommt Amie natürlich gelegen. Sie lächelt breiter und sieht lüstern zu mir auf. *Oh, sie geht duschen.*

»Du dauergeiles Stück«, murre ich und bin noch immer nicht bereit, hier irgendetwas Amies wegen zu riskieren. »Alles klar, ich komme gleich«, rufe ich in den Flur und kurze Zeit später kündigt das Rauschen in der Wasserleitung an, dass Carmen unter der Dusche steckt. Nichts hört. Nichts ahnt. Keine Ahnung hat.

Amie schiebt sich mit einem festen Schritt gegen mich. »Ich wusste, dass ich heute meine Gelegenheit bekomme …«, seufzt sie theatralisch und packt mir an den Schwanz.

»Das ist keine Gelegenheit. Vergiss es einfach und verschwinde wieder.«

»Warum so zickig? Seit wann lehnst du einen dermaßen geilen Quickie ab? Mit *mir?*«

Ich gebe mir noch zwei Sekunden. Zwei Sekunden, in denen ich mit mir kämpfe. Warum, weiß ich nicht genau.

»Wehe, du machst auch nur einen Mucks.«

Amie lächelt und tritt zu mir in den Flur. Ich schließe die Haustür hinter uns und sehe mich um. Die Wand gegenüber besitzt auf Hüfthöhe einen geeigneten Vorsprung. Trotzdem zögere ich.

»Was ist denn?«, fragt sie drängend und zieht mich zu sich an die Wand. »Ich brauche dich ab und an, Liam. Du fehlst mir sonst.«

»Ich fehle dir überhaupt nicht«, verbessere ich sie und wir wissen beide, dass es stimmt.

Amie ist seit zehn Jahren meine beste Freundin. Seit unserem ersten Mal hänge ich an ihr. Sie ist die Einzige, die mich kennt, die Einzige, die ich an mich heranlasse. Vielleicht weil sie in ihrem Herzen eine Lesbe ist und sich nur in ihresgleichen verliebt. Und leider stehe ich darauf, dass sie es ab und an mit mir treibt, denn sie ist das verruchteste Stück Frau an der Westküste. Es gibt *nichts,* was Amie noch nicht getan hat, nichts, was sie noch nicht ausprobiert hat. Wenn irgendjemand in dieser Stadt die Bezeichnung Bitch verdient, dann sie.

Sie öffnet ruckartig meine Jeans. »Scheiße, Liam, dieses Mal mein ich's wirklich ernst. Ich brauche mal wieder einen richtigen Kerl zwischen meinen Beinen, einen wie dich.«

Ich beobachte zweifelnd ihre flinken Finger, wie sie sich unter den Bund meiner Shorts schieben und sie runterdrücken. Es sind ihre Finger. Amies Finger. Ich kenne sie seit Jahren, habe sie bereits die unmöglichsten Dinge tun sehen und ich würde sie unter hunderten anderen wiedererkennen. Aber trotzdem werde ich nicht geil.

»Lassen wir das«, bestimme ich plötzlich, drücke ihre Hände beiseite und nehme einen Schritt Abstand. »Es ist zu riskant.«

Sie lacht laut auf. »Was?!«

»Schsch!«, ermahne ich sie und presse eine Hand auf ihren Mund. »Was habe ich gesagt, he? Ich riskiere nichts, nur weil du aufkreuzt. Es lebt sich gut hier und ich muss nicht viel dafür tun. Es war noch niemals so einfach und unkompliziert. Wenn du das nicht verstehen willst, ist das nicht mein Ding. Wir treffen uns wann anders.«

Ihre Augen weiten sich. Eine solche Abfuhr ist sie nicht gewohnt. Und es wäre nicht Amie, wenn sie nicht sofort erraten würde, dass es nicht am Risiko liegt. Sie wartet, bis ich meine Hand von ihren Lippen löse, und giftet dann sofort los: »Du hast dich in sie verknallt, was?«

»Fuck, nein!«

»Mach mir nichts vor! Das sind Gewissensbisse, dein Hirn arbeitet da oben und besiegt ausnahmsweise deinen Schwanz!«

»Glaub doch, was du willst«, entgegne ich schulterzuckend, drehe mich zur Tür und öffne sie wieder. »Bitte, bis bald dann.«

»Ooh, nein Liam! Du sagst mir jetzt sofort, was los ist. Ist es Jake? Ist er zurück?«

»Scheiße, nein! Wie kommst du auf Jacob?« Diesen Namen musste sie nicht auch noch erwähnen.

»Oder ist diese Lady hier wirklich so scharf? Dann lass uns was zu dritt machen, och bitte, Liaaam, du kannst doch nicht einfach –«

»Ganz offensichtlich kann ich.«

»Du fickst sie, aber mich nicht, was?«

»Sei nicht so albern!«, herrsche ich sie an. »Was bist

du, zwölf? Seit wann bestehst du darauf, dass ich dich bei jeder Gelegenheit durchpoppe? Hast du nicht eine Freundin in San Francisco? Kannst du nicht die nerven?«

»Du bist wirklich gemein«, sagt sie schnippisch und zieht eine Schnute. Sie denkt gar nicht daran, zu gehen. »Da komme ich extra hierher …« Sie hebt wieder einen Arm und streichelt mir mit der Hand über die Brust. Alles, was sie sagt, ist reine Berechnung. Ihre Stimmenlage, ihr Wimpernaufschlag. Die nach unten, rund geformten Lippen, die hell geschminkt in einem deutlichen Kontrast zu ihren schwarzen Haaren stehen. Sie will mich verführen und jahrelang bin ich darauf eingegangen. Aber heute packt es mich nicht. Es reizt mich nicht. Und ich weiß verflucht noch mal auch warum.

Ich greife nach ihrem Arm, packe fest zu und schiebe ihren leichten Körper Richtung Tür. Ihre wütenden Augen sprühen Funken.

»Wann anders«, versuche ich zu versprechen.

»Aber ich verstehe nicht, was du dann hier tust!«, flüstert sie zischend. »Ich weiß, dass du nichts geiler fändest, als deine Ische, bei der du gerade mal wieder untergekommen bist, mit mir im Hauseingang zu betrügen! Was soll das also? Was ist los mit dir? Hat man dir den Schwanz abgesägt, oder was?«

Ich schaue auf sie hinab. »Das mit Carmen ist einfach anders«, erkenne ich hilflos. Carmen ficke ich mechanisch. Meine Phantasie bei schöneren Frauen … bei einer Frau. Meine Gedanken weit weg. Amie bedeutet mir etwas. Es würde sich anfühlen wie Betrug, wenn ich sie dazu benutzen würde, diesen immensen Druck abzulassen, der sich seit dem Wochenende stündlich in mir aufstaut, als liefe meine Sperma-Produktion auf Regenzeit.

»Das mit Carmen ist einfach anders?«, äfft Amie nach. »Die Liebe deines Lebens jetzt, oder was?«

Doch nicht sie! Gott, Amie. Nicht sie. Aber ich sage nichts. Mein Griff um ihren Arm wird nur stärker und ich schiebe sie letztendlich kraftvoll vor die Tür. »Ich rufe dich meinetwegen an«, sage ich entschuldigend.

»Wichser«, zischt sie, bevor ich ihr die Haustür vor der Nase zuschlage. Ich beobachte durch das getönte Glas, wie sie wütend zu ihrem Ford stapft und mit röhrendem Motor davonfährt. Dann frage ich mich, ob ich das alles gerade wirklich getan und gesagt habe und ob man meinen Schädel erst zu Brei schlagen müsste, damit ich wieder normal werde.

Was zur gnadenlosen, verfickten Hölle ist nur aus mir geworden? Eine Scheißpussy?

Wegen einer *Geburtstagsparty*?

5
LIAM

Zu jedem Freak, der sich nicht normal verhält, gehört für gewöhnlich eine krasse Story. Die Mutter eine Hure, der Vater versoffen, der Onkel Sadist.

Anders funktioniert es nicht, anders gäbe es keine Konflikte. – Falsch.

Wenn du keine Probleme hast, dann machst du dir halt welche und wenn du keine Lösung weißt, suchst du nicht danach. Mein Leben läuft genau nach diesem Schema.

Pure Langeweile.

Carmen braucht eine gefühlte Ewigkeit im Bad und ich, der sich in ihrer luxuriösen Villa bereits wie zu Hause fühlt, stehe in der Küche und trinke – Saft. Seitdem Jacob weg ist, bin ich clean, was jeglichen Mist angeht, und in dieser Hinsicht ausnahmsweise erwachsen geworden. Auf der Kücheninsel liegt zufällig mein Handy. Es ist halbschrott, da ich es gebraucht gekauft habe, und ich muss eine ganze Weile darauf herumtippen, damit es endlich anspringt. Prompt öffnet sich der Appverlauf. Das Telefonbuch steht ganz oben und damit auch eine Telefonnummer, von der ich nicht mehr wusste, dass ich sie besitze. Hell! Was soll das? Wenn man an den Teufel denkt, oder was?

Beunruhigt drücke ich auf seine Nummer und warte interessiert, was geschieht. Besetzt.

Besetzt? Mit wem sollte Jacob denn telefonieren? Ich dachte, er sei tot. Witzig.

Ich lege auf und wechsle zu Facebook. Ich kann nicht anders. Ich muss ihr Profil öffnen. Viel kann man darauf nicht sehen und ich bin zum Glück noch nicht bescheuert genug, ihr eine Anfrage zu stellen.

Carmen kommt zurück und ich schließe zügig den Browser.

»Hast du ihnen was gespendet?« Sie trägt nur einen Bademantel, die Hände vor der Brust verschränkt.

»Ja.« Normalerweise eine ganze Samenbank. Aber neuerdings kann man mir ja einen Playboy-Bunny auf den Schwanz drucken, so unbrauchbar bin ich.

»Ach so?«, fragt sie erstaunt. »Wie viel denn?«

Dann fällt mir ein, dass ich ja eigentlich gar kein Geld besitze. »Musst du heute Abend noch weg?«, lenke ich ab. *Vielleicht eines deiner Essen mit Kollegen? Würde mir äußerst gelegen kommen.*

»Nein«, antwortet sie leider, nimmt ihre Arme hoch und streckt sich. »Und was hast du vor?« Sie fragt es mit einem Lächeln, das ich so gar nicht von ihr kenne. Irgendwie – glücklich.

Ich stelle mein Glas ab, gehe um die Küchentheke herum und führe sie zu einem Sessel. »Einen entspannten Abend mit dir verbringen, was sagst du?«

Ich setze mich neben sie, greife nach der Sportzeitschrift und bete inständig, dass sie sich auch irgendeine Beschäftigung ausdenkt.

»Wir könnten auch essen gehen …«, säuselt sie. »Ich kenne einen guten Asiaten unten in Lakewood.«

»Du willst eine Stunde fahren, um etwas essen zu gehen?« *Bitte nicht! Was ist denn jetzt mit der?* Normalerweise geht sie unter der Woche früh schlafen und ich gebe am Wochenende vor, spät zu arbeiten, also die perfekte Grundlage für jede funktionierende ›Beziehung‹.

»Ja, warum nicht …?« Ihre Stimme gurrt. Sie versucht mich zu locken, aber Sex will sie nicht. Nein. Sie will die Liebesschiene fahren – mit einem Mal.

»Vielleicht morgen?«, schlage ich vor und blättere eine Seite weiter. Ich könnte mir nichts Langweiligeres vorstellen, als mit Carmen essen zu gehen.

»Soll ich uns dann was kochen?«, säuselt sie weiter.

Ich schlage die Men's Health mit einem lauten Klatschen zu und drehe mich ruckartig zu ihr herum. *Merkst du nicht, dass du nervst!* »Das wäre was. Soll ich helfen?«

»Oder …«, wendet Carmen ein, ohne auf meine Frage einzugehen. Sie schlägt ihre Wimpern lasziv hoch und mustert mich geradezu verträumt. Fuck! Was geht bei der denn? Bisher war das hier eine klare Abmachung: Sie bekommt ihre Ficks, ich das verfickt geile Leben. Von Schwärmerei und Liebesgeplänkel war nicht die Rede! »Ist es vielleicht etwas ganz anderes, was du willst.«

»Wie bitte?«

Sie rutscht von ihrem 10.000 Dollar Sessel auf den Boden und dann auf den Knien vor meine eigenen. Wie jede andere Frau vor ihr greift sie nach meinem Gürtel und öffnet ihn mit einem leicht schiefen Grinsen im schmalen Gesicht.

»Ich dachte, Blowjobs wären nicht so deins«, erinnere ich sie matt.

»Seitdem ich meinen Ex-Freund dabei mit einer anderen erwischt habe, ja.« Ihre Finger arbeiten sich weiter vor. »Aber du bist anders …«

Wie bitte? Wie kommt sie denn auf den Scheiß? »Ich würde dich niemals betrügen«, lüge ich wie auf Kommando. Was für ein Theater. Aber ein Blowjob – von Carmen – wäre jetzt genau das Richtige. Ich könnte mich zurücklehnen, die Augen schließen, an nichts anderes denken und das zarte Gefühl irgendwelcher Lippen genießen, die sich um meinen Schwanz wölben. Perfekt.

Wäre da nicht Stellas Gesicht. Wären da nicht ihre Augen. Ihr Mund, ja selbst ihre Stimme drückt sich in meine Wahrnehmung.

»Mach schnell, ich bekomme doch Hunger«, fahre ich Carmen ungewollt an. Verfickt noch mal beeil dich! Diese Bilder sind nicht zu ertragen! Lenk mich ab!

Wie auf Geheiß hin legt sie meinen Schwanz frei, bearbeitet ihn mit ihren Fingern erst zu voller Größe, um sich schließlich die Spitze in den kleinen Mund zu schieben. Fuck! Das sieht mal so gar nicht erotisch aus! Warum nicht? Warum turnt mich das verdammt noch mal nicht an?

Ich helfe nach. Das nervt doch so was von tierisch! Fasse Carmens Kopf, sorge dafür, dass er stillsteht, während ich ihren Mund ficke, die Augen geschlossen.

Die verfickten Augen geschlossen und ich sehe nur eine.

Nur sie.

6
LIAM

Meine neue Passion heißt also Stella Green. Meine Gedanken kreisen unaufhörlich um sie.

Ich wiederhole: Ich, der niemals an Frauen denkt, die *nicht* vor ihm in die Knie gehen, denke an Stella Green. Mit jedem neuen Tag wird es schlimmer.

Wie heute.

Wie gestern.

Wie den Tag davor.

Ich stehe in der Nähe ihrer Bushaltestelle. Ich bin ein Stalker. Anders kann man es nicht nennen. Ich bin ein Stalker, weil ich mich verdammt noch mal nicht traue, da zu ihr rüber zu rennen und mit ihr zu reden.

Noch einmal: Ich, Liam Harsen, der nichts fackeln lässt, niemanden und nichts gar nichts, versteckt sich hinter einem Gartentor und pisst sich fast ein vor Angst.

Wann überhaupt hatte ich das letzte Mal jemals vor irgendetwas *Angst*?

Aber Stella Green ist anders.

Bei einer wie Stella Green habe selbst ich nur eine Chance und ich weiß nicht einmal, ob ich die vergeigt habe oder nicht.

An dem Abend auf der Party habe ich ihr einen kleinen Schwan gebastelt.

Ja, richtig, richtig peinlich, etwas, dass ich seit der Middle School nicht getan habe, aber es ist das Einzige gewesen, das ich ihr auf die Schnelle habe machen können, aus diesem Fetzen Papier mit der Getränkeliste darauf. Was hat mich da geritten? Sie nicht auf jeden Fall, auch wenn ich mich nach nichts anderem sehne, verdammt. Ich will. Dass sie. Mit mir.

Und das wird sie niemals tun, wenn ich ihr weiter wie ein Irrer bei ihrer Villa auflauere, die praktischerweise nur ein paar hundert Meter von Carmens Haus entfernt liegt, und ihr dabei zusehe, wie sie den Bus in die Stadt nimmt.

Was sie dort wohl tut? Vielleicht geht sie zum College? Jeden Morgen um dieselbe Zeit? Vielleicht geht sie arbeiten? Vielleicht ist sie eine angehende Schauspielerin?

Fuck. Ich stehe hier, jeden verschissenen Morgen und denke den gleichen Kram wie in einem Karussell.

Durchgedreht.

Das Tor ihres Hauses schwingt auf.

Ich drücke mich noch etwas weiter in den Schatten. Peinlich! Peinlich, was ich hier abziehe. Wenn die das jemals mitbekommt, ist alles verloren. Sei wenigstens da! Zeig ihr wenigstens, dass du da bist, verdammt, *wovor hat jemand WIE DU Schiss?*

Stimmt.

Ich trete also hinter dem Busch hervor. Die Sonne knallt mir ins Gesicht, Sommer in Kalifornien. Stella Green trägt ein leichtes Top, eine kurze Hose und eine Sonnenbrille und alles an ihr, von den blonden langen Haaren bis hinunter zu ihren Füßen, ist einfach nur krass.

Wunderschön.

Sexy.

Abgefahren.

Ich stecke meine Hände in die Taschen und schlendere den schmalen Gehweg entlang. Blauer Himmel. Heiße Sonne.

Stella.

Der Bus rollt hinter mir heran, fährt vor zur Haltestelle und verschluckt Stella dahinter. Ich kann sie nicht mehr sehen. Ob sie mich wohl gesehen hat?

Albern. Wie alt bin ich? 14?

Ich fahre mir durch die kurzen Haare und sehe dem Bus hinterher, in dem sie jetzt ahnungslos sitzt. Ich sollte froh sein.

Es gibt genügend Probleme, wenn es um Stella Green geht.

Ihre Eltern hassen mich zum Beispiel.

Okay, das ist nicht so das Problem. Ihre Eltern will ich ja nicht ficken.

Aber. Ich will sie ja gar nicht … nein. Ich will … Nähe, ein Date. Ja ein richtiges, vernünftiges, solides Date und hunderte, die folgen.

Vergiss es, ermahne ich mich zum hundertsten Mal. Eine Frau, die dir nahe ist, engt dich ein. So wie jeden anderen Playboy an der Westküste auch. Beziehungen sind nur dann gut, wenn man dafür etwas bekommt. Oder man alt genug ist, sehr alt, gerade noch fähig, sich einen abzuwichsen, dann kann man sich meinetwegen irgendeine Tussi holen, die mit einem das Alter übersteht.

Das wäre für mich also in 70 Jahren. Und bis dahin bleibe ich gefälligst frei.

Sehr frei.

Frei von allen Gefühlen. Frei von – ihr.

Der Bus biegt um die nächste Kurve. Wieder verpasst.

Wie jeden Morgen, du verschissener Vollidiot, der die Eier zusammenkneift. Ich will direkt kehrt machen, schaue aber noch einmal hinüber zur Haltestelle. Mein

Herz fällt Richtung Nikes. Stella Green steht dort, alleine, vollkommen alleine, denn alle Fahrgäste sind ja eingestiegen. Nur sie nicht.

Sie sieht mich an. So ganz direkt schaut sie her zu mir und mein Herz macht es sich in meiner Hose bequem und pocht eifrig da unten rum.

Sie hat mich also gesehen. Sie will mit mir reden. Wirklich? Ausgerechnet?

Also los jetzt, Weichei. Meine Beine fühlen sich an wie Gummi, Scheiße auch. Ich gehe über die Straße. Sie lächelt mich weiter an und je näher ich komme, desto schneller möchte ich werden, und ich will sie am liebsten sofort an mich reißen, sie fest an mich pressen, überall spüren. Nackte Haut auf nackter Haut und ungebändigtes Verlangen aufeinander.

Vor allem aber. Will ich sie küssen. Wie noch niemals eine andere Frau zuvor. Ich träume davon, wie es wohl wäre, wenn sich unsere Lippen treffen. Frage mich, was es mit mir anstellen würde. Ich bin zu einer Schwuchtel verkommen. Innerhalb weniger Tage, man könnte mir einen Preis ausstellen.

»Hi«, rufe ich, als ich sie erreiche, und stelle mich zu ihr auf den Gehweg. »Stella, richtig?« *Absoluter Wahnsinn, dass du deine Scheißfresse auseinanderkriegst!*

Stella sieht zu mir hoch und lächelt nur. Ihre Augen kann ich hinter der Brille nicht erkennen. Dabei sind sie alles, was ich jetzt sehen will. Ihre Augen. Wie sie mich anschauen. Mich tief verschlingen mit ihrem Blick. Fuck. Auf diese Frau gehe ich so ab wie noch niemals auf irgendein Girl in meinem Leben. Und ich hatte hunderte. Tausende. Unendlich viele. Aber dann treffe ich Stella und alles scheint vergessen. Ich fühle mich wie ein bibbernder Teenager, der kurz vor seinem ersten Mal steht und endlich abspritzen will, und sich doch nicht traut, weil das Objekt seiner Begierde so unerfahren scharf ist.

»Hallo«, sagt sie nach einer Weile und vielleicht wird ihr Lächeln noch eine Spur breiter. »Wohnst du hier in der Nähe?«

»Vorübergehend, ja.«

Eine Augenbraue hebt sich über ihre Sonnenbrille hinweg. Weiß sie, was das heißt? Vorübergehend? Nein, ganz sicher nicht. Ich könnte auch bei irgendeinem Kumpel pennen. Könnte ich.

»Und du wohnst also noch hier bei deinen Eltern?«, frage ich und zeige in die Richtung ihrer Villa.

»Ja genau …«, sagt sie und nun zieht sie die Mundwinkel leicht zusammen und ihr Lächeln wird mehr als anzüglich.

Scheiße!

Was?

Ich glotze genauer hin. Scheiße, die macht mich so was von an. Ernsthaft jetzt? *Komm Baby, lass uns nicht lange labern, lass es uns jetzt sofort tun.* Ich meine zu spüren, wie die Luft zwischen uns knistert, wie sie zu Gas wird, das man anzünden könnte.

Endlich hebt sie den Arm und setzt ihre Sonnenbrille ab und dann strahlen mich zwei blaue Augen an und mein Schwanz springt beinahe aus der Hose. Der will jetzt in sie. Der will sie jetzt durchdringen. Der will sie durchficken und genau diese Augen verdammt noch mal zur tiefsten Befriedigung bringen – Shit!

Mach dich mal locker, Mann! Das ist keine, die du einfach so kriegst. Du musst es langsam angehen. Los. Schritt für Schritt.

»Ich hab dich schon ein paar Mal gesehen«, lächle ich also völlig ruhig und sie ahnt nicht eine Spur von dem, was in meinem Blutkreislauf abgeht. Nicht eine einzige

Spur! »Ich wusste nur nicht, ob du vielleicht dringend in die Stadt musstest, deswegen wollte ich dich nicht aufhalten …«

»Oh, das muss ich.« Sie antwortet mir, ohne zu zögern, und ganz sicher weiß sie genau, was sie will. »Aber ich lasse meine Vorlesung mal ausfallen heute.« Sie zwinkert und dann setzt sie nach: »Weißt du. Ich habe noch niemals so ein süßes Geburtstagsgeschenk bekommen wie von dir.« Süß. Liam Harsen: Süß. Ich sollte im Boden versinken. »Aber ich habe irgendwie erwartet, dass dort eine Nummer draufsteht?«

»Ach, hast du das, ja?«

»Mhm.«

»Du hast also den kompletten Schwan wieder auseinander gefaltet?«

»Ja …«

»Meine ganze Arbeit.«

»Sorry.«

»Und wenn da eine Nummer gestanden hätte. Was hättest du dann getan?«

»Dich angerufen.«

»Und wozu?«

»Um mich mit dir zu verabreden.«

Ich schlucke. Unmerklich natürlich. Ich kann mich kaum halten. Ich stehe zwar hier, die Coolness in jeder Person und lasse meinen Blick ab und an den Hang hinunterschweifen, tue so, als ließe mich das hier alles kalt – aber es lässt mich nicht kalt.

Überhaupt nicht. Ich bin heiß. Sie ist heiß. Die Blicke, die sie mir zuwirft, sind eindeutig, oder sind sie das nicht? Ich war noch nie so verschissen unsicher bei einer Frau wie bei Stella Green. Niemals. Und ich will es auch niemals wieder sein.

»Ich bin Liam.«

Sie setzt zum Sprechen an, überlegt es sich aber anders. *Was will sie sagen? Was sagt sie nicht?* »Stella«, ist ihre kurze Antwort. Sie lächelt zu mir hoch. Sie ist eine halbe Kopflänge kleiner als ich. Ihre golden-blonden Haare schimmern im Sonnenlicht. Ihre roten, saftigen Lippen werden bestrahlt, mein Blutkreislauf läuft über.

»Soll ich dich in die Stadt fahren?«, schlage ich vor und habe doch kein Auto. Das fällt mir zu spät ein. Weil mein Hirn ihretwegen wie amputiert ist.

»Nicht nötig«, sagt sie. Sie wartet. Ich warte auch. Ich bin ein riesengroßer Vollidiot, der so tut, als hätte er nicht die geringste Ahnung von Frauen. »Aber …«, beginnt sie.

»Ja?«

»Komm doch nach meiner Geschichtsvorlesung ins Malcom Diner? Um vier?«

»Klar.«

»Okay.«

»Bis dann.« Ich versuche, so charmant wie immer zu lächeln, und völlig ungerührt an ihr vorbeizugehen, meinen ›Spaziergang‹ fortzusetzen und nicht vor Verlangen zu platzen. Ich drehe mich noch einmal um und hebe die Hand. Weil das cool ist. Aber nichts an mir ist mehr *cool.* Mein Körper brennt. Alles in mir stirbt, weil ich mich von Stella entferne, und ihr Lächeln, das sie mir zuwirft, dieses Lächeln, das danach aussieht, als würde sie ganz genau wissen, wie wahnsinnig sie mich macht, knallt mich ab.

Ich bin durchschossen. Sie *kann* nicht wissen, was ich am liebsten mit ihr tun würde. Im Malcom Diner. An dieser Bushaltestelle hier. In ihrer Vorlesung. Nein, denn sie hat keine Ahnung. Alles, was meine Phantasie mit ihr anstellt, übertrifft jeden Sex, den ich jemals hatte. Und ihren sowieso.

7

STELLA

»Mit wem?!«

»Liam Harsen«, wiederhole ich leise.

Beth rastet vollkommen aus. »*Wer bitte?*« Sie schreit die Wörter durch die Cafeteria und jeder sieht daraufhin zu uns herüber. »*Liam Harsen?*«

»Beth, ich bitte dich.« Beunruhigt sehe ich mich um. Muss denn die ganze Welt erfahren, mit wem ich mich treffe? Sofort verbessere ich mich: Die Welt darf es sehr gerne erfahren – nur Dad nicht. »Kannst du bitte leiser sprechen?«

»Nein, kann ich nicht!« Sie sieht mich zu Tode erschrocken an; ihre rötlichen Augenbrauen weit nach oben gerissen, ihr Gesicht noch bleicher als sonst. Wären da nicht ihre wilden, roten Locken, die ihr in die Stirn fallen, sähe sie aus wie ein Geist. »Erzähl mir alles!«

»Wenn du aufhörst zu brüllen?«, schlage ich flüsternd vor. Aber es macht keinen Sinn. Die Asiatinnen nur zwei Plätze weiter werden jedes Wort mitverfolgen und am Tisch direkt gegenüber sind die Gespräche auch verklungen. *Super …* Ich fasse mir genervt an die Stirn. Es wird das letzte Mal sein, dass ich Beth von Liam erzähle. »Er hat auf meinem Geburtstag gekellnert.«

»Waaaas?«, keucht sie.

»Beth!«

»Jaja, okay …«, sagt sie nun endlich gedämpft, beugt sich vor und hängt sich förmlich an meine Lippen. »Wieso hat er da gekellnert?«

»Ich weiß nicht«, gebe ich zu. »Aber die Harsens haben doch all ihr Vermögen verloren, oder?«

»Hm«, macht Beth nur. Das Vermögen irgendwelcher Snobs ist ihr egal.

»Er war da und er ist … direkt auf mich zugekommen. Hat mich angeflirtet.« Dass er das wirklich getan hat, konnte ich bis zuletzt nicht glauben. Nur sein Auftauchen heute Morgen hat mich bestätigt. Er hat mich gesucht … gefunden … Wie zufällig ist er an der Bushaltestelle aufgetaucht, sichtlich nervös. Wenn auch … äußerst attraktiv. Eben er. Liam. »Wir konnten nicht reden. Ich glaube, er war beschäftigt. Aber kurz nach Mitternacht dann, als alle ihre Geschenke überreicht hatten, war er …« Und dann entschließe ich spontan, den Schwan für mich zu behalten. Es ist unser Geheimnis, mein Insider. Seit über einer Woche habe ich nur das eine Bild vor Augen. Er. Lächelnd. Wie er mir das Tablett hinhält, mit dem Origami-Schwan darauf, wartet, bis ich ihn an mich nehme und augenblicklich wieder in der Menge verschwindet, ohne, dass jemand seine Geste hätte bemerken können. Natürlich bilde ich mir etwas darauf ein. Es ist nur ein Köder. Sicherlich reine Berechnung. Zufällig eben genau das, was mich nun dazu bringt, mich mit ihm zu treffen.

»War er was?«, hakt Beth nach.

Ich erfinde schnell eine Story. »Noch einmal kurz bei mir und hat mir seine Handynummer gegeben. Ich habe ihn angerufen und wir haben uns für heute verabredet.«

»Aha«, sagt sie tonlos.

Aha?

»Aber du weißt schon, Liebes, dass Liam wirklich der allerletzte Typ ist, mit dem du dich treffen solltest, oder?«

»Und wieso?«, frage ich und lasse es bewusst unbedarft klingen. Ich bilde mir ein, dass sich an meinem einundzwanzigsten Geburtstag endlich ein lang ersehnter Wunsch erfüllt haben könnte. Einbildung! Natürlich! Wie könnte es anders sein? Und trotzdem … Es gibt nur eine Möglichkeit herauszufinden, was ich schon immer wissen wollte – mein Herz habe ich seit langer Zeit verloren, worum also sollte ich mir Gedanken machen?

»Hör mal zu.« Beth greift nach meinen Händen und drückt sie fest. »Liam Harsen ist ein richtiges Arschloch, das weißt du doch? Ich meine, jede weiß das! Man hält sich von ihm fern oder lässt sich einmal auf ihn ein. Einmal. Er vögelt keine ein zweites Mal, das ist wie so ein Gesetz. Das hat sich rumgesprochen. Ich wette, in diesem Raum hier hatten bereits …« Sie sieht sich kurz um und scheint im Kopf die Leute abzuzählen. »Neun Frauen mit diesem komischen Typen Sex. So viele junge, hübsche Frauen gibt es in LA nämlich gar nicht, dass seine Rechnung lange aufgehen könnte, wenn er nicht absolut jede nimmt. Du passt da perfekt in sein Beuteschema. Unschuldig, wunderschön, naiv …«

»Unschuldig, wunderschön, naiv?«, äffe ich sie ungewollt nach. »Du glaubst also, jede der neun Frauen in diesem Raum hier wusste nicht, worauf sie sich einlässt?«

»Gott, Stel!« Sie lässt mich erschrocken los. »Ausgerechnet *du* willst mit ihm … dein …«

»Bei einem einfachen Date passiert doch nichts, Beth.« Glaube ich. Aber wissen tue ich es nicht. *Wollen* tue ich es. Ich bin verrückt! Aber ich reihe mich in alle anderen Frauen vor mir ein, einfach so! Ob man das Hormone nennt? Ob das Biologie ist? Wäre ich wirklich enttäuscht, wenn er mich nur zum Essen ausführen würde?

»Das glaubst du doch selbst nicht.«

»Hm?«

»Dass da *nichts läuft.* Stella, wieso bist du so naiv? Weißt du … Triff dich ruhig mit ihm. Aber sei dir sicher, dass alles, was er tut, nur auf eine Sache ausgerichtet ist. Jede Frage, die er an dich richtet. Jede Wahl, die er dir vorschlägt. Es geht bei ihm nur ums Vögeln.«

Woher weißt du das alles?, möchte ich fragen, doch ich schweige. Ich habe Beth nichts erzählt. Sie glaubt, ich hätte Liam an meinem Geburtstag das erste Mal getroffen. Jetzt möchte sie mich beschützen und ich weiß, dass sie es nur gut mit mir meint. Tatsächlich kenne ich ihn aber viel länger, als sie glaubt. Und vielleicht hatte ich mit allen meinen Vermutungen bisher recht.

Vielleicht mache ich mir aber auch nur etwas vor.

8
LIAM

»Sag mir, wer ich bin.«

»He?«

»Sag mir, wer ich bin. Sag mir, was die Stadt glaubt, wer ich bin, was abgeht, wenn jemand den Namen Liam Harsen hört. Sag mir, dass ich keine Schwuchtel bin.«

»Liam, ist irgendwas?«

Ich halte das Handy wie einen Rettungsanker an mein Ohr. »Bin ich Liam Harsen, der niemals etwas lange fackeln lässt?«

»Klar.«

»Und was noch.«

»Liam«, seufzt Amie durchs Telefon. »Du bist der heißeste Playboy der ganzen Westküste, das weißt du doch?«

»Und weiter?«

»Keine Frau ist vor dir sicher, du kannst sie alle haben, du bist so verdammt heiß, Liam, dass du sogar 'ne Lesbe wie mich rumkriegst. Dein Körper ist einfach *hot,* der ganze Wahnsinn, und du vögelst, wenn's dir gut geht und du nicht gerade irgendwo bei 'ner Frau den Lackaffen spielen musst –«

»Jaja.«

»Fünf Frauen am Tag, Liam, hintereinander weg,

gleichzeitig, stundenlang. Gott, ich bin manchmal so neidisch auf dich, weil du sie alle so durchfickst. Und ich kenne hunderte Frauen, die dir völlig verfallen sind. Letztens war ich in einem Club und da hab ich echt drei Mädels über dich quatschen gehört. Gott, Liam, du bist ein Sex-Star, jeder kennt dich, jeder will dich, die Frauen wollen dich in ihrer tropfnassen Spalte und die laufen schon über, wenn sie nur deinen Namen denken.«

Ich grinse. »Danke, Amie. Du hast es auf den Punkt gebracht.«

»Na ja und? Warum brauchtest du das jetzt? Hat dich etwa eine abgewiesen?«

»Nein.«

»Kann ja auch gar nicht sein. *Keine* Frau auf der Welt, die nicht asexuell ist, würde dich von der Bettkante stoßen.«

»Ich weiß.«

»Also, wo ist das Problem?«

»Nirgends. Ich habe keines.« Habe ich wirklich nicht. Brauche ich nicht. Ich stecke das Handy zurück.

Ich bin zwanzig Minuten zu früh im Malcom Diner. Die Kleine hinter der Theke lächelt mich eine ganze Weile an und jetzt endlich, nachdem mir Amie versichert hat, dass ich jemand bin, der auf Frauen scheißt und nichts fühlt, das nicht mit einem geilen Orgasmus zusammenhängt, lächle ich zurück.

Drei Blicke. Hin, her, wie ein Ball, den wir uns zuwerfen, Gott, die ist scharf. Ihr T-Shirt, das zum Diner gehört, besitzt einen tiefen Ausschnitt und beult sich ziemlich über ihre Titten. Ich stehe auf. Lange, dunkelbraune Haare, gerader Pony, große Augen, was will man mehr.

Ich gehe in Richtung der Toiletten. Mein Blick ist mehr als eindeutig, mehr als einladend. *Trau dich.*

Und wie die sich traut.

Ich bin kaum um die Ecke in dem kleinen Flur, als hinter mir die Tür aufschwingt und sie plötzlich vor mir steht. »Liam Harsen, richtig?«

Mein Ruf eilt mir voraus. »Goldrichtig.«

Wir stehen an die Wand gelehnt, ich die Hände in den Taschen, sie die Arme vor der Brust verschränkt, und taxieren uns mit unseren Blicken.

»Habe schon viel von dir gehört«, lächelt sie und zwinkert anzüglich.

»Und jetzt willst du wissen, ob das stimmt, was?«

»Ja …«, haucht sie … Warum auch immer. Das kann man sich mal fragen, oder nicht? Als Jugendlicher war es einfach, eine nach der anderen rumzukriegen, wenn ich nur mit meiner Kreditkarte gewunken habe. Ich habe mir viel Zeit gelassen, Frauen zu studieren, die bereitwillig in mein hochpreisiges Bett gesprungen sind. Alles andere, die stumpfe Fickerei, das Auf-meine-Kosten-Kommen wurde mir irgendwann schlicht zu blöd. Ich kann von mir behaupten, dass ich weiß, was Frauen wollen und die meisten wollen genau das. Irgendeinen fremden Schwanz in ihrem kleinen Mund. Why? Ich habe in Biologie nie aufgepasst.

Ich nehme meine Hände aus den Taschen, öffne meinen Gürtel und ziehe den Reißverschluss. Sie kommt näher.

»Komm noch näher«, dränge ich.

Ich drücke meine Jeans ein Stück nach unten und lege meinen Schwanz frei. Ihre Augen weiten sich. *Oh mein Gott,* will sie sagen, *die Welt hatte recht.*

Dabei spielt er nicht einmal ganz mit.

»Los jetzt«, knurre ich, weil ich auch nicht ewig Zeit habe.

Sie fällt vor mir in die Hocke und hört nicht auf, mich zu bewundern. Zaghaft fährt sie mit zwei Händen über meinen Schaft und bearbeitet meine Vorhaut. Sie weiß, was sie tut.

Dankenswerterweise fällt ihr nichts weiter zu sagen ein. Sie öffnet ihren Mund und leckt über meine Spitze. Ich lehne mich zurück an die Wand, die Hände hinterm Kopf verschränkt, und genieße ihre Bewegungen. Ihre Lippen, die perfekte Arbeit leisten.

Ich versuche, zu entspannen. Alles ist gut, alles beim Alten, so, wie es sein soll.

Meine Augen geschlossen, mein Schwanz hart, ihre Lippen weich. Ihr Stöhnen begleitet die Aktion hier und nichts sollte mich stören.

Aber mich stört etwas.

Ich reiße die Augen wieder auf. Braune Haare, ein roter Mund, meine Latte, eine Braut wie jede andere, die sie bearbeitet und zehn vor vier. Stella könnte bereits draußen im Café sitzen, auf mich warten, sie könnte an mich denken. Sie könnte diejenige sein wollen, die das hier tut. Und ich will es vor allem. Ich will es.

Ich will Stella. Und Stella wird mich nicht wollen, wenn sie jetzt um die Ecke biegen und sehen würde, wie krankhaft nötig ich es habe. *Shit*! Was zur Scheißhölle ist los mit mir? Das ist jetzt mein Ernst?

Das?

Absolut irre, aber ich schiebe die Kellnerin von mir weg. Sie sieht auf. Sie ist die erste Frau, die ich wegschiebe. Na ja … aber die erste Frau, die es eigentlich *draufhat,* und die ich trotzdem wegschiebe, weil ich sie nicht will.

Ätzend! Völlig ätzend, aber so ist es wohl.

Also hinnehmen und leiden.

»Sorry«, sage ich und fahre mir ein weiteres Mal durch die Haare. »Hat echt nichts mir dir –« *Oookay,* ich werde ihr jetzt nicht sagen, mit wem es etwas zu tun hat.

Sie steht auf und giftet mich mit ihrem Blick an. »Was bist du denn für einer, he?«

Ich schließe meine Hose wieder. Ich bin ein krankhafter Vollidiot, der glaubt, er müsse sich für eine wie Stella Green aufsparen. Aber das sage ich ihr nicht. Das sage ich niemandem. Denn niemand darf es jemals erfahren.

»Ciao«, ist also mein einfacher Abschiedsgruß, als ich die Brünette mit offenem Mund zurücklasse und so schnell wie möglich aus dem Café fliehe.

9
LIAM

Ich warte draußen vor dem Malcom Diner und fange sie ab, als sie darauf zusteuert.

»Hallo, schöne Frau«, sage ich in meiner ganz normal-charmanten Art, lege einen Arm um ihre Taille und führe sie an dem Diner vorbei. »Hast du Hunger?«

»Ja, schon?«, fragt sie und hebt überrascht eine ihrer wunderschönen Brauen.

»Dann weiß ich etwas Besseres.« Ich führe sie an den Geschäften entlang, bis wir auf eine kleine Fußgängerzone stoßen, die von Palmen umsäumt ist. »Du magst doch Italienisch, oder?«

»Ja«, sagt sie und legt sich verlegen eine blonde Strähne hinters Ohr. *Am liebsten wäre ich es selbst, der ihr Haar, ihre Haut und ihr Ohr berührt …* Cool bleiben.

»Wie war die Vorlesung?« Und ich frage das nicht nur für den Small Talk. Nicht nur, weil ich ihr etwas vormachen will, mich interessiert das ganz in echt! Mich interessiert diese Frau völlig in echt und sie könnte mir jetzt eine halbe Stunde etwas über ihre Oma an die Backe labern, ich würde es alles in mich aufsaugen. Dem Klang ihrer süßen Stimme lauschen, mit pochendem Schwanz dasitzen, klar, aber auch zuhören. Ihr den Raum geben, den sie braucht.

»Langweilig«, lacht sie und sucht meinen Blick, während wir schlendern. »Interessiert dich das wirklich?«

»Ja, aber klar.«

»Hm.«

»Wieso nicht? Würde ich sonst fragen?«

»Es ist nur so … ich weiß noch, als du –« Sie hält mitten im Satz inne, überlegt es sich anders. »Als ich heute meiner Kommilitonin erzählt habe, dass ich mich mit Liam Harsen im Diner treffe, hat sie mich ausgelacht … und gewarnt.«

Mein Blut bleibt stehen. Ich auch. Ich drehe mich zu ihr herum, suche ihre Miene ab und will alle Zweifel fortwischen. Ich will, dass sie nicht weiß, wer ich wirklich bin. Alle sollen es wissen, aber *sie* nicht! »Und?«

»Ach, schon gut«, sagt sie und winkt mit einer leichten Handbewegung ab. Sie lächelt wieder. »Also, wo ist nun dieser geheime Italiener?«

Ich möchte nicht so über das Thema hinweggehen. Ich möchte vor ihr auf die Füße fallen und ihr versprechen, dass ich nur noch sie will. Am besten für immer und dieser ganze Scheiß. Der Wille ist da, den Impuls muss ich unterdrücken.

Denn es wäre gelogen. Es wäre glatt gelogen. Und irgendetwas hält mich davon ab, ausgerechnet Stella anzulügen. Wir wissen also beide, mit wem sie sich gerade trifft, und trotzdem geht sie neben mir her.

»Da drüben«, sage ich und deute auf die unscheinbar wirkende italienische Flagge und das Restaurant, das sich zwischen zwei Läden drückt. »Komm mit.«

Ich greife nach ihrer Hand und führe sie über den von Menschen bevölkerten Platz. Mir ist schmerzlich bewusst, dass sie alle ansehen. Die Mädchen, die Frauen, die Männer, die pubertierenden Kids, die mit ihren Skateboards auf dem Boden herumlungern, alle schauen zu dem abgöttisch hübschen Mädchen auf, das ich mit meiner Hand berühre, das mir folgt. Das mir folgt ins Verderben.

Denn ich bin ihr Verderben. Oder nicht?

Wir erreichen das Restaurant, das den einfachen Namen La Isla trägt und ich führe sie durch den knappen Zaun direkt nach hinten in den winzigen Hof. Tatsächlich: ungestört. Drei leere Tische stehen hier eng beieinander im Schatten. Man hat eine schöne Aussicht auf den Strand. Aber wer braucht Aussicht, bei dieser Begleitung … Wieder ermahne ich mich in Gedanken. *Was ist denn verdammt noch mal los mit dir?*

Ich suche uns den äußersten Tisch und halte ihr den Stuhl zurück. Ich bin ein richtiger Gentleman. Ich seufze innerlich.

»Das ist wirklich schön hier«, gibt Stella zu und sieht sich um.

Der Kellner kommt sofort.

»Stört es dich, wenn ich für uns bestelle?«

Sie schüttelt den Kopf.

»Zweimal die 15.« Ich sehe zum Kellner auf. »Und eine Flasche Weißwein.«

»In Ordnung«, sagt er und zischt wieder ab.

Da sitzen wir nun. Den Wein brauche ich. Ich muss mir irgendwie die Birne wegknallen, damit ich überhaupt noch klar denken kann. Was mir schwerfällt, weil Stella vor mir sitzt. In ihrem Top. In ihrer kurzen Jeans. Die Brille auf die blonden Haare geschoben, die Augen funkelnd blau. Und sie sieht mich an. Lange. Viel zu lange.

»Also warum hast du mich hier wirklich hergebracht?«, fragt sie.

»Um dich kennenzulernen, natürlich.«

»Du willst mich *kennenlernen*?«

»Ja.« Ich will dich kennenlernen, ich will alles von dir wissen. Deine Hobbys, deine Lieblingsfarbe, deine Vorlieben, ja … vor allem diese Vorlieben. Ich will wissen, wie du dich anfühlst, will wissen, welche Worte dich zum Erschaudern bringen, möchte die Vibration deiner Stimme spüren, wenn du nach dem Sex auf meiner Brust liegst, mir davon erzählst und mit mir redest. Ja, verdammt! Vor allem will ich mit dir reden! Nur mit dir, tut mir auch leid, sollte das hier irgendjemanden überraschen.

»Und du möchtest über meine Uni reden?«, fragt sie noch einmal und ich verstehe nicht ganz, worauf sie hinauswill.

Der Kellner bringt den Wein und schenkt uns ein. Ich habe kaum Geld für das Essen, aber es sollte reichen.

»Worüber immer du reden willst«, sage ich und meine es so. Ich greife nach dem Glas Wein. Etwas irritiert mich. »Du möchtest nicht reden?«, stelle ich völlig erstaunt fest.

Sie öffnet den Mund – und schließt ihn wieder. Dann verzieht sie ihn zu einem ganz kleinen, anrüchigen Lächeln. »Du bist doch Liam Harsen, oder nicht?«

Fuck! Was soll denn die Frage jetzt! Ich muss mich echt beherrschen, mir nichts anmerken zu lassen. Ich habe ja gar nicht damit *gerechnet,* dass sie … dass sie … warum habe ich nicht damit gerechnet?

»Aber gut«, sagt sie und faltet die Serviette auf ihrem Schoß. Ganz das Kind aus gutem Hause. »Ich erzähle dir von meiner Uni.«

Sie nimmt das Weinglas in die Hand, schwenkt es kurz und nippt daran. Sie neigt den Kopf und schaut von unten nach oben zu mir auf und ihr Blick sagt: *Ich will spielen. Wieso spielst du nicht mit mir?*

Fuuuck! Meine Jeans platzt gleich. Wie ist die denn drauf? Wieso habe ich sie so ganz anders eingeschätzt?

Sie setzt das Glas wieder ab und fährt sich mit ihrer

Zunge über die Lippen. Hätte ich seit dem Frühstück etwas gegessen, würde ich sie jetzt sofort an mich ziehen und den Wein von ihren Lippen lecken – aber. Ich bin mir weiterhin verdammt unsicher, ob ich hier irgendetwas richtig deute. Schließlich ist das Stella Green. Die personifizierte Unschuld, wenn man Facebook glaubt. Die an ihrem einundzwanzigsten Geburtstag das erste Glas Champagner trinkt. Die … die Single ist. Die vor mir sitzt. Die weiß, wer ich bin.

Ich tue trotzdem völlig ungerührt und frage sie weiter aus. Ja, liebe, kleine, süße, verruchte Stella, du sitzt mit mir hier in meinem Lieblingslokal, in das ich eigentlich niemals irgendwelche Frauen abschleppe, und ich frage dich aus und tue so, als ließen mich deine Blicke völlig kalt – vorerst. Ich verwirre dich. Das sehe ich doch, so wie du mich verwirrst. Ja leider, verwirrst du mich noch einmal mehr, weil ich einfach nicht begreife, wie so ein unverschämt hübscher Engel wie du mich so derbe anflirten kann.

Ich flirte nicht. Bleibe völlig nüchtern, während ich nach und nach alles von ihr erfahre. Ich lerne sie kennen und zögere den Moment hinaus, in dem ich ihr zeige, dass es noch wichtigere Dinge gibt als ihre Uni. Als ihre Professoren für Linguistik und Geschichte, als ihre Kommilitonen. Es gibt Wichtigeres. Ich kann dir viel mehr beibringen, als du glaubst, so viel mehr …

Meine Gedanken werden diesig. Das macht der Wein. Das macht die Hitze. Das macht sie.

Stella.

Wir sind fertig mit dem Essen. Ich zahle.

»Hat dir die Pasta geschmeckt?«, frage ich und kann es kaum erwarten, dass der Kellner endlich nach drinnen verschwindet. Uns in Ruhe lässt.

»Sie war wirklich gut«, lächelt sie und tupft noch

einmal ihre Lippen mit der Serviette ab. Dann steht sie auf. »Ich gehe kurz ...«

Ich greife nach ihrem Handgelenk und umschließe es fest mit meiner Hand. »Beeil dich«, raune ich.

Sie starrt mich an und nickt.

Ich lasse sie wieder los und sehe ihr nach, wie sie sich durch die eng stehenden Tische schlängelt. Ich betrachte ihren Hintern, ihren wohlgeformten, weichen, runden Arsch, der der schönste sein wird, den ich jemals ... von hinten genommen habe und das werde ich. Ja. Die Kleine ist doch völlig heiß, das sehe ich doch. Die will mich wie jede andere auch. Hätte ich nicht gedacht? Ist aber so. Es ist verdammt nun mal so.

Im Geiste sitze ich bereits nackt da und warte nur darauf, dass sie sich endlich auf mich setzt. Endlich nackt auf mir sitzt und mich anlächelt, bis ihr jedes Lächeln vergeht ...

Sie kommt zurück.

Ich sollte vielleicht auch zur Toilette. Das gibt's doch echt nicht, dass ich so angespannt dahocke. Dass ich es so dringend nötig habe, weil sie mir ständig dieses Lächeln zuwirft, das mich völlig umhaut.

Doch es wäre armselig. Ich stehe also auf, nehme wieder ihre Hand und führe sie Richtung Strand hinaus aus dem kleinen Garten.

»Gehen wir spazieren?«, fragt sie plötzlich in verändertem Tonfall und strahlt mich fröhlich an. »Ich hätte so Lust meine Füße im Wasser abzukühlen.«

»Deine Füße?!«

»Mhm.« Sie nickt, lässt meine Hand los und hüpft leichtfüßig auf die Mauer zu, die die Promenade vom Strand trennt. Sie hockt sich darauf und zieht ihre Sandaletten aus.

Ehm.

Und dann springt sie schon hinunter und läuft über den Strand. Sie lacht, als sie mein Gesicht sieht, breitet die Arme aus und dreht sich im Kreis. »Ich liebe Kalifornien!«, ruft sie und läuft dann weiter in Richtung Wasser.

Hat sie jetzt gerade meinen Plan durchkreuzt? *Meinen* Plan? Den ich niemals von irgendjemandem durchkreuzen lasse? Ich sah uns schon heiß und nackt und gierig in einer Straßennische verschwinden, und nun …

Himmel! Jetzt wieder ganz auf Anfang, oder wie? Liam Harsen! Du *willst* diese Frau! Wie du noch nie eine andere haben wolltest! Und wieso? Wieso sie?

Sie hat mich in der Hand. Ja, leider, und zwar nicht meinen Schwanz, nicht meine pochende Stange, die so sehr nach Erlösung bettelt, sondern mein Ego, mein Ich, mich.

Scheiße.

Ich ziehe meine eigenen Schuhe aus – was könnte ich anderes tun? Ich nehme die Nikes in die Hand, springe seitwärts über die Mauer und lande im warmen Sand.

Ich folge ihren Schritten durch die Palmen hindurch, die sich leicht in den Boden gegraben haben, an den Leuten vorbei, die hier ihren Feierabend genießen, doch ich sehe nur sie.

Die Sonne und Stella liefern sich einen Wettkampf. Ihr Körper wird von ihr angestrahlt, vor allem aber strahlt sie selbst.

Sie strahlt? Was?!

Fuck! Ich bin absolut unbrauchbar geworden. Mein Schädel, der Wein, alles furchtbare Ideen, doch meine Füße tragen mich weiter zum Wasser hin, als würde es mich anziehen. Als würde sie mich anziehen.

Das bin nicht ich!, will ich brüllen. Doch ich schweige und füge mich meinem falschen Schicksal. Als ich vor ihr stehe, kann ich nichts anderes tun, als zu bewundern, wie sich das goldene Sonnenlicht in ihren Haaren bricht. Und ich werde zu dem Softie, der ich nicht bin. Zu der Pussy, die ich ganz und gar nicht sein will. Ich streiche ihr eine Strähne zurück ins Haar, die ihr der Wind ins Gesicht gelegt hat.

Wunderschön, will ich sagen, aber wenigstens das lasse ich. Wenigstens sage ich ihr nicht das, was hunderte Männer ihr vor mir gesagt haben. Nein. Wenigstens etwas Würde erhalte ich mir.

Meine Hand wandert zurück zu ihrer Wange, streichelt darüber, erfühlt ihre samtweiche, viel zu schöne Haut. Wow.

Ich bin echt irre.

Ich bin echt verschossen.

In Stella Green.

»Schwimmen?«, frage ich und lächle. Ich habe vorhin bereits bemerkt, dass sie keinen BH trägt. Wenn, müssten wir also mit Klamotten ins Wasser – wir sind hier schließlich in Amerika.

»Okay«, grinst sie, wirft ihre Schuhe in den Sand und greift sofort an ihre Shorts.

Oh Gott, ja, zieh dich aus, Baby. Ich glotze auf ihr Dreieck, als sie die Shorts hinunterzieht und wahrscheinlich absichtlich nach unten blickt, damit ich sie betrachten kann. Fuck! Ich kann niemals meine Jeans ausziehen! Wie auch? Mein Ständer reicht von hier bis nach Asien rüber! Ich glaube sogar, das ist verboten. Sicher bin ich mir nicht, aber geil an 'nem Strand in Boxer-Shorts stehen … Beunruhigt schaue ich mich zu beiden Seiten um. Die Aufsichtshäuser scheinen nicht besetzt. Überhaupt ist hier gar nicht *so* viel los. Vielleicht nicht genug. Vielleicht wäre es besser, wir würden in einer Masse aus Sonnenbadwütigen untergehen.

»Brauchst du Hilfe?«, fragt sie und sieht wieder auf. Sie

lächelt auf eine Art, als würde sie sich über mich lustig machen.

Ich bin ja auch zu einer Lachnummer verkommen. *Ich*. Shit, *ich*.

Ich reiße fast an meiner Jeans, schiebe meinen ungebändigten Schwanz in den Bund meiner Boxer-Shorts, damit er wenigstens an meinen Körper gepresst gehalten wird, werfe die Hose gemeinsam mit dem Shirt weg, packe Stellas Hand und ziehe sie mit mir in die Wellen. Das Wasser spritzt uns die Beine hoch. Es ist ein berauschendes Gefühl. Die Kälte auf der Haut, ihre Hand in meiner.

Sie löst sich von mir, nur um mich dann lachend mit Wasser vollzuspritzen.

Wie albern. Wie *romantisch*. Mein Gott, ey. Tue ich das wirklich? Macht mir das tatsächlich Spaß?

Lache ich mit ihr? Völlig ungezwungen?

Als sie nicht aufhört, mir einen Schwall Wasser nach dem nächsten ins Gesicht zu spritzen, und ihr schallendes Lachen den ganzen Strand erfüllt, entscheide ich mich fürs Abtauchen. Ich werfe mich zur Seite, hinein in die kalten Wellen und tauche tief.

Die Stille des Wassers legt sich beruhigend um meine Ohren. Klare Gedanken fassen. Ich kraule hinaus aufs offene Meer, nicht zu weit, nicht zu schnell. Sie soll mir folgen können.

Ich stelle mich wieder hin und sehe zurück.

Das Salzwasser rinnt mir übers Gesicht und kühlt mich etwas ab.

Stella schwimmt nicht. Sie geht auf mich zu und versinkt mit jedem Schritt ein Stück mehr im Wasser. Ihre Haare fallen ihr wild über die Schultern, die Sonne bringt ihre helle Haut zum Strahlen und ihre Augen glitzern blau.

Okay. *Okay*. Ich atme scharf ein – sie ist die geilste Frau, die ich jemals gesehen habe – scharf aus. Die Luft entweicht meinen Lungen, dann steht sie vor mir.

Ich ziehe sie im Wasser an mich. »Du weißt also, wer ich bin?«, frage ich geradeheraus. Ich muss jetzt gewisse Dinge klären.

»Ja«, haucht sie und sieht zu mir auf.

»Und willst du auch, dass ich *zu dir* so bin?«

Zur Antwort presst sie sich enger gegen mich. Sie fühlt es. Sie will es.

»Ich hätte dich ganz anders eingeschätzt«, gebe ich zu und suche in ihrem Blick nach einer Antwort. Es gefällt mir nicht, dass sie keine Hemmungen hat, sich auf mich einzulassen. Ich meine, was sagt das über sie? Heißt das etwa, sie lässt jeden so schnell ran? Wie mich? Shit! Das darf nicht wahr sein! Sofort verzehrt eine unbekannte Eifersucht meine Mageninnenwände.

»Ich hätte dich auch ganz anders eingeschätzt«, lächelt sie.

»Was?«

»Liam Harsen, das Badass Hollywoods, geht mit mir Pasta essen.« Sie zwinkert, sie neckt mich. Was soll das? Was zur Hölle …?

»Und Stella Green, die Tochter aus bestem Hause schiebt sich im Meer gegen meinen Schwanz, als würde sie nur eines wollen.«

»Ja.«

»Aber.«

»Was denn?« Sie sieht zu mir auf. Ihre Hände liegen auf meinem Oberkörper, ihr Bauch drückt gegen meinen Schwanz. Sie beginnt, über meine Brust zu streicheln. Ihre Finger hinterlassen ein irres Brennen auf den Stellen, die sie berührt. Sie wandert über meinen Bauch. Schließlich unters Wasser. Direkt unter meine Shorts.

FUCK! Ich keuche auf. Wirklich jetzt? Liegen da *ihre* Hände an meinem Ständer? Der seit der Party nichts Besseres zu tun weiß, als sich allein bei der Silbe ›Stella‹ aufzustellen? Der sich wie verrückt nach ihr sehnt und mich nicht mehr klar denken lässt?

Zaghaft, fast zu zaghaft, aber gerade so, dass es mich in den irren Wahnsinn treibt, schiebt sie den Bund meiner Shorts hinunter und lockt meinen Schwanz hervor. Sie fährt mit ihren zwei Händen über den Schaft. Und sie sieht mir dabei in die Augen und in ihrem Blick steht die reine Lust, die reine Begierde. Mit einem Daumen streichelt sie sanft über meine Eichel, drückt zärtlich auf die Spitze.

Ohne den Augenkontakt zu lösen, ohne mich allzu weit von ihr zu trennen, nehme ich meine eigenen Arme, lasse sie unters Wasser gleiten und umschließe ihre Hände. Oh Mann … Oh Fuck … Genüsslich sorge ich dafür, dass wir meine Vorhaut bearbeiten. Gemeinsam und immer mit diesem Augenkontakt. Immer diese blauen Augen, die sich vollständig in mich bohren, die mich elektrisieren, die mir sagen: *Oh ja, Liam.*

Ooh ja, Stella.

Meine Bewegungen werden drängender, oder ist es ihre Hand, die sich drängender bewegt und mich führt? Es gar nicht erwarten kann? Sie beißt sich auf die Lippe. Das Wasser schwappt uns bis zur Taille. Niemand kann sehen, was das kleine verruchte Stück hier mit mir treibt, was Stella, die Göttin aller Frauen hier mit mir am Venice Beach treibt, wie sie ihre Hand vor und zurückschiebt, wie meine ihre umschließt und dafür sorgt, dass ich endlich erlöst werde von dieser abnormalen Qual.

»Hmmm«, seufzt sie und drückt sich mit ihrem Oberkörper näher an mich. Alles an ihr glitzert in der Sonne; ihre Brüste sind leicht benetzt, ihr Ausschnitt geht tief und erlaubt mir einen Blick … Sie schließt ihre Augen, als ob es sie genauso erregen würde. Als ob es für sie ebenso geil wäre wie für mich, was wir hier gemeinsam mit mir tun. Ihre zarten Finger fühlen sich unter meinen wie die reinste Perfektion an und das Gefühl erst, sie direkt auf der empfindlichsten Stelle meines Körpers zu spüren … Unbeschreiblich. Als hätte mir noch niemals eine Frau einen gewichst. Und vielleicht stimmt das. Vielleicht gab es bisher keine, die mich mit einer solchen Hingabe bearbeitet hat, die geseufzt und gestöhnt hat, mich berührt hat, als wäre mein Schwanz irgendein Wunderding.

Oh, ja, Baby … Ich spüre, dass du das willst. Ich weiß, dass du dich danach sehnst, nach mir, in dir. Du willst, dass ich in dich eindringe, dich tief von innen ficke. Und ich verspreche dir, das nächste Mal gibt es keine Handarbeit für mich, da wird dein enger, wunderschöner Gang mich massieren, mich ausdrücken, und ich werde ausgiebig in dich stoßen, auf dieselbe Art, wie ich es jetzt mit meiner Hand simuliere.

Ich zögere jede Sekunde dieses kostbaren Momentes hinaus, jede Bewegung ist für mich unglaublich wertvoll und doch kann ich mich nicht bremsen.

Als sie merkt, dass ich kurz davor bin, seufzt sie mit mir. Sie ist vollkommen angeturnt, sie sehnt sich ebenso wie ich danach, dass ich endlich, endlich in ihr bin.

»Mhmm«, seufzt sie mehrmals hintereinander, blickt mir tief in die Augen. Fuck! Diese Augen! Ich kann mich nicht mehr halten und ergieße mich ins Wasser. Zärtlich streichelt sie über meinen Schaft, berührt sanft meine Hoden, während ich meine Arme erschöpft sinken lasse. Das Wasser um uns herum beruhigt sich allmählich.

Ich atme aus. Wow. Krass. Jetzt will ich sie küssen.

Der Impuls ist da, der Drang, alles, ich will sie jetzt an mich pressen und küssen und ihre Lippen spüren, tief mit meiner Zunge in ihren Mund eintauchen, geschmeidig über ihre eigene lecken …

Doch sie löst sich von mir und lässt sich rücklings ins Wasser fallen. Sie lacht und macht ein paar Schwimmbewegungen hin zum Strand.

»Ich muss jetzt leider gehen«, ruft sie und richtet sich wieder auf. Langsam geht sie rückwärts durchs Wasser und ich bleibe hier stehen wie der letzte Idiot. »Sehen wir uns am Wochenende?«

Wochenende. Das sind drei Tage bis dahin.

»Wie jetzt«, bringe ich hervor.

Doch Stella lacht nur ein weiteres Mal auf und watet durchs Meer zurück. Sie dreht sich um und kehrt mir den Rücken zu. Ich betrachte wie ein Spanner ihren saftigen Po, der sich aus dem Wasser hebt und wippend auf den Strand zubewegt. Und dann versuche ich zu realisieren, was gerade passiert ist.

Und ich kann es nicht.

TEIL II

Ich erinnere mich noch genau daran, wie Liam von dem Tod seiner Eltern erfuhr. Es war der Abschlussball. Er stand direkt neben der Tanzfläche und scherzte mit seinen Freunden. Seine Ballbegleitung, die Prom Queen, drückte sich an ihn, doch wirkliche Beachtung schenkte er ihr nicht. Ich war als Freshman Teil dieser albernen Schülerzeitung und durfte die Fotos machen. Ich war viel zu nervös, als dass ich die Kamera hätte gerade halten können. Beth war bei mir. Wir tuschelten und unterhielten uns über die Ballkleider der Abgänger. Wir redeten über die Dinge, über die vierzehnjährige Mädchen eben so reden. Plötzlich stürmte unser Direktor an uns vorbei und warf uns beinahe um. Ich fiel gegen den Tisch, konnte mich gerade noch abfangen, Beth taumelte zur anderen Seite.

»Sorry, Mädchen«, rief Mr. Hazel und lief weiter. »Harsen! Liam Harsen!«

Liam drehte sich um. Ein breites Lächeln stand in seinem Gesicht, das ihm jetzt gefror, als er den Direktor auf sich zulaufen sah.

Mr. Hazel hielt mit schnaubendem Atem vor ihm und seinen

Freunden. »Liam Harsen«, wiederholte er. »Kommen Sie bitte mit.«

»Keine Ahnung, was mit dieser Sally ist, Sir. Ich habe damit –«

»Es geht um Ihre Eltern.«

»Meine Eltern?«, fragte Liam verblüfft.

»Sie sind tot.«

Ich weiß nicht, wieso Mr. Hazel diese Worte vor allen Anwesenden laut aussprechen musste. Wieso er nicht warten konnte, bis er mit Liam alleine war. Vielleicht lag es daran, dass er es nicht länger ertrug, es nicht zu sagen. Denn er war der Erste, der zusammenbrach. Die Harsens waren überall sehr beliebt. Mr. Hazel ein alter Freund.

Und alle bekamen mit, was mit ihnen passiert war und wie Liam darauf reagierte.

Den Ausdruck in seinem Gesicht werde ich nie vergessen. Er hat sich in mein Gedächtnis gebrannt und seitdem meine ich ihn wirklich zu kennen. Ich bilde mir ein, ich sei die Einzige gewesen, die ihn damals beobachtet hatte. Vielleicht war ich es.

10
LIAM

Die Sonne brennt mir auf den Schädel. Immer noch Sommer. Immer noch Hitze, die mir den Schweiß über den Körper treibt. Ich trage meine knappen Shorts, lasse mich bräunen und jogge auf Carmens Laufband, treibe mich richtig an. Der Ausblick ist fantastisch. LA, die paar Dächer der Villen den Hang hinunter, dahinter Downtown, schließlich das Meer. Perfekt, *so muss das Leben.*

Ich sporne mich weiter an, schalte zwei Stufen höher. Meine Haut brennt, meine Lungen pressen die Luft hervor, arbeiten hart. Das ist Arbeit. Das ist die einzige Arbeit, die ich brauche. Ein, zwei Stunden am Tag meinen Körper in der Sonne stählen – ja, genau das. Nur das.

»Liam?«

Carmens Stimme weckt mich aus meinem Endspurt. Früher als geplant schalte ich also den Gang hinunter, drehe mich um und laufe rückwärtsgehend aus. Ich lege mir ein Handtuch in den schweißnassen Nacken und warte, bis sie vor mir steht.

»Hallo Cam«, lächle ich, wie immer ganz der freundliche Liebhaber. »Wie war dein Tag?«

»Gut«, antwortet sie knapp, weil sie zu beschäftigt

damit ist, meinen nackten Oberkörper zu blickficken. Ich bin das gewohnt und bisher hat es mich nie gestört, aber allmählich, vielleicht weil es Carmen ist, stört es mich doch. Obwohl es heiß ist und ich schwitze, ziehe ich mir mein T-Shirt über. – Ich bin doch krank!

»Hier ist Post für dich.« Carmen hält mir einen Umschlag hin, auf den ich ungläubig schaue.

»Was?«

»Post für dich, Darling.« Sie drückt mir den Brief in die Hand. »Weißt du … Wir könnten auch deinen Namen an meiner Haustür anbringen, wenn du das möchtest.« Sie streichelt mir über die Hand, die den Brief hält. »Dann muss der Postbote nicht extra klingeln.«

»Bist du irre?«, frage ich sie fassungslos. Getroffen weicht sie zurück. *Das meint die jetzt nicht ernst, oder?* »Glaub mir, du willst nicht, dass jeder an deinem Klingelschild ablesen kann, dass du einen Harsen bei dir wohnen hast.«

»Wieso?«, fragt sie verdutzt. Sie setzt ihre Sonnenbrille ab. »Ganz im Gegenteil. Ich dachte daran, dass ich heute Abend ein paar Leute –«

»Vergiss es«, sage ich sofort, wende mich ab und laufe zurück ins Haus.

Sie trippelt mir natürlich direkt hinterher, ihre High Heels klackern auf dem Holz. »Du hast ein völlig falsches Selbstbild von dir!«

Abrupt bleibe ich stehen. »Das hast du gerade nicht gesagt.«

»Ich meine doch nur, Liam …«, versucht sie es auf die sanfte Tour. Wie eine Mom. Die Frau ist ja völlig bekloppt geworden. »Ich könnte ein paar meiner Geschäftskontakte heute Abend einladen …«

Oh, das klingt ja prima. Auf eine Vorstellungsrunde an Carmens Seite verzichte ich gut und gerne. Ich drehe mich zu ihr um. Gut sieht sie ja aus. Eigentlich eine Top-Frau, die es gar nicht nötig hätte, sich mit einem wie mir abzugeben. Vor allem, wenn sie diese Beziehungskiste auffahren will. Für Frauen wie Carmen laufen da unten in der Stadt doch hunderte Ehemänner herum, die nur darauf warten, ihrer Flamme einen Ring anzustecken und sich für immer an sie zu binden. Carmen ist sechsunddreißig, erfolgreich, selbstbewusst, ein bisschen dumm und naiv vielleicht, und wenn man nicht wie ich jede Pussy auf der Welt haben kann, wieso sollte man sie nicht heiraten wollen?

»Cam … hör zu …«, lenke ich betont zögernd ein und möchte sie daran erinnern, dass ich gute Gründe habe, wieso niemand von ihren Geschäftspartnern wissen sollte, dass ich, Liam Harsen, bei ihr wohne und ihr Händchen halte. In der Geschäftswelt Los Angeles hat es sich eben herumgesprochen, was ich tue, um an einen Job zu kommen. – Nicht alle finden das berauschend.

»Ach, Liam«, seufzt sie und setzt sich auf den Küchenhocker. »Vertrau mir einfach. Ich bin mir sicher, dass ich genau die richtigen Leute kenne, die einen guten Arbeitsplatz für dich hätten. Einen, der auch auf deinem Niveau ist.«

Mein *Niveau.* Klar.

Ich verdrehe die Augen und schaue wieder auf den Brief in meinen Händen. Er ist von Phil. Ohne weiter auf Carmen zu achten, die anfängt, sich ganz gewaltig etwas auf unsere Beziehung einzubilden, öffne ich eines der Schubfächer in der Küche, ziehe ein Messer und schneide den dicken Umschlag auf. Ein weiterer Brief fällt heraus. Dazu gibt es eine kaum lesbare, geschriebene Nachricht von Phil: *Dachte, interessiert dich vielleicht. Ansonsten kamen nur Absagen. Und wechsel endlich deine Adresse!*

Hm. Dabei ist es doch zu bequem, ihn als Briefkasten zu –

Mein Herz stockt, als ich den zweiten Umschlag öffne, den Wisch hervorziehe und mein Blick sofort auf den Absender wandert. *Unmöglich.*

»Was ist das?«, fragt Carmen. Neugieriges Weib!

»Ne verfickte Einladung zu einem Bewerbungsgespräch«, erkenne ich ungläubig.

»Das ist doch toll! Von wem?«

»Green.«

Sie sieht mich groß an. Ich weiß nicht, was ich tue, aber klar denken, kann ich nicht. *Green.* Da steht es. *Greenware Corp.* Habe ich in meinem Bewerbungswahn dort meine Mappe hingeschickt? Offenbar habe ich es.

»Barney Green?«, flüstert Carmen erschrocken. Sie wird ganz bleich.

»Da hast du's.« Ich falte den Brief wieder zusammen. Die Message ist klar: zweite Chance für Harsen-Boy Liam. Nie im Leben werde ich ein solches Angebot annehmen. Was denkt der Wichser sich? »Wir können auf das Dinner mit deinen ganzen Leuten verzichten, Cam.«

»Bist du sicher?«, fragt sie, noch immer bleich wie ein Geist.

»Ja, verdammt, Carmen! Danke auch, aber die Letzte, die mir einen Job besorgen wird, bist du, ist das klar?«

Sie zuckt vor meinen harten Worten zurück. »Aber ich denke doch nur an dich dabei …«, beginnt sie entschuldigend.

Ich muss einlenken, sonst artet das hier noch zu einem Streit aus. »Weißt du, Cam.« Mein Ton wird urplötzlich sanft und ich lehne mich locker mit dem Unterarm auf die Tischplatte. »Ich denke, dir geht es um etwas ganz anderes, habe ich recht?«

»Um was?«, fragt sie ertappt.

»Du willst mit mir angeben. Angeben, weil dein Lover 10 Jahre jünger ist und dich trotzdem fickt.«

Jetzt lächelt auch sie. »Nein … das siehst du falsch.«

»Das sehe ich falsch, he? Gib's ruhig zu.« Ich stoße mich von der Kücheninsel ab und gehe um die Theke herum. »Es macht dich verdammt noch mal an, dass ich mich für dich entschieden habe.«

Sie zerfließt unter meinen Worten, wird rot und kichert albern. Und die ist 36? »Darum geht es mir wirklich nicht … Ich weiß nur nicht, ob Greenware die geeignete Firma für dich ist …«

Ich erreiche ihr Bein und streichle sanft darüber. »Du kannst es kaum erwarten, mich vorzustellen. Ich weiß es. Alle sollen neidisch auf dich sein …« Hoch zu ihrem Schritt, schiebe meine Finger dazwischen, doch sie windet sich.

»Ich arbeite wirklich sehr eng mit der Firma zusammen, Darling … Wir würden uns dort vielleicht sogar begegnen … Ich glaube einfach, dass es nicht das Richtige für dich –«

»Ach verfickte Scheiße auch, Cam!«, fluche ich und lasse schlagartig von ihr ab. Soll die alte Fotze es sich doch selbst besorgen. Oder sich von ihrem *Geschäftspartner* durchvögeln lassen. Dieses Getue hier kann doch keiner ertragen. Es gibt hunderte Tussies in Hollywood, die auf mich stehen und mich bei sich wohnen lassen würden. Ja, vielleicht haben nicht alle den Blick auf LA. Na und? Sieht man sich irgendwann eh satt dran. »Ich gehe jetzt«, drohe ich aus einem dämlichen Impuls heraus. *Fuck, du bist gerade dabei alles zu verlieren. Ist es das wert? Es ist es so was von wert.* »Wenn ich wiederkomme, bist du hoffentlich wieder normal.«

»Aber …«

Ich wende mich ab und gehe zur Treppe, die nach

unten zur Haustür führt. Ich brauche Ablenkung. Ganz gewaltige, schnelle Ablenkung, und zwar jetzt sofort. Mein Leben nimmt ungeahnte Wendungen und ich kann nicht einmal genau sagen, warum. Normalerweise hätte ich Carmen jetzt mit Sex bezirzt. Stattdessen lasse ich mich von ihr volllabern und löse einen richtigen Streit aus.

»Ich muss sie auch nicht einladen, in Ordnung?«, ruft sie mir hinterher. In ihrer Stimme sitzt die Angst. Die Angst davor, dass ich sie verlassen könnte. Fuck. Ich bin dieses Mal wirklich zu weit gegangen. Aber wie kommt sie auch auf die Idee, sich ausgerechnet in mich zu verlieben?

»Lad sie ein«, blaffe ich schroff, als ich in meine Nikes schlüpfe. »Ich komme nicht.«

Damit nehme ich die Treppen.

Und ich bete kurz, dass ich nie wieder zurückkehren muss.

11
LIAM

Direkt vor meinem Kopf lecken sich zwei nackte Mädels die Zunge aus dem Hals. Die eine trägt ein Piercing. Die andere hat keins.

Daran kann ich sie unterscheiden.

Beide sind nackt.

Beide sind gierig.

Wir *drei* sind eine gute Kombination. Theoretisch. Früher war das sicherlich so. Aber heute kriege ich nur mühselig etwas zu Stande. Mir geht ein gewisses Augenpaar verflucht noch mal nicht aus dem Kopf! Niemals mehr, wie es scheint! Was für eine ruchlose Kacke!

Es nützt auch nichts, dass sich die Mädels nun abmühen und meinen Körper mit ihren Mäulern bearbeiten. Es nützt noch weniger, dass sie mit Händen, Füßen und Zungen auf meinen Schwanz zusteuern. Ich bin mir so was von sicher, dass der mich im verfickten Stich lassen wird.

Schön, erkenne ich ironisch und schließe genervt die Augen. Bist du halt eine Pussy. Kann man auch mit leben, habe ich gehört. Gibt einige. Sie heiraten, sie kriegen *Babys,* sie lieben sich, sie betrügen sich, sie hassen sich, sie heiraten den nächsten und so weiter. Halt sinnvolle Zeitvergeudung eines sonst so freien Lebens. Soll es geben, kann funktionieren.

Für mich aber nicht!

Mein Gott.

Ich brauche mir doch nichts vorzumachen! Nie im Leben werde ich mich an irgendeine Klit binden, um dann auf ihre Laune angewiesen zu sein, wenn ich mal abspritzen will. Ich sehe mich bereits, wie ich heimlich unter der Dusche meinen Druck ablasse, weil *die Eine* zum Beispiel gerade ihre Periode hat. Oder ihre Migräne. Oder ihren Wachstumsschub oder etwas anderes Banales. Verdammt noch mal zur Hölle, nein verfickt!

Als ich meine Augen wieder aufmache, stelle ich erstaunt fest, dass diejenige mit dem Piercing gerade auf mir sitzt und mich irgendwie vögelt. Ein witziger Anblick.

In jedem anderen Moment zum Sterben geil. In diesem Moment zum Brechen langweilig.

Ich lasse es einfach mit mir machen. Wieso zur Hölle habe ich die zwei auch aufgegabelt? Was hat mich geritten? – Ach ja. Ich erinnere mich. Der fehlende Rückruf einer gewissen Person, den ich sehnlicher erwarte als jedes Kind Weihnachten.

Die Kleine stöhnt und zappelt auf meinem Schwanz. Und es ist nur irgendeine, kleine, piercing-tragende Bisexuelle. Aber ich kann sie auch nicht wegstoßen. Ich kann nicht.

Was würde das bedeuten? Unmöglich verdammt!

Ihre Freundin leckt und fingert an ihr herum und bringt das Girl schließlich zum Orgasmus. Gelangweilt schaue ich ihr dabei zu. Feeein.

Endlich fertig?, verkneife ich mir.

Piercing-Girl und Freundin sinken glückselig zu meinen Seiten in die Kissen und streicheln noch glückseliger meine nackte Brust. Zum Glück bestehen sie nicht darauf, dass ich auch komme. Was zur Hölle läuft bei mir nicht mehr richtig?

»Möchtest du auch?«, fragt die eine von ihnen und reicht mir einen Joint.

»Auf jeden Fall«, sage ich dankbar und nehme ihr das Teil ab. Runterkommen. Klar werden. Wieder ich selbst werden oder so. Das geht doch mit Weed, oder nicht? »Könnt ihr mir einen Gefallen tun?«

»Jeden«, säuselt die Rechte und steckt sich den Joint zwischen die Lippen.

»Ich habe da einen Freund. Dem schulde ich etwas.«

»Ist er heiß?«, fragt die andere, küsst meine Brust und zieht mit einem Finger meine Bauchmuskeln nach.

»Das würde ich nicht sagen.« Ich denke an Phil, der maximal dann eine rumkriegt, wenn er ihren Computer repariert. Aber selbst auf die Tour wird es schwierig. »Ihr müsst ihn nicht vögeln«, beruhige ich sie. »Nur ein bisschen anmachen, wenn ihr versteht, was ich meine. Er schaut gern zu. Jedenfalls schaut er verdammt gerne Pornos. Was meint ihr? Sagt ihm, dass ich euch geschickt habe.«

»Oh, Liam«, seufzt Mrs. Piercing und gleitet mit ihrer Hand wieder in Richtung meines Bauches. Ich schiebe sie beiseite. »Ist das dein Ernst? Werden wir dafür denn auch belohnt?«

»Das wurdet ihr doch gerade«, erinnere ich sie lahm und ziehe noch einmal am Joint, stoße den Rauch aus und lasse eine Wolke zwischen uns entstehen. Das Marihuana dringt allmählich in meine Adern, sorgt für etwas Entspannung. Dann stehe ich plötzlich auf. »Ich glaube, ihr werdet mir helfen, habe ich recht?«

Doch ich warte nicht auf eine Antwort, sie werden es tun. Ich greife nach meiner Hose, ziehe sie mir über, nach dem Hemd, knöpfe es zu. Die beiden räkeln sich rauchend auf dem Bett, sehen wirklich prima aus zusammen und werden Phil auf jeden Fall gefallen. Auch, wenn sie ihm nicht unbedingt sagen sollten, dass ich sie bereits *kennenlernen* durfte.

»Also, wo ist denn dieser Typ?«, rufen sie mir hinterher, als ich schon dabei bin, ihr Schlafzimmer zu verlassen.

Ich drehe mich noch einmal um.

»Nebenan auf der Party von Taylor. Kommt doch später rum.« Ich lächle. Gott bin ich froh, das hier hinter mich gebracht zu haben! »Aber Anziehen und so nicht vergessen, klar?«

»Oh, Liam!«

Dann öffne ich die Tür, die in das Wohnzimmer führt, schließe sie wieder und verlasse das kleine Apartment, das neben dem von Taylor liegt.

12
LIAM

Die kleine Party bei Taylor läuft gut, aber nicht berauschend. Phil, der mich mürrisch begrüßt hat, sitzt missmutig in einer Ecke, nippt an seinem Bier, und irgendwie glaube ich, dass er noch eine Weile brauchen wird, um mir Bridgets Seitensprung zu verzeihen. Den sie mit mir hatte. In seinem Badezimmer. In zehn Minuten. Noch bevor er *wirklich* mit ihr zusammengekommen ist. Wer ist hier die Schlampe?

Gott, der arme Kerl.

Ich stelle mich also lieber zu Taylor an die Theke, dessen Gesprächspartner gerade die Runde zum Klo gemacht hat. Wenn das hier *meine* Party wäre, eine *Harsen*-Party, hätte sie Stil. Es gäbe nicht nur bessere Musik und mehr Frauen, nicht nur mehr Alkohol und Spiele dazu, es gäbe überhaupt so etwas wie Spaß. Aber ich habe kein Geld für die eigene Party, nicht einmal für einen Club, für überhaupt nichts und das wird sich auch nicht ändern. Außer ich bettle Carmen an und nutze ihre Vernarrtheit völlig aus. Oder schlimmer noch: Ich gehe direkt zu Stella Greens Dad.

»Ach was«, grüßt Taylor mich strahlend, als er mich

hinter sich bemerkt, und schlägt in die Hand ein, die ich ihm hinhalte. »Dachte, du kommst früher.«

»Wurde aufgehalten.«

»Aha«, lacht er und drückt mir sofort eine Flasche Bier in die Hand. »Habe dich am Montag auf der Vernissage vermisst? Wurdest du nicht eingeteilt?«

»Nee.« Ich hebe die Schultern und nehme ein paar Schlucke Bier. Manchmal frage ich mich, wieso nicht alle Typen in meinem Alter auf die fantastische Idee kommen, sich eine reiche Frau zu suchen, die einem das Leben bezahlt – aber können ja nicht alle so schlau sein wie ich. Oder so arm. »Wie geht's dir sonst?«

»Echt gut soweit. Weißt du noch …«

Mein Smartphone surrt. Ich schiele darauf. Als ich eine unbekannte Nummer auf dem Display entdecke, gerinnt plötzlich mein Blut. Fuck! Alles ist vergessen. Der Sex, die Mädels, Carmen, oder:

Ich will es vergessen. Ich versuche ständig, das eine oder das andere zu verdrängen. Erst sie, jetzt die anderen, und es zerreißt mich auf eine unerträgliche Scheißart, die ich einfach nicht gewohnt bin.

»Alles klar, Mann?«, reißt mich Taylor aus meinen Gedanken.

Ich sehe kurz auf. »Sorry, da muss ich drauf antworten.«

Damit lasse ich ihn stehen und suche mir einen Weg durch die Leute hindurch, hinaus auf den Balkon. Hier ist es kühl, viel kühler, als sonst abends im Juli. Diese Kälte sollte eigentlich mein Gehirn klären, wäre da nicht diese Hitze in meinem Magen. Diese bescheuerte Hitze, Gott!

Ich öffne die SMS:

Hi, Liam, bist du heute Abend auch im Maintown Inn? Vielleicht kann man sich ja treffen, xo, S

Ich starre ungläubig aufs Display. Genau so etwas habe ich mir gewünscht. Ich weiß es. Ich hasse mich dafür. So eine normale schnulzige, völlig unmögliche Standard-SMS auf meinem Handy! Von *ihr.* Von Stella.

Meine Hände zittern unmöglicherweise, als ich auf das behinderte Hörersymbol neben ihrer Nummer tippe. Die vielleicht auch zu hundert anderen Frauen mit dem Namen S… gehören könnte – ich wüsste nicht, was ich dann tun würde. Vielleicht vor unerfüllter Sehnsucht vom Balkon springen?

Shit, ich will keine Frau!

Aber ich will Stella Green.

Ich will verdammt noch mal keine Beziehung!

Aber auf jeden Fall will ich Stella Green.

Ich will ficken können, wen ich will und das so oft am Tag, wie ich eben Bock drauf habe.

Und vor allem halt Stella Green.

Was ist aus mir geworden …

Ich halte mir das Handy krampfhaft ans Ohr. Das *Maintown Inn* liegt leider direkt um die Ecke. Ich wäre also sofort dort, sollte sie es wollen …

Ich würde nicht eine Sekunde zögern. Nicht eine einzige und das ist auch der Grund, weshalb ich sofort auflegen sollte. *ICH GEHE, WOHIN ICH WILL.* Ob mich jetzt irgendeine Süße dahaben will oder nicht. Normalerweise. Früher. Bevor mir ein blauäugiger Engel einfach so mitten im Meer einen runtergeholt hat. Ich spüre ihre Finger noch jetzt auf meinem Schaft und das ist nicht gerade zuträglich für diese ganze Aktion hier.

Das Freizeichen tutet wie behämmert in meinem Ohr.

Ansonsten ist es verdammt still. Von den umliegenden Apartmenthäusern dringt kein einziger Laut.

»Ja?«

»Hi«, würge ich beinahe. Denn zu meinem Schwanz, der sich wie auf Kommando aufstellt, nur weil er *ihre* Stimme *erahnt*, gesellt sich ein deutliches Ziehen im Magen, das ich so noch niemals erlebt habe und das ich auch nie wieder erleben möchte.

»Liam?« Mein Name aus ihrem Mund.

»Stella?« Ihrer aus meinem.

»Ja, ich bin es. Hast du meine Nachricht bekommen? Bist du in der Stadt? Wollen wir uns treffen?«

»Klar.« SOFORT, schreit mein Hirn und ich möchte mich am liebsten auspeitschen für meine Unfähigkeit, cool zu bleiben. *Ich bin nicht cool. Ich bin überhaupt nicht cool.* Ich gehe in einen Fahrstuhl, treffe zwei Mädels, mache sie sekundenschnell so heiß, dass ich eine von ihnen beinahe vögle, während die andere gierig auf meinen Schwanz starrt und darum bettelt, dass ich sie in ihre gemeinsame Wohnung begleite. Das alles mit einer solchen Coolness, dass es kaum angeht und nun das! Ich verkomme zu einem ekelhaften Softie, der ich nicht sein will.

Der ich sein will!

Der sie will!

Sie verdammt!

»Ich bin auf einer Party zwei Straßen weiter vom *Maintown Inn*«, bringe ich hervor. Einen Club kann ich mir nämlich leider nicht leisten, Baby. (Wo ist der Pfeiler, gegen den ich meinen Schädel rammen kann?) »Wollt ihr vorbeikommen?«

»Wieso denkst du, ich hätte jemanden bei mir?«, fragt sie durchs Telefon und ihre Stimme fährt direkt unter meine Haut, tief hinein und bringt mein Blut zum Zittern. *IHRE STIMME verdammt!*

»Bist du nicht?« Wieder keuche ich beinahe, wieder schlucke ich zu heftig. »Du ... bist allein?«

»Mhm«, macht sie. »Aber ich komme gerne vorbei. Unser Chauffeur setzt mich dann gleich ab.«

»Was?«

»Ahm. Mein Chauffeur. Wo muss ich hin?«

Ihr Chauffeur. Sie kommt einfach hierher! Jetzt!

»Lion Lane 17.« Mein Mund ist trocken. »Ich stehe an der Straße und warte auf dich.«

»Oh, das wäre super. Also in ca. fünfzehn Minuten bin ich da, wenn Lucas nicht noch langsamer fährt.«

»Ist gut«, sage ich schnell und lege endlich nach einem »Bis gleich dann« auf.

Pussy.

Ich.

Eine Pussy.

Liam Harsen.

Fuuck!

Ich fahre mir durch die Haare, Schweiß perlt in meinem Nacken und ich muss dringend duschen. Ich muss diesen ekelhaften Sex mit den völlig falschen Weibern abwaschen, am besten meine Haut abziehen. An Carmen mag ich gerade gar nicht denken. Es fühlt sich so an, als hätte ich Stella bereits betrogen. Shit? Ernsthaft? Nur, weil sie diesen einen Tag mit mir im Wasser war? Deswegen?

Ich sprinte durch Taylors Wohnung, stelle aufatmend fest, dass Lucy und Mia sich an Phil schmiegen – wenigstens meinen Freund hätte ich ab morgen wieder – direkt ins Bad. Wie besessen drehe ich das Wasser auf, schließe die Tür hinter mir und ziehe mich zügig aus. Ich will jede Erinnerung abspülen.

Ich lasse mich vom heißen Wasser verbrennen, um diese irre Nervosität abzutöten, schaffe es aber nicht.

Ich. Nervös.

Ich, Liam Harsen, verdammte Scheiße aber auch!

Ich versuche es mit kaltem Wasser. Kalt, kälter, irrekalt, verfickt arschkalt und es hilft alles nichts.

Ich unterdrücke einen Aufschrei und drehe das Wasser wieder zu, greife nach einem Handtuch und ziehe mich an.

Jetzt der Blick in den Spiegel.

Meine kurzen Haare sehen nass ziemlich geil aus, gut so, mein Hals ist vom heißen, später kalten Wasser leicht gerötet, aber das legt sich schon. Meine Lippen zwei bibbernde Striche. Das Gesicht einer Schwuchtel starrt mich an. Nicht, dass ich etwas gegen Schwule hätte, ganz sicher nicht. Mir völlig scheißegal, wer auf dieser Welt wen bumst, nur *ich.*

Ich, Liam, bin einfach nicht schwul. Ich stehe auf Frauenpussys, auf den vorderen Eingang und deswegen sollte ich mich verdammt noch mal zusammenreißen und mich auch so verhalten, verdammt!

13
LIAM

Die Fahrstuhltür gleitet auf. Den werde ich nicht nehmen. Ich sehe mich darin förmlich, wie ich das Zungen-Piercing-Ding gegen die Wand schiebe und anheize, nee.

Danke.

Ich stürme also die Treppe hinunter und stolpere fast über meine Schritte. Das Adrenalin jagt durch meine Adern.

Ich zwinge mich zur Ruhe, stoße die schäbige Eingangstür auf und gehe einigermaßen gelassenen Schrittes auf die Lion Lane zu. Die Hände in den Taschen. Sie sind verdammt noch mal schwitzig.

Zwei Minuten später biegt ein Rolls Royce in die Straße ein und sieht wie die Requisite aus, die nicht ins Stück passt.

Ich laufe vor zum Wagen und erreiche Stella, als sie gerade aussteigt. Sie drückt die Autotür zurück in die Fassung, winkt ihrem Fahrer und dreht sich dann zu mir herum. Sie strahlt mich an.

Ich lege ihr zur Begrüßung eine Hand auf den Rücken und hauche ihr einen leichten Kuss auf die Wange. Irgendwie so, wie man das halt macht, wenn man ein Romantiker ist, ein Gentleman, ein Vollidiot.

»Hi«, lächelt sie weiter und sieht sich dann in der Straße um. Zehnmal die gleichen Apartmenthäuser, 15 Stockwerke hoch, schäbig, halb verkommen. Kein Beverly Hills, kein Ort, an dem sich Greens herumtreiben, oder Harsens, bevor sie all ihr Geld verloren haben.

»Hier war ich noch nie«, gibt sie staunend zu.

»Zu hässlich für LA, was?«

Sie lacht. »Das wollte ich nicht sagen … aber ja.«

Ich halte ihr meinen Arm hin. Sie starrt für einen Augenblick darauf. Sie zögert, und ich werde unsicher – verflucht, macht man das nicht so? – hakt sich dann aber ein.

»Die Party ist eigentlich auch nicht besser«, gebe ich zu, viel zu glücklich, ihre Hand an meinem Arm zu spüren, als ich es sein dürfte, und führe sie zurück Richtung Haus. »Nur so Kellner wie ich anwesend, schlechtes Bier, billige Musik.«

»Warum gehen wir dann überhaupt hoch?«, fragt sie und hebt eine Braue. Wir haben die Tür fast erreicht. Stella wird vom faden Neonlicht bestrahlt und sieht fassungslos schön aus. Ihre blonden Haare hat sie kaum frisiert. Ihre Augen nur dezent umrahmt, ihre Lippen dafür prägnant rot geschminkt. Vorbeugen. Küssen. Ficken. Drei einfache Dinge, zu denen ich trotzdem nicht in der Lage bin.

»So meinte ich das nicht«, lenke ich ein. »Die Party ist toll, glaub mir. Wir trinken umsonst, rauchen umsonst und freuen uns einen Ast, weil wir auf dem Hang wohnen und einen viel besseren Blick haben.«

Sie lacht wieder.

»Auch wenn der hier aus dem zehnten Stock nicht allzu schlecht ist. Sollte man gesehen haben. Für den Vergleich.« Gott, was labere ich für eine hirntote Kacke!

»In Ordnung«, sagt sie zögernd und verzieht ihre Lippen zu einem anzüglichen Lächeln.

Meine Hose platzt gleich über den ganzen Scheißrasen hier!

»Zeig mir die Aussicht.«

Ich nicke stumm, etwas Brauchbares verlässt meine Lippen offenbar nicht mehr, und stoße die Eingangstür auf, die ich in weiser Voraussicht verkeilt habe. Ich führe Stella an ihrer Hand, an dieser viel zu schönen, samtweichen Hand, zu Fahrstuhl Nummer zwei.

Und ich werde sie ganz sicher nicht im Fahrstuhl anrühren. *Ich sollte sie eigentlich überhaupt nicht anrühren. Es gibt bessere Männer für sie. Sie verdient bessere. Verdammt, wie könnte ich widerstehen?* Betont halte ich Abstand, bis der Lift endlich wieder mit einem *Bing* hält.

Sie läuft direkt vor in den dunklen Flur. »Mach kein Licht!«, befiehlt sie und schleicht vorsichtig auf die Feuertreppe zu. Die Partymusik dringt dumpf durch die Wand.

Sie öffnet die Notausgangstür.

»Ahm, Taylor hat sonst auch 'nen Balkon«, sage ich noch, dann ist sie schon draußen und stellt sich vors Geländer.

Ich folge ihr.

In mir brennt es.

Während sie am Geländer steht und hinaus auf die glitzernde Skyline LA's blickt, muss ich sie einfach anstarren und bewundern. Ihre langen Beine stecken in einer kurzen Jeans. Dazu trägt sie einen weiten, weißen Pullover, der jede ihrer Rundungen verbirgt. *Verlockend.*

Wie geil es jetzt wäre … wie geil es wäre, sie jetzt so von hinten zu nehmen …

Sie dreht sich plötzlich herum. Ihre blauen Augen funkeln, der kitschige Mond erleuchtet ihr Gesicht.

»Und jetzt?«, fragt sie.

»Wie jetzt.«

»Was tust du denn normalerweise mit Frauen auf Feuertreppen?«

»Was?« Ich traue meinen Ohren nicht. »Inwiefern.«

»Liam Harsen«, lächelt die Schönheit in Perfektion mich an, verzieht wieder ihre Lippen, wird lasziv. »Wann *fickst* du mich endlich?«

»Ficken?«, wiederhole ich stumpf, vermutlich aus reinem Unglauben. Ja, klar, du Honk, das, was sie mit dir im Meer begonnen hat! Das, was du die ganze Zeit tun willst! Bei jeder anderen verdammten Frau hätte mich diese Frage nicht im Mindesten gewundert. Bei Stella wundert sie mich. Sehr.

»Ja«, haucht sie lustvoll.

»Ich ficke dich nicht«, verbessere ich. Ich ficke die ganze Welt, aber doch nicht dich, Baby! Das, was Mann mit Stella Green tun könnte, das, was mein Schwanz mit ihr tun will, verdient eine neue Bezeichnung, etwas enorm Besseres, Innigeres, ja, Scheiße, halt etwas Liebevolleres als *Ficken.*

Sie hebt eine Braue und ich sehe, wie ihr Körper versteift. Sie krallt die Hände in die Brüstung, die sie hinter sich umfasst und vielleicht denkt sie, ich käme auf die wahnwitzige Idee, sie *nicht zu wollen.*

»Du willst, dass ich dich …?«, frage ich noch immer verblüfft. Die Hormone setzen mir ganz schön zu. Wann erhalte ich mein Hirn zurück?

»Ja«, haucht sie leise.

»Du kennst mich kaum und willst trotzdem, dass ich es mit dir tue, hier draußen auf der Feuertreppe?«

»Ja«, wiederholt sie und ihre Lider flattern vor Erregung.

Vor Erregung.

Ich muss mich heftigst bremsen, wie noch niemals in meinem Leben. Diese Frau killt mich einfach.

»Du überraschst mich«, gebe ich zu. Positiv. *Extrem positiv.*

Sie lächelt vage, aber auch leicht verunsichert und endlich –

Endlich gewinne ich wieder die Oberhand, wieder? Vielleicht das erste Mal überhaupt, seitdem ich sie kenne.

Ich umgreife ihr Handgelenk, ziehe sie schwungvoll zu mir heran und lasse meinen Atem über ihr Gesicht streifen. Sie seufzt auf. Ihre Sinne sind geschärft, ihre Reaktion berauschend. Ohne weitere Umschweife presse ich sie gegen meinen harten Schwanz, der nur für sie so unfassbar geil ist, dann wende ich sie herum und drücke sie gegen die Hauswand.

Ich fasse ihre Hände und schiebe sie über ihren Kopf. Ich halte sie dort mit meiner rechten fest, während ich mit meiner linken unter ihrem weiten Pullover entlang ihren Rücken hochfahre, und ihre abgöttische Haut erfühle, mich darin verliere. *Ein Traum …*

Dann beuge ich mich an ihren Hals und berühre ihn mit meinen Lippen. Zaghaft. Zärtlich. Durch ihren Körper fährt eine Welle der Erregung.

»Du machst mich wahnsinnig«, flüstere ich hilflos an ihrer Haut. Der Druck in meiner Jeans schwillt an. Ich versuche, mich zu kontrollieren, während ich sanft mit meiner Zunge unter ihrem Haaransatz entlang streichle. Ich atme ihren Duft, ihren pervers-guten Duft tief ein.

So *tief*. Wahnsinn.

Mein Schwanz drückt immer drängender gegen den Reißverschluss meiner Levis, aber noch wird ihn niemand von uns erlösen. Stella atmet schwer und beginnt in meinem Griff zu zittern.

Mit einer Hand öffne ich ihre Jeans, die andere hält ihre Arme weiterhin über ihrem Kopf fest, dann gleite ich langsam mit meinen Fingern zwischen ihre Beine und will fast abspritzen, als ich spüre, *wie feucht* sie ist.

»Stella, Baby …« Ich gehe hektisch in die Hocke. Davon muss ich kosten, sofort, das muss ich schmecken, ich muss *sie* probieren.

Ich reiße ihre Shorts nach unten, hebe ihr linkes Bein an, lege es über meine Schulter und versinke zwischen ihrer Scham. Ich trinke durstig ihren Saft, der noch besser schmeckt, als alles, was ich jemals kosten durfte.

Ich lecke mit meiner Zunge an ihrem Kitzler entlang. Sie versteift sich und stöhnt auf. Ich wandere tiefer, bis ich endlich ihren triefendnassen Eingang erreiche und meine Zunge so weit wie möglich darin vergrabe.

FUCK IST DAS GUT!

»Du bist so nass, Baby«, raune ich. »So verdammt nass, es ist unfassbar.«

»Mhm!«, höre ich ihre Stimme von irgendwoher erstickt, bevor ich mich vollends in ihr verliere.

Ich nehme meine Hände dazu, gleite in ihre Spalte ein, suche ihren Lustpunkt und kaum berühre ich ihn, zuckt sie zusammen. Oh ja, noch einmal!

Sie zuckt vor Ekstase.

»Liam!«, keucht sie und gräbt die Hände in meine Haare, klammert sich fest, während ich weiter meine Finger in sie gleiten lasse. Tiefer und fordernder werde. Weiter ihren Kitzler lecke, der unter meinen Berührungen so befriedigend gut anschwillt. Gott, ist das gut. Ich mache es ihr.

Die Erkenntnis darüber drückt direkt in meinen Schwanz. Ich mache es Stella Green hier auf dieser abgefuckten Treppe und freue mich darüber wie so ein kranker Teenie.

Aber egal, ob testosterongesteuert oder nicht: Hauptsache, es gefällt ihr.

Noch niemals war es mir so wichtig. Noch niemals hat es mich so sehr interessiert, dass die Frau, die ich fingere, auch wirklich glücklich mit mir ist.

Sie soll glücklich mit mir sein.

Das ist alles, was mich antreibt.

Meine Finger fahren ihre Innenwände entlang und treiben sie in den Wahnsinn. Stella verliert beinahe den Halt, krallt sich an meiner Schulter fest. Ich mache weiter, höre nicht auf, oh nein, Baby, garantiert nicht, und sauge und lecke und stöhne mit ihr, bis der erste Orgasmus über sie hinwegrollt. Wie ein Orkan, wie ein gewaltiges Erdbeben, das sie von oben bis unten durchschüttelt.

Sie schreit die ganze Wohngegend zusammen und weckt alle Mietparteien. *Baby, gleich noch mal, ja, noch mal, komm noch einmal für mich, bitte, Fuck, Stella, tu mir den Gefallen!*

Ich kann jetzt vier meiner Finger in ihre Öffnung schieben, so sehr erwartet sie mich. So sehr verlangt es sie danach, dass ich in ihr stecke. Ich massiere sie weiter von innen und höre nicht auf. Mache es genauso, dass sie gar nicht anders kann, als kurze Zeit später ein zweites Mal wie wahnsinnig zu zucken.

»Liam!«, schreit sie und jetzt weiß ganz LA, dass ich es bin, verdammt noch mal ich es bin, der hier ihre Klit leckt, ihre Schamlippen entlang saugt und sie völlig fertigmacht.

Sie bebt noch nach, da stehe ich aufrecht, meine Jeans ist prall gefüllt, mein Schwanz bettelt um Erlösung. Ich ziehe den Reißverschluss. Zwei Sekunden später schiebe ich das Kondom über meine erwartungsvolle Spitze und sehe dann Stella in die Augen. Ich bin unfassbar glücklich, jede Faser meines Körpers wird von diesem Endorphinen-Zeug durchströmt, aber – Moment.

Glücklich? Das ist aber etwas anderes!

»Stella«, frage ich völlig bestürzt und umfasse ihre

Wange, streichle sanft darüber, glaube nicht, was ich sehe. »Was hast du, Babe?«

»Willst du mich jetzt …« Ihre Stimme zittert. Sie ist ängstlich. Keine Spur von dem Mädchen, das mich nur wenige Minuten zuvor selbstbewusst verführt hat. Sie starrt auf meinen Schwanz. »Wirst du jetzt mit mir schlafen?«

»Was?«, frage ich dümmlich. *Ja, was denn sonst?!*

»Ich meine nur … hier?«

»Was stört dich denn?«

»Ehm.« Sie windet sich unter meiner Hand, die auf ihrem Gesicht aufliegt, schaut betreten zu Boden, ganz bewusst an meinem Schwanz vorbei. »Ich bin noch Jungfrau, Liam.«

WAAAS?

14

LIAM

Ich drehe den Schlüssel im Schloss zu Carmens Villa, bevor ich bemerke, dass die Haustür nur angelehnt ist. Von drinnen schallt leise spanische Musik und im Flur sind voluminöse Kerzen aufgestellt, die munter vor sich hinflackern. Ich lege den Schlüssel auf den Flurtisch ab und schließe die Tür hinter mir.

»Liam?«, ruft Carmen sofort und leider taucht sie sogleich am Ende der Treppe auf, die hoch in den Wohnraum führt.

»Hi«, sage ich trocken und nehme die Stufen.

Kaum erreiche ich sie, schlägt mir eine Alkoholfahne entgegen. Auch das noch.

»Darling«, trällert sie in einem lallenden Singsang, umfasst meine Wangen und drückt sich gegen mich. »Wo warst du? Geht es dir gut?«

»Klar«, lüge ich und will ihre Hände fortschieben, doch sie beugt sich vor, an meiner Wange vorbei und zu meinem Ohr hin. Sie will vermutlich etwas flüstern.

Sie hält inne.

Und ich ahne, dass ich rieche.

Extrem. Mein ganzer Kopf steckte zwischen Stellas Beinen und ich habe bisher nicht den Wunsch verspürt, mir ihren köstlichen Geruch abzuwaschen. Habe es nicht einmal jetzt vor.

»*Wo* warst du«, herrscht Carmen, nimmt wieder Abstand und mustert mich scharf. Hinter ihr meine ich, ein paar ihrer Gäste auf der Terrasse auszumachen. Wir stehen im kerzenbeschienenen Halbdunkel und sie ist betrunken genug für eine Szene.

Ich umfasse ihre Hände und lege sie zurück an ihren Körper. »Ich war bei Taylor. Das habe ich dir doch gesagt.«

»Und mit *wem* warst du da?«

»Mit Phil.« Nicht mal gelogen das Ganze. Ich seufze innerlich. Was für ein Abend! Was für ein Tag!

»Ahja, und wieso stinkt dein komplettes Gesicht nach Frau? Nach einer *anderen* Frau? Hm, Liam? Hast du es etwa mit einer anderen getrieben und dann kreuzt du hier auf, obwohl ich *Gäste* habe! Und hältst es nicht einmal für nötig zu duschen, bevor ich dir näher komme und dich küssen will!?«

Wahrscheinlich zögere ich einen Moment zu lange, bevor ich unschuldig dreinblicke. Ich bin einfach zu durch. Am liebsten will ich mit den Schultern zucken und fragen: ›Das war dir doch die ganze Zeit über klar gewesen?‹

»Schön«, zischt sie wütend. »Wir reden später darüber! Ich muss jetzt wieder zurück!«

»Cam …« Irgendetwas in mir ist es gewohnt, sich aus diesen Dingen herauszureden, also tue ich es. Ich fasse sie an ihren Oberarmen, suche ihren Blick und sehe tief dort hinein. »Es war 'ne Wette.«

»Eine was?!«, keift sie und will sich aus meinem Griff winden, doch ich bin stärker.

»Es war eine Wette, eine dumme, kindische Wette, und du willst gar nicht wissen, wovon genau diese Wette handelte. Nur soviel: Ich habe verloren. Und daher musste ich mir diese Paste ins Gesicht schmieren. Keine Ahnung, was das für ein Zeug war, aber wenn es für dich nach Frau stinkt, dann hoffentlich schlicht irgendeine Fußpilzcreme. Ich sagte doch: Junggesellenparty, die kommen auf die hirnrissigsten Ideen und sind von vorne bis hinten total albern. Und nun ja.« Ich streiche eine Strähne aus ihrer Stirn. Ich bin irgendwie zu müde, um zu realisieren, dass ich das unter normalen Umständen niemals tun würde. »Ich bin auch so albern. Es tut mir leid. Ich werde jetzt schlafen gehen.«

Carmen starrt zu mir hoch. Sie versucht die Lüge zu schlucken. Sie will es unbedingt glauben, weil sie mir verfallen ist. Mein Gott, erkenne ich nüchtern, ich sollte packen und gehen.

»Gut, dann bis später«, sagt Carmen mit zittriger Stimme, löst sich aus meinem Griff und geht ohne ein weiteres Wort hinaus zu den Gästen.

Ich atme auf. Wenigstens heute Nacht hätte ich noch ein Dach über dem Kopf, bis Phil morgen vielleicht bereit ist, mich wieder einziehen zu lassen. Wenn er denn bereit ist …

Ich schmeiße mich im Halbdunkel auf eines der extrabreiten Sofas und zücke mein Smartphone.

Der Verlauf meiner SMS, den ich die paar Meter hoch zu Carmens Haus mit Stella geschrieben habe, ist noch offen. Im Taxi haben wir geschwiegen. Irgendwie wollte ich nur eine einzige Sache: Sie schnell nach Hause bringen.

00.37 STELLA.

Wieso?

00:39 ICH:

Wieso ich dich nach Hause gebracht habe?

00:39 STELLA:

Was sollte das denn? :/

00:39 ICH:

Ich glaube, ich bin tatsächlich der Falsche für dich.

00:40 STELLA:

Was?

00:45 ICH:

Ich rufe dich morgen an.

00:45 STELLA:

Ich dachte, du bist anders.

00:46 ICH:

Wie anders? Du dachtest, ich knalle jede, ganz egal, ob sie nun gerade ihr erstes Mal mit jemandem hat oder nicht? Glaubst du das, ja? Glaubst du, ich habe es annähernd SO nötig?

00:47 STELLA:

Warum ist dir das so wichtig …? :/

00:47 ICH:

Warum ist es dir offenbar so wichtig? Ich rufe dich morgen an.

00:49 STELLA:

Ich will jetzt reden.

00:49 ICH:

Ich will NICHT jetzt darüber reden.

00:52 STELLA:

Ok.

Ich starre auf das ›Ok‹. Okay, ja. Okay, dass ich sie beinahe entjungfert hätte, ich! Ich, verdammt noch mal ich! Der Ungeeignetste von allen, das Arschloch, jemand, der niemals eine Beziehung eingeht, die er *ernst* meint, bei der er nicht *gewinnt*, für die er nicht *etwas bekommt.* Ich entjungfere keine Frauen. Aus Prinzip nicht, niemals. Mein erstes Mal hatte ich mit Amie. Und es ist mein einziges und letztes Mal gewesen, dass ich irgendeiner Frau die bleibende Erinnerung an den ersten Schwanz in ihr einpflanze. Und so wie ich Amie kenne, hat sie mich vermutlich längst vergessen. Aber Stella! Gott! Niemals käme ich auf die Idee, sie brachial auf irgendeiner schäbigen Feuertreppe, im schäbigsten Stadtviertel LA's zu entjungfern. Ich könnte mir niemals wieder ins Gesicht sehen.

Ich bin nicht geeignet.

Ich wohne bei Carmen, ich scheiße auf Gefühle.

Ich *betrüge* immer. Ich *habe keine Freundin.* Ich *binde mich nicht.* Sie soll sich einen Besseren suchen. Einen, der sie liebt und der es auch aushält, das für eine ganze Weile zu tun. Für immer. Stella verdient diesen ganzen Kitsch. Sie verdient jemanden, der sie auf Händen trägt und *zwar bis in jede Ewigkeit.*

Also bin ich nicht geeignet. Und ich sollte sie auch nicht entjungfern. Wie kann eine wie sie überhaupt noch Jungfrau sein?

Das Handy surrt wieder.

01:25 STELLA:

Liam?

Gott ja!

01:25 ICH:

Hm?

01:26 STELLA:

Mir hat es sehr gefallen.

Ziehen. Im Magen. Schmerz im Herzen, überall Scheiße, Gefühle sind scheiße! Verfickt unnötig und ätzend. Ich liege auf Carmens Sofa und schreibe mit einer Frau, auf eine Art, auf *die ich nicht* mit einer Frau schreibe! Himmel noch mal!

01:27 ICH:

Ich schmecke dich jetzt noch auf meinen Lippen.

01:27 STELLA: SCHREIBT ...
01:28 STELLA: SCHREIBT ...

Bitte keine Romane, ja?

01:31 STELLA:

Ich freue mich auf deinen Anruf. Bis morgen. Stel

Fuck! Na toll! Dafür hat die doch jetzt keine zwei Minuten gebraucht! Was will sie sagen? Was will sie *nicht* sagen? Ich bin versucht, das Handy gegen die nächste Wand zu schlagen. *Genau deswegen* gehe ich keine Beziehungen ein. Weil Frauen undurchschaubar sind. Sie handeln konsequent unlogisch. Sie sagen nie, was sie wollen und wenn sie es dann sagen, ist es doch eigentlich das Falsche. Verflucht!

Ich sperre mein Handy – für Carmen. Ich bin ein verdammter Heuchler. Ich verdiene Stella nicht. Und doch kann ich nicht anders, als davon zu träumen, wie es wäre, wenn ausgerechnet und gerade ich derjenige sein *dürfte,* der sie das erste Mal *entdeckt.* Diese Vorstellung treibt mich in den nervenaufreibendsten Wahnsinn meines ganzen bisherigen Lebens.

15
LIAM

»Ich habe gestern mit einem befreundeten Staatsanwalt gesprochen«, grüßt Carmen mich morgens, die merkwürdigerweise früh auf ist. »Er sagt, er könne kurzfristig jemanden gebrauchen, und falls Interesse bestünde, könntest du direkt Montag bei ihm anfangen.«

Ich schweige demonstrativ und greife nach der Schachtel Cornflakes. Wenigstens eine einzige Sache haben Cam und ich gemeinsam; wir essen Cornflakes zu Mandelmilch. Jeden Morgen, seit zwei Wochen. Erstaunlich.

»Du bist mir jetzt böse, oder was?«, fragt sie geringschätzig und sieht über den Rand ihrer Kaffeetasse hinweg, die blonden Brauen eng zusammengezogen. »Er meinte, er kennt deine Eltern, die Harsens.«

»Kannte«, verbessere ich sie lustlos.

»Und jetzt?«

»Leben sie unter der Erde weiter.«

Sie lässt ihre Tasse los, die an der Theke vorbei auf den Boden kracht. Das laute Klirren durchschlägt die Küche.

»Wie bitte?«, kreischt sie, die Pupillen so weit aufgerissen wie ihr Mund. »Das hast du gar nicht erzählt!«

Ich verdrehe die Augen. »Jetzt habe ich es dir erzählt.«

»Ja, aber …«

»Und weil sie hörten: ah, ein Harsen-Nichtsnutz, wollen sie mich also einstellen, was? Für was genau? Fürs Klospülung drücken?«

»Wie kommst du darauf?«, fragt Carmen erstaunt.

Ich zucke mit den Schultern. Stellas Dad hat genau so etwas auf der Party damals angedeutet. Die Leute hassen uns. Zwei Brüder, zwei Waisen, zwei Harsens.

»Ich glaube, es geht darum, etwas mit Akten …« Sie stockt.

»Aahja.« Wenig überzeugt stochere ich in meinen Flakes herum. Vielleicht ist das leider gar nicht so schlecht. Einen Job könnte ich gebrauchen. Wenn ich Stella will, brauche ich auch einen Job. Ich kann sie nicht betrügen. Alle, alle auf der ganzen Welt, die betrogen werden wollen, aber sie nicht. Keine Chance. »Ich überleg's mir.«

Carmen strahlt. »Schön.«

»Vielleicht gehe ich aber auch zu Green.« In der Einladung zum Bewerbungsgespräch stand wenigstens nichts von Akten.

»Greenware? Aber ich sagte doch bereits, dass –«

»Wie geht's dir?«, möchte ich plötzlich wissen und suche ihr Gesicht nach Zeichen des Kummers ab, den ich ihr demnächst bereiten werde. Ahnt sie, dass ich sie verlassen werde? Am besten gleich, am besten sofort. Spätestens, nachdem ich mit Green gesprochen habe.

»Gut«, sagt sie zögernd, greift hinter sich nach einem Lappen und beginnt den Fußboden sauber zu wischen. Die Scherben der Tasse sammelt sie in den Müll. »Wieso?«

»Schon gut.«

Depressiv. So fühle ich mich. Geilster, blauer Himmel,

Stella, die mich will, ich, der Stella will. Ich, der im falschen Haus wohnt, ich, der von der halben High Society LA's gehasst wird, weil ich im Gegensatz zu allen anderen Schnöseln, die auf der privaten Linworth High School waren, auf die Universität und so gut wie alles andere auch geschissen habe.

Einfach so.

Weil ich's konnte.

Und ich habe mehr Frauen meinen Schwanz zwischen die Beine geschoben, als alle schwerreichen, ätzenden, verstockten Väter von Beverley Hills zusammen. Deswegen hasst mich Green. Neid. Purer Neid.

Auf beiden Seiten leider irgendwie.

»Mein Gott, Liam«, lacht Carmen plötzlich und greift nach meiner Hand. »Was ist denn? So habe ich dich noch niemals seufzen hören.« Sie lacht weiter.

Schön, lach mich aus, Fotze. Ich werde dich jetzt eh verlassen. Ohne ein weiteres Wort stehe ich auf, hole mein Handy, meine Cap und schlüpfe in meine Schuhe, die am Treppenaufgang stehen.

»Wo willst du denn hin?«

»Spazieren gehen.«

Und schon nehme ich die Treppe und verlasse das Haus, in das ich von Anfang an nicht hätte einziehen dürfen.

Kaum bin ich außer Hörweite von Carmens Grundstück, wähle ich Stellas Nummer.

Als sie sich meldet, strömt mir warme Flüssigkeit durch die Adern und mit einem Mal ist wieder alles gut. Ist wieder alles perfekt. Ist wieder alles so, wie es sein soll.

»Liam?«

»Stella …«, ist erst einmal alles, was ich hervorbringe. »Ich wollte … ahm. Hast du heute Zeit?«

»Eigentlich nicht.«

Und das klingt jetzt wie eine Abfuhr.

Eine Abfuhr. Was ich alles erlebe! Unfassbar. »Morgen?«

»Auch nicht, vielleicht heute Abend«, lenkt sie dann doch ein. Ihre Stimme ist süß, geradezu lieblich und ich würde sie gerne immer hören. Ständig. Nur sie. Ihre Stimme in meinem Kopf, in meinen rauschenden Ohren. »Meine Eltern gehen ins Musical. Ich wollte eigentlich mit, aber …«

Fuck! Sofort klingelt alles in meinem Hirn. Ihre Eltern nicht da? Ihr riesiges Haus für zwei, drei Stunden ganz für uns? »Soll ich vorbeikommen?«

»Kannst du machen«, sagt sie wenig einladend, aber egal. Ein ›Kannst du machen‹ ist super. Besser als das meiste andere. »Nur, komm hinten rum, ja?«

»Das heißt?«

»Vorne sind Kameras.«

Ahm. »Okay.«

»Also bis dann.«

Sie legt auf.

Gott! Shit! Heute Nacht! Ich! Bei Stella Green zu Hause, in ihrem Schlafzimmer, in ihrem Bett, in ihr … tief in ihr. Gott, so tief in ihrem wundervollen, saftigen Gang. Und ich derjenige, der es als Erster mit ihr tut. Der der Erste sein darf, der sie so unfassbar glücklich macht, der Einzige. Der wieder anfängt zu spinnen.

Angeturnt und mit unglaublichem Druck in der Hose laufe ich wieder nach Hause – in Cam's Zuhause und betrete die Einfahrt, gerade als sie aus der Tür tritt.

Carmens Miene ist wie scharfes Glas. Sie hält kommentarlos eine Kondompackung hoch und irgendwie möchte ich mich ihr nicht weiter als auf vier Schritte nähern.

»Das ist eine leere Packung«, schreit sie spitz ungeachtet der öffentlichen Straße in meinem Rücken. »Du hast eine leere Kondom-Packung in deiner Jeans!«

Boah, krankes Weib. Natürlich findet sie *auf diese Tour* keinen Mann.

»Was kramst du auch in meiner Jeans?«, frage ich ruhig. Ich werde nicht mehr lügen. Es ist aus.

»Was?«, keift sie und wird ganz zur Furie.

Nur weg. Schnell weg. Wenn sie mich denn noch einmal hineinlassen würde, damit ich meine Klamotten herausholen kann …

»Cam«, beginne ich langsam und weiß doch nicht, ob es irgendetwas bringt. Nachher verbrennt sie vor lauter Wut das letzte Zeug, das ich besitze. »Cam, was hast du denn erwartet, verdammt? Ich meine, sieh mich an. Du hast doch nicht im Ernst geglaubt, dass so jemand wie ich zu dir zieht, weil er dich liebt? Habe ich das jemals gesagt? Haben wir überhaupt jemals *definiert*, was das zwischen uns ist, haben wir?«

Sie starrt mich fassungslos an. Vermutlich überlegt sie wirklich, woher sie Benzin bekommen und wie sie es wohl anzünden könnte.

Ich mache ein paar vorsichtige Schritte auf sie zu. »Cam, ich –«

»Komm nicht näher!«, schreit sie und zeigt wie wild mit dem Finger auf mich. »Du hast also die ganze Zeit mit anderen Frauen geschlafen?«

Ehm. Klar. Aber ich halte meinen Kopf still. Ein Nicken wäre jetzt auch zu übertrieben.

Doch sie weiß, was es bedeutet, wenn ich an dieser Stelle schweige.

»Und hast du immer ein Kondom benutzt?«

»Immer.«

»Bei jeder?«

»Jaa?« Ich will ficken und nicht Daddy werden.

Dann verändert sich plötzlich alles an ihr. »Nur bei mir nicht.«

»Ne.«

»Warum?«

Weil ich weiß, dass du sauber bist und jeden Abend deine Pille schluckst. Ich hebe die Schultern.

Sie beginnt wie irre zu lächeln. *Was bildet die sich jetzt darauf ein?* »Du hast Angst, oder?«, fragt sie mit vollem Ernst in der Stimme und jetzt ist sie es, die näher kommt und ich bin es, der automatisch zurückweicht. »Du hast Angst davor, dich zu binden.«

»Stimmt«, erkenne ich in einem Anflug von Ehrlichkeit.

»Und zu deinen Gefühlen zu stehen …«

»Mag sein.«

»Und deswegen sprichst du sie auch nicht aus, habe ich recht?«

»Cam?«, frage ich irritiert.

»*Willst* du hier bei mir wohnen bleiben?«, fragt sie mit zittriger Stimme. »Dir gefällt es doch, oder nicht?« Jetzt wird sie ganz schrill. »Du kannst es nur nicht zugeben!«

Falsch. Ganz falsch. »Können wir später darüber reden?«, weiche ich aus. Nein! Du solltest jetzt Schluss machen! Jetzt gehen! Nie wieder kommen! Aber wer sagt denn, dass mich bei Stella zu Hause das erwartet, für das sich all der Scheiß hier lohnt? Wer hat mir versprochen, dass ich mich nicht in etwas verrenne? War sie es nicht, die die ganze Zeit nur auf das Eine gedrängt hat? Was ist, wenn ich für sie wie für alle anderen bin? Die heiße, schnelle, krasse Nummer, die man mal erlebt haben möchte?

Carmen presst die Lippen aufeinander.

»Carmen … Vielleicht hast du recht, mit dem, was du sagst. Aber … ich bin nicht der Typ, der da mit dir einfach so in deiner Einfahrt drüber quatscht. Können wir nicht …«

»Ja, du hast recht, Darling«, wendet sie sofort ein. »Wir reden in Ruhe darüber. Ich muss zu einem Termin in die Stadt, aber heute Abend?«

»Da wollte ich …«

»Wir könnten auch morgen früh Brunchen gehen.«

Hell. »Montag Abend …« Bis dahin würde ich Bescheid wissen. »Wir gehen aus?«

»In Ordnung«, strahlt sie. Die Kondompackung in ihrer Hand ist wie vergessen. »Weißt du …« Sie kommt noch näher und streckt eine Hand nach mir aus und legt sie mir auf die Wange. »Ich glaube, ich habe dich die letzten Tage viel besser kennenlernen dürfen und … Ich weiß, dass es nicht leicht ist, wenn die Eltern so früh sterben.«

Himmel, nicht ernsthaft *die* Tour! Ich zwinge mich stark, nicht die Augen zu verdrehen. Klar, ist es scheiße, wenn die Eltern verrecken. Aber nicht, wenn sie einem ein paar Millionen Dollar und eine Villa zurücklassen, die alles bietet, was man braucht. Nicht, wenn auf einen Schlag alle Erwartungen mitsterben und unter die Erde wandern. Nicht, wenn man frei ist. Mein Problem sind nicht meine toten Eltern. Mein Problem ist mein Bruder. Aber auch der ist endlich weit weg.

»Wir sollten da mal darüber reden.«

»Mhm.« Klar. Mit dir sofort! »Tut mir wirklich leid, Cam. Danke für dein Vertrauen, das du mir schenkst.«

Sie lächelt warm. Gleich muss ich mir den Mund spülen.

»Danke, dass du mir noch eine Chance gibst.«

»Ich finde, wir sollten das, was wir haben, nicht zu schnell aufgeben.«

Ich nicke. Dann klaube ich ihr die Kondompackung

wie zufällig aus den Fingern und verschwinde wieder im Haus.

»Viel Spaß in der Stadt!«, rufe ich, winke schwul und frage mich, wie um alles in der Welt eine wie Carmen, Top-Anwältin, mega-vermögend, nicht checken kann, dass sie ein solch feiges Arschloch wie mich bei sich wohnen hat. Sie denkt, ich sei irgendwie gottgleich. Wie kommt sie darauf?

16
LIAM

»Hey danke, Mann.«

»Kein Ding.«

»Nee, echt, echt danke.«

»Ja, Phil. War's gut?«

»Es *ist* gut«, sagt er und legt ohne Abschiedsgruß wieder auf. Sieben Uhr abends und die beiden sind noch bei ihm?

Na, egal.

Ich brauche sowieso beide Hände, um mich durch das Gestrüpp zu kämpfen, das zwischen dem kleinen Pattweg, der hinter ein paar gigantischen Steinhäusern entlang führt, und dem Zaun der Green-Villa liegt. Die ersten Äste schrammen über meine Arme und kratzen die Haut auf. Genial. Wirklich genial. Das nächste Mal treffen wir uns einfach an einem Ort, an dem ich auch wirklich sein *darf*.

Ich erreiche die kniehohe Ziermauer und springe darüber. Besonders einbruchgesichert ist das Ganze ja nicht. Dann erkenne ich, dass ich erst am hinteren Teil des Hauses angekommen bin und mich vom Eingang ein weiterer mannshoher Zaun trennt. Eine Kamera hängt auch dort.

Na toll. Ich gehe so, dass ich nicht in ihre Sichtweite gerate.

Ich zücke mein Handy und wähle Stellas Nummer, doch dann öffnet sich in der Wand neben mir bereits eine Tür. Sie steht plötzlich vor mir und ich höre gar nicht, was sie sagt.

Denn sie sieht verboten geil aus.

Stella trägt nur einen Bikini, der ihre Brüste halb zur Schau stellt und sanft nach oben drückt. Ihr flacher Bauch mündet in ihrem viel zu knappen Höschen und ich gaffe sie wie der allerletzte Megalappen an.

»… ewig dort stehen?«

»He?«

Sie lacht. »Willst du dort ewig stehen bleiben? Oder … willst du reinkommen?« Ihre blauen Augen strahlen und wieder umspielt dieses wissende Lächeln ihre Lippen, als würde sie genau erraten, was in mir vorgeht.

Aber sie ist Jungfrau. Sie hatte noch nie einen Kerl.

Und ich sollte nicht ihr Erster sein.

Und doch soll kein anderer, niemand anderes auf der ganzen Welt jemals auf die Idee kommen, sie für sich zu beanspruchen.

Fuck. Das nennt man Dilemma.

»Euer Haus ist halt auch von der Rückseite schön«, versuche ich einen lahmen Witz zu reißen und folge ihr durch die Garage nach innen.

Drei Autos parken hier. Zwei Sportwagen, ein SUV.

Jeder Wagen in der Preisklasse von dem Jahresgehalt einer Großfamilie – natürlich.

Plötzlich schiebt sich Stellas Hand in meine und sie dreht sich zu mir um.

Händchenhalten! Ich! Unmöglich, aber wunderschön.

Wir könnten hier jetzt stehen, in der kalten Garage, neben den Protzwagen und uns in die Augen sehen, das einfach drei Stunden lang tun und ich würde danach völlig befriedigt nach Hause gehen – Ahm. Mein ›Zuhause‹?

»Du, Liam …«, beginnt sie zögernd. »Du weißt nicht, dass ich eine Schwester habe, oder?«

»Wie?« Schwester? Ist mir egal, wie viele Schwestern oder Zwillingsschwestern sie hat, ich will nur sie.

»Also sie ist heute auch hier geblieben. Und na ja …«

»Was ist denn mit ihr?«, frage ich nervös.

»Sie hat ein Handicap.«

In Stellas Gesicht steht der Zweifel. Hat sie Angst, mir könne das nicht gefallen oder was?

»Und sie mag keine Typen? Oder wo ist das Problem.« Ja, echt mal!

Sie beißt sich auf die Unterlippe. »Ich wollte dich nur vorwarnen …«

»Ahm.« Was? »Stel, wieso vorwarnen? Wie schlimm geht es ihr denn? Kann da was passieren?«

»Ich meine nur, wenn du wieder gehen willst …«

»Was?« Meine Kinnlade klappt. Verstehe einer diese Frauen! »Was versuchst du mir gerade zu sagen, Stella?«

Sie schweigt und – schämt sich.

»Okay.« Ich umgreife ihre Hand fester, mit der anderen wische ich eine verlorene Strähne aus ihrem Gesicht. Selbst ihre Haare fühlen sich fantastisch an. »Du glaubst jetzt nicht ganz im Ernst, mich würde das abschrecken? Was glaubst du denn, was ich für einer bin?«

Sie bleibt stumm. Ja, ich bin vielleicht ein Arschloch, aber doch nicht so eines?

»Du stellst mir jetzt auf der Stelle deine Schwester vor, ich will sie kennenlernen. Wir haben drei Stunden, habe ich recht? Bis deine Eltern kommen und mich Harsen rausschmeißen? Was mag deine Schwester? Kann sie schwimmen? Sonst spielen wir Karten? Oder kochen gemeinsam? Oder geht es ihr *wirklich* schlecht? Aber wie kommst du bitte darauf, dass mich das irgendwie … abschrecken könnte?«

Ich nehme ihr abgöttisches, traumhaft schönes Gesicht zwischen meine Hände und streichle über ihre Wangen. Wow.

»Okay, ich stelle sie dir vor …«, sagt Stella zögernd.

Ich lasse sie los und vorgehen. »Bitte.«

An dieser ganzen Aktion wundert mich einiges. Während wir über das riesige Grundstück am Pool entlang laufen, versuche ich mir darüber klar zu werden, wieso sie derart komische Dinge von mir glaubt. Glaubt, dass ich sie nicht kennenlernen will, glaubt, dass sie für mich nur das Eine bedeutet. Vielleicht weil ich in ihrem hauseigenen Schuppen, – und sie soll es bitte niemals erfahren! – keine zwei Wochen zuvor, eine Frau gepoppt habe, um daraufhin bei der wohnen zu können.

Ja, mag sein.

Aber deshalb habe ich doch nichts gegen behinderte Menschen – ich meine, sie sind mir bisher einfach egal gewesen.

Bis jetzt.

Hinter einer Säule, die in der Nähe das Dach der Terrasse und die obere Etage stützt, taucht plötzlich ein Rollstuhl auf, und als wir ihn erreichen, verkrampft sich meine Hand in Stellas dann doch.

17
LIAM

Mary Green ist vermutlich ganz normal. Man merkt sofort, dass sie geistig mit jeder anderen mithalten kann und trotzdem kann sie es nicht. Denn sie sitzt halb gelähmt in ihrem Rollstuhl. Den Kopf merkwürdig abgeknickt, die Augen außergewöhnlich groß, ein schräger Mund, ein verkehrtes Lächeln und kaum eine Möglichkeit am Leben teilzunehmen.

Wenn irgendjemand arm ist, dann sie.

Wenn irgendjemand reich ist, dann auch sie.

Denn sie hat Stella.

Stella, die so einfühlsam, natürlich und liebevoll mit ihr umgeht, dass ich für einige Momente nur dasitzen kann, um sie beobachten zu können. Um meine Gefühle, die sich wie ein wilder Orkan in mir aufbauen, unter Kontrolle zu bekommen.

Ich bin völlig fasziniert und gleichermaßen ergriffen.

Vor allem aber absolut hilflos. Ich lächle Mary an. Ich versuche es wenigstens, auch wenn ihr Anblick pures Mitempfinden in mir erzeugt. Da sind sie wieder:

Diese ganzen scheißsoften Anwandlungen in mir, die eigentlich gar nichts in meinem Körper zu suchen haben, aber sie sind da! Und vor allem weiß ich, dass ich heute

Abend alles tun werde, außer das tollste Mädchen dieser Welt das erste Mal in ihrem Leben flachzulegen.

»Möchtest du noch Saft, Mary?«, fragt Stella und gießt ihr das eisgekühlte Getränk ein.

»Daanke«, lallt Mary und greift dann mit ihrer gesunden Hand nach dem Strohhalm. Jede ihrer Bewegungen ist schräg.

»Und du?«

»Hm?« Ich schrecke hoch. »Ahm, ja, klar, danke.«

Stella füllt mein Glas und lässt dabei ihre Haare nach vorne ins Gesicht fallen, sodass ich nicht sehen kann, wie es ihr hierbei geht. Vielleicht benehme ich mich genau so, wie sie es erwartet hat. Und wenigstens trägt sie mittlerweile ein T-Shirt, sodass ich mich auf Mary konzentrieren kann. Ich werde irgendwie zu dem Menschen, den ich sieben Jahre in meinem Inneren vergraben habe.

»Wie alt bist du denn, Mary?«

Sie grinst schief. »Fünfzehn.«

»Wow, also gehst du noch zur Schule?«

»Najaa.« Sie lacht, es ist ein Grunzen, aber wenigstens kann sie überhaupt lachen. Und ich sitze hier und führe *dieses* Leben! Absurd! Abturn! Armselig. »Ich habe eeine Privaatlehrerin. Das ist gaanz cool.«

»Sie sitzt auch im Rollstuhl«, ergänzt Stella, setzt sich wieder und zieht ihre Schultern zusammen. *Ich mache alles falsch.* »Das ist toll, oder Mary?«

»Jaa«, macht Mary. »Ich lerne mit Bryan zusammen.« Ihre Miene verändert sich, wird fast glasig. »Das macht eine Menge Spaaß.«

Ich muss lachen. Fuck! Aber das war gerade zu lustig, wie sie redet, wie … Oh Shit! Nicht auslachen! Liam! Beherrsch dich verdammt!

»Hast du ein Lieblingsbrettspiel?«, frage ich also und möchte mir am liebsten eine reinhauen. Hier gibt es nichts zu lachen. Außer man sieht mich an, die Witzfigur, die es sieben Jahre ihres Lebens nicht geschissen bekommen hat, etwas daraus zu machen. »Vielleicht könnten wir …«

Marys Augen weiten sich noch einmal mehr. »Jaa, vooll die gute Ideee, ich hole Masterpeeace.«

Daraufhin legt sie ihren gesunden Arm auf den kleinen Knüppel und lenkt ihren Rollstuhl ins Innere des Hauses.

Stella springt auf. »Mary, soll ich –«

»Nein, neein«, ruft sie und steuert konsequent auf die breite Terrassentür zu, »ihr könnt euch ja kurz unterhaalten, ich seeh doch, dass ihr ungeestört sein wollt.«

Sie verschwindet im Inneren des Hauses. Stella bleibt unschlüssig stehen und sieht ihr schuldbewusst hinterher. Und ich tue mal wieder etwas völlig Untypisches.

Ich umfasse ihr Handgelenk und ziehe sie mit einem kräftigen Ruck auf meinen Schoß.

»Sie hat recht«, sage ich leise. »Ich will ungestört mit dir sein, aber das hat überhaupt nichts mit Marys Rollstuhl zu tun, sondern nur mit dir.«

Ja, ja, ja, bald kann man mich Kitsch-Gott nennen!

»Es tut mir leid«, fängt sie wieder an und schafft es nicht so recht, sich in meinem Arm zu entspannen. »Eigentlich wollte sie heute Basketball gucken, weißt du, das interessiert sie mehr als das Musical. Ich dachte, wir hätten dann Zeit zum Reden gehabt, aber jetzt –«

»Wir haben doch Zeit zum Reden.« Reden! Ha! Aber genau das ist es, was ich will. Primär. Primär will ich sie glücklich machen und wenn es bedeutet, dass ich zwei Stunden lang ein Brettspiel spielen muss, das ich nicht kenne. Sekundär schlägt mein Schwanz natürlich aus, aber es wäre ja auch schräg, wenn er es nicht täte. Ich lasse sie plötzlich los. Sie sitzt auf meinem Schoß … das Kopfkino startet, die Gier packt mich, aber ich muss cool bleiben, scheißcool und menschlich.

»Was?«, fragt sie irritiert.

Ich helfe ihr, aufzustehen. »Ich bin nur … du … solltest mir nicht zu nahe kommen, sonst spiele ich hier gleich gar nichts mehr, weil mein Hirn blutleer ist.«

Sie lacht und setzt sich mir gegenüber. »Aber was ist, wenn ich das eigentlich will? Damit du nicht auf die Idee kommst, zu gewinnen?«

»Das wäre tatsächlich ein grausamer Plan.«

Stella grinst mich an, auf ihre kecke Art, und ich verliere mich mal wieder ganz in ihrem Anblick. Dann kommt Mary auch schon zurück und ich habe es bisher noch niemals so heiß gefunden, neben einer Frau zu sitzen, die ich zwei Stunden lang *nicht berühren* darf.

18

LIAM

»Wie habe ich mich gemacht?«

Wir stehen wieder hinter der Garage am Rande des Gartens. Allmählich geht die Sonne unter und verwandelt Stella in einen goldenen Engel.

»Viel besser als gedacht«, sagt sie. »Aber du hättest sie niemals in der letzten Runde besiegen dürfen. Ich glaube, jetzt mag sie dich nicht mehr.« Sie zwinkert.

»Sie mag mich vor allem deswegen nicht, weil ich Los Angeles Lakers Fan bin.«

»Oh ja! Stimmt.«

»Gehst du mit mir noch ein Stück?«

»Okay.«

Ich halte ihr das Gestrüpp beiseite, damit sie unverletzt auf den Pattweg findet. »Du wohnst also immer noch zu Hause wegen Mary?«

»Ja … genau.«

»Du warst einfach nur fantastisch zu ihr, weißt du das?«

»Hm?«, fragt sie und klingt wieder schüchtern.

»Es tut mir leid, dass ich am Anfang lachen musste.«

»Ach das«, sagt sie und winkt ab. »Ich muss auch häufig lachen und meistens macht Mary das mit Absicht.

Sie freut sich, wenn andere lachen können und auch wenn sie über *sie* lachen. Das freut sie auch, sie freut sich mit.«

»Gott, sie ist ein so genialer Mensch.« Ich bleibe stehen. Ich bin neidisch auf eine körperlich Behinderte, die ihr Leben mehr im Griff zu haben scheint als ich. *Ich bin ein Loser*. Die Erkenntnis sitzt tief.

Man kann von hier aus gut über die vielen Dächer der Villen blicken und der Sonne dabei zusehen, wie sie langsam unter den Horizont kriecht. »Stella …«

»Schon gut.« Sie steht vor mir und schaut neugierig zu mir hoch. »Jetzt haben wir gar nicht mehr über gestern gesprochen.«

»Ich weiß einfach nicht, ob ich der Richtige für dich bin«, gebe ich zu.

Ihre Miene verschließt sich. »Kann ich das selbst entscheiden?«

»Ich weiß nicht. Gestern wolltest du ja auch nicht, dass ich weiter … hör zu. Ich weiß einfach nicht, was du willst und alles in mir möchte, dass ich es bin, den du willst. Aber … ich …« Kommen mir dann gleich noch die Tränen, oder was? Ganz ehrlich: Da sitzt tatsächlich ein Scheißkloß in meinem Hals. Etwas, das ich zuletzt bei einer gewissen Beerdigung unterdrücken musste.

Sie legt ihre rechte Hand an meine Wange und streichelt zärtlich über meine Haut. *Pussy,* der ich das sehnsüchtig erwarte und vollkommen genieße. Ich schließe meine Augen. Irgendwie leider zu schön, um wirklich wahr zu sein.

Komm näher.

Gib mir mehr.

Plötzlich, als hätte sie meine Bitte wahrgenommen, rückt sie an mich heran. Ich spüre ihren Körper an meinem, ihre zweite Hand in meinen Haaren. Und bevor ich die Augen wieder aufreißen kann, treffen sich unsere Lippen.

Ein ungewohntes Kribbeln durchjagt meine Adern, schickt all mein Blut direkt in mein Gesicht. Es ist *besser …* als ich jemals zu hoffen gewagt hätte.

Sanft öffnet sie ihre Lippen und langsam, erregend langsam, findet ihre Zunge in meinen Mund.

Sie schmeckt unglaublich. Ihre Lippen sind weich, ihre Zunge verspielt. Und ich ziehe sie fester an mich. Muss mich wirklich bremsen, ihr nicht sofort alle Kleidung vom Leib zu reißen, die sie trägt. Mein Schwanz ist so hart und gierig wie noch niemals in meinem kurzen, sinnlosen Leben. Was habe ich getan? Mit wem habe ich meine Zeit vergeudet? Ich hätte für immer auf sie warten sollen, denn nichts könnte das hier toppen.

Wir schieben uns so eng gegeneinander, wie wir nur können. Keine Luft mehr zwischen unseren Körpern. Sie gräbt sich mit ihren Fingern durch meine Haare, ich gleite über ihren fantastischen Po, drücke sie gegen meine Brust. Unsere Zungen tanzen unaufhörlich, treiben sich gegenseitig an. Weich. Saftig. Geil.

Wäre das hier kein öffentlicher Gehweg und mein Leben noch so ungeklärt …

Stella.

Oh, Stella.

Was tust du nur mit mir?

19
LIAM

Ich habe meine Sporttasche bereits geschultert und nehme gerade die Treppenstufen nach unten zum Eingangsflur, als es plötzlich klingelt.

Carmen ist nicht da und irgendwie habe ich bereits dieses ungute Gefühl, bevor ich öffne.

»Amie.«

»Hi, Liam«, säuselt sie und schiebt sich sofort an mir vorbei ins Haus. Im Schlepptau hat sie eine, die ihr irgendwie ähnlich sieht – schwarze Haare, tiefer Pony, dunkle, große Augen.

»Allo Liam«, sagt Amie Zwei und strahlt mich an.

»Ahm, Mädels, vielen Dank für den spontanen Besuch, aber –«

Amie lacht. »Aber was?« Dann rennt sie die Treppen nach oben und Amie Zwei folgt ihr kichernd.

»Habe gehört, deine Ische ist ausgeflogen«, ruft Amie quer durchs Haus. »Und du schuldest mir noch einen …«

»Von wem willst du das gehört haben?« So viel zu meinem Plan. Ich lasse die Sporttasche im Eingang liegen und folge den beiden nach oben. Ich ahne, dass es nur eine Möglichkeit gibt, sie wieder aus dem Haus zu bekommen:

mit purer Gewalt. Und da ich nicht dieser gewalttätige Typ bin, bin ich jetzt auch am Arsch.

»Die ist bis heute Abend bei so einer Benefizveranstaltung«, ruft Amie, wirft sich vor den Fernseher und beginnt zu zappen. Ihre Freundin setzt sich neben sie, und zwar *neben* sie. Die sind schon heiß aufeinander. Schön. Wunderbar. Mir nur gerade egal. »Ich habe sie gegoogelt.«

»Toll, Am.«

Ich stehe in Carmens Wohnzimmer und ahne leider genau, was das kleine Biest vorhat.

»Ja, nicht wahr? Google ist wirklich eine super Erfindung.« Sie sieht zu mir auf und beginnt sich zu räkeln. »Komm her zu uns aufs Sofa, Liam … Ich habe Juliette schon von dir erzählt. Sie ist *Französin.*«

»Juliette«, wiederhole ich.

»Ja, isch bin Französisin«, sagt Juliette und lächelt unverschämt breit. »Komm 'er zu uns.«

»Mädels, wirklich. Ich wollte gerade gehen und nie wieder kommen. Wir verschieben das.«

»Verschieben?«, fragt Amie. »Wir verschieben hier gar nichts.«

Ich hadere mit mir selbst. Ich könnte ihr alles erzählen. Amie ist meine beste Freundin. Sie wird mich verstehen. Und Juliette hoffentlich ohne meine Hilfe vögeln. Langsam bewege ich mich Richtung Sofa und lasse mich in den Stoff fallen. Beide fallen sofort über mich her, reißen geradezu an meinem T-Shirt und beginnen zu seufzen.

»Wow, du bist wirklisch 'ot«, säuselt Juliette und fährt mit den Händen über meine Oberarme. Amie packt direkt an meinen Schwanz.

»Amie … unvorstellbarerweise meine ich das ernst.«

»Was denn?«, fragt sie, ohne richtig hinzuhören. Sie fummelt an meiner Hose herum und legt mich frei. Mich, aber nicht meine Latte. Nicht meinen Schwanz, weil da ist nichts. Da stellt sich nichts auf. Und jetzt sieht sie endlich in mein Gesicht. »Gott, Liam, bist du krank?«

Bestürzt will sie mich bearbeiten, aber ich ziehe ihre Hand weg. »Heute nicht.«

»Was?!«

Beide rücken von mir ab.

»Wieso denn nicht? Liam, ich bring doch nicht Juliette mit, ohne, dass da was läuft! Das kannst du doch nicht machen?«

Ja, das kann ich eigentlich nicht machen. Eigentlich überhaupt nicht. Das bin nicht ich, wenn ich nicht mitmache – und? Will ich das noch sein?

»Könnt ihr's euch nicht einfach selbst besorgen«, schlage ich halbherzig vor.

Amie lacht laut auf. Das Lachen steht ihr. Wenn es aus ihrem tiefsten Inneren kommt, macht sie das wirklich hübsch – manchmal betrachte ich sie als der Freund, der ich bin. Und meistens ja eigentlich nicht.

»Du bist irgendwie süß, Liam. Und du verschweigst mir etwas. Aber meinetwegen. Schau uns doch zu und ich bin gespannt, wie lange du es aushältst.« Sie feixt, dann beugt sie sich über meine Beine, zieht Juliette zu sich heran und beginnt sie zu küssen. Eher abzulecken, und das keine ganze Armlänge von meinem Kopf entfernt.

Man sieht sofort, dass Juliette noch etwas unbeholfen ist. Aber Amie hat sie voll im Griff. Sie packt ihr an die Titten, knetet sie kreisend durch und bringt sie lustvoll zum Seufzen. Die beiden verschlingen sich ineinander direkt über meinem Schwanz. Gut sieht das aus, klar. Heiß ist es. Vor allem, weil wir in Carmens Wohnzimmer hocken. *Die nichts davon weiß.*

Amie beginnt Juliette auszuziehen und stützt sich dabei immer wieder auf meiner Schulter ab. Die Kleine weiß genau, wie sie mich lockt. Ein Dreier mit Amie und einem Küken.

»Schau mal, Julie«, unterbricht Amie plötzlich ihr Geknutsche und beugt sich hinunter zu meinem Schwanz. »Ich glaube, da musst du etwas nachhelfen, oder?«

Juliette sieht mich verunsichert an.

Ich entscheide, den letzten Versuch zu starten. Entweder jetzt oder niemals mehr. Ich kann Stella gegenüber nicht unehrlich sein. Und wenn ich mich für sie entscheide, dann richtig. Dann wirklich. Und wie könnte ich das besser für mich herausfinden, als bei dieser Aktion hier?

Will ich das noch? *JA ODER NEIN?*

Ich muss nicht lange warten, bis sich das Küken auf meinen Schwanz stürzt. Ich lehne mich zurück. Ein guter Anfang, es kann nur besser werden.

Beide bearbeiten mich voller Hingabe, Amie mit den Händen, weil sie genau weiß, wie sie es tun muss, Juliette mit ihren zarten Lippen, die sich fast schon unbeholfen über meinen Schaft schieben, vor, zurück und eine süße Spur Lippenstift darauf verteilen.

»Sind wir nicht Hammer, Liam?«, zwinkert Amie, richtet sich wieder auf und rutscht auf den Boden hinunter. »Schön drin behalten«, befiehlt sie Juliette, stellt sich dann hinter sie und zieht ihr die Hotpants aus.

Julies Mund immer noch um mein bestes Stück rutscht sie so herum, dass sie auch auf dem Boden hockt, die Augen vor Genuss geschlossen, aber erst als Amie sich halb unter sie legt und sie beginnt zu lecken, stöhnt sie wirklich auf.

»Schön drin behalten«, knurre ich, halte Juliettes Kopf fest, damit sie nicht auf die Idee kommt, wegzurücken und helfe mit meiner Hand nach. Ja, gut so, ein geiles Bild vor meinen Augen. Cam's Sofa, der laufende Fernseher, der irgendwelche stinklangweiligen Nachrichten zeigt und zwei Girls vor mir, die es so richtig von mir besorgt haben wollen. Ich werde drängender und treibe mich selbst zum Orgasmus, während Amie Juliette unten rum total fertigmacht. Gut. Sehr gut.

Aber eben nicht gut genug.

Plötzlich breche ich das ganze Prozedere ab und ziehe Juliette zu mir hoch.

»Los, setz dich auf mich«, befehle ich, und sehe ihr dabei zu, wie sie langsam auf meinen Schwanz gleitet. Verdammt ist die eng. Sie wirft mir einen lustvollen Blick zu, und ich sehe gerade noch, wie Amie sich wieder um ihre Brüste kümmert, sie genüsslich küsst, bevor ich die Augen schließe.

Ja, schließen muss.

Und in meiner Phantasie entsteht das falsche Bild. Aber ich dränge es beiseite. Das bin ich nicht, das will ich nicht sein! Niemals!

Ich werfe Juliette herum aufs Sofa und mache es plötzlich sehr kurz. Drängend stoße ich mich in sie vor, ficke sie zu ihrem ersten Orgasmus, viel schneller, als sie es erwartet hätte, stoße mich tief in sie hinein, bis sie zuckt, bis sie schreit. Es könnte geil sein –

Aber es tut weh.

»Liam.«

Über das Gestöhne von Juliette hinweg höre ich Amies leise Stimme kaum. Vielleicht will ich es nicht hören. Es ist alles gut so, genau das ist geil, genau das will ich …

»Liam!« Amie packt mich an der Schulter, so fest, dass ich tatsächlich hochfahre und meinen Schwanz aus Juliettes Spalte ziehe.

»Was!«, fahre ich sie an. »Stört dich was?«

»Ja«, sagt sie einfach und in einer Tonlage, die mir tief unter die Haut geht. »Was ist los?« Sie berührt meine

Wange und setzt sich neben mich aufs Sofa. Juliette beachte ich nicht weiter. Ich bin das letzte Stück Scheiße in dieser Stadt. Ich verdiene Stella nicht. Ich sollte mich damit abfinden. Ich sollte es.

»Scheiße. Amie.«

»Was ist passiert?«

Die Worte kommen nicht aus meinem Mund. Die, die am besten beschreiben könnten, was mit mir geschehen ist, gehören nicht zu mir. Dieser ganze Scheiß gehört nicht zu mir, verflucht!

Aber ich brauche nichts zu sagen. Amie kennt mich seit zehn Jahren und das zu gut. »Du hast dich …« Auch sie bringt das Wort nicht über die Lippen. »… eine andere.«

»Stella.«

»Sollte mir das was sagen?« Sie mustert mich besorgt, berührt weiterhin meinen Hals, dann meinen Oberarm. Juliette läuft um den Couchtisch herum und setzt sich hinter ihre Freundin.

»Wer hätte das gedacht«, lächelt Amie leise. »Liam Harsen zeigt Gefühle.«

20
LIAM

Ich stehe also an der Bushaltestelle und warte auf diese dreckige Kutsche, in der man sich neben alle anderen quetschen muss – spätestens, wenn es Richtung Stadt geht. Das ist jetzt mein Schicksal. Ich habe kaum Geld für das Ticket. Ist doch mies!

Aber ich will es wohl so.

»Phil?« Natürlich rufe ich Phil an. Zu wem soll ich sonst?

»Ja?« Er klingt verschlafen. Es ist Sonntagnachmittag. Er ist wirklich ein Freak.

»Kann ich wieder zu dir ziehen?«

»Nicht schon wieder, Mann …«, stöhnt er sofort.

»Du bist zu Hause?«

»Leider.«

»Du bist ein guter Freund.«

»Leck mich.«

Ich lege wieder auf. Mein Handy surrt gleich darauf noch einmal. Das Handy könnte ich vielleicht zu Geld machen, bevor ich hoffentlich bei Green anfangen kann.

»Ja?«

»LIAM?« Nicht Phil. Geil.

»Hi, Cam.«

»Ich bin gerade nach Hause gekommen, und da hab ich – da sind so – das ist doch –«

»Zieh dich aus und leg dich einfach dazu.«

»Was?!«

»Cam, ich –«

»Aber wir wollten doch miteinander reden!«

»Worüber denn, verfluchte Scheiße!? Was soll ich dir sagen, was du nicht längst wissen solltest?«

»Aber du hast doch gesagt, mit mir wäre es was anderes!«

»Wann bitte soll ich das gesagt haben.«

Sie schweigt.

»Und wenn, dann habe ich gelogen.«

»Du hast deine Freundin angelogen?«

»Welche verfickte Freundin?«

»An diesem Donnerstagabend …«

»*Amie*?«

»Ja …«

»Du hast Amie und mich belauscht?« Na, *jetzt* wird mir einiges klar. »Du hast da etwas in den völlig falschen Hals gekriegt.«

»Aber du hast dich doch –«

»Vergiss es einfach.« Ich lege wieder auf. Carmen hat uns also belauscht. Sie war nicht duschen. Und als ich zu Amie meinte, Carmen sei anders, weil ich sie ohne jegliches Gefühl im Schwanz vögeln kann, hat sie das vollkommen falsch verstanden. Deswegen das ganze Theater.

Das hat jetzt ein Ende. Keine dummen Weiber mehr, die ich anlügen muss. Arbeiten gehen, um mir etwas davon kaufen zu können. Am besten noch bei Green, weil er der einzige Sack in dieser Stadt ist, der sich Mitgefühl für den Sohn seiner verstorbenen Bekannten abverlangen kann. Stumpfsinnig die Tippse spielen, acht Stunden am Tag dasselbe tun.

Ich will es ja so.

Ich, verdammt noch mal ich, entscheide mich gerade für den Kackweg.

Obwohl … wenn auf diesem Kackweg ein Cabrio hält, ist es vielleicht nicht so schlimm, wie gedacht.

Stella lächelt mich aus dem offenen Verdeck an, als hätte sie gewusst, dass ich die ganze Zeit über an dieser Haltestelle in der Nähe ihres Hauses hocke und auf den Bus warte, der nicht kommt.

»Na? Lust auf eine Spritztour?«, fragt sie lachend.

Meint sie wirklich mich? Den Loser, der dort sitzt, wo er hingehört: an einer Bushaltestelle. Aber dann stehe ich auf.

»Wo fährst du hin?«, frage ich und werfe meine Tasche auf die Rückbank.

»Ach, mir egal eigentlich. Ich muss kurz raus einfach.«

»Das passt ja gut.«

»Wieso?«

Ich lächle. »Ich auch.«

TEIL III

Ich stehe vor dem verschlossenen Tor. Bye, Baby. Einzige Liebe meines Lebens, größter Schatz, den ich je besaß. Ich fühle mich, als hätte man mir die Eingeweide herausgerissen. Das ist also nicht nur so ein Spruch.

Das gibt es wirklich. Meine Eingeweide liegen hinter dem Gartentor. Ich stehe davor.

Alleine, by the way. Und ich besitze nicht einen Cent. Nicht einen einzigen, lächerlichen Cent. Alles wurde mir genommen. Hätte ich meinen Treuhandfonds nicht verprasst, könnte der mich jetzt retten.

Und wo ist eigentlich Jacob?

Verdammt. Mein Handy hat noch acht Prozent. Damit muss ich jetzt irgendjemanden anrufen, der gewillt ist, mir zu helfen. Ich gehe die Telefonliste durch. Shit auch, dass ich mir nie die Namen merke. Welche der Mädels, die mit A beginnen, hatte jetzt noch mal die Penthouse-Wohnung in Santa Monica?

Frustriert wische ich bis zum P. Er ist wirklich der letzte Typ, bei dem man wohnen will. Aber es wäre nur vorübergehend. Und er weiß vielleicht auch, wo mein Bruder steckt.

Und was er mit unseren letzten 4000 Dollar gemacht hat, die als Bargeld im Safe lagen.

Wäre nämlich irgendwie geil, zu wissen.

21
LIAM

Ich halte die schönste Frau dieses Planeten, Miss World also, an meiner Hand und sie gehört nur mir. Mir ganz allein. Und sie lacht, wenn ich meine unterirdischen Witze reiße, und sie lässt sich von mir umarmen, wenn ich es will, wenn ich sie an mich ziehe. Alles an ihr bringt mich zum Glühen.

Ich verbrenne und es ist nicht die Sonne, die mir in den Nacken sticht, überall hin, in die Augen, ins Herz.

Es ist sie.

Stella.

Sie hat ihren SLK irgendwo in der Nähe eines Waldes geparkt – Wald, das heißt in Kalifornien Palmen und ein bisschen Dickicht drum herum. Und sie lockt mich jetzt in eben dieses Dickicht auf einen kleinen Weg, der sich dort hindurchschlängelt.

»Babe«, flüstere ich und drücke mich an sie. Ihre blauen Augen funkeln zu mir hoch, ihr Gesicht ist nicht nur wunderschön – nein, ich finde darin auch die Zuneigung, die Lust, die … Liebe, Fuck ja, die ich mir fast schon schmerzhaft wünsche.

»Liam«, haucht sie, dann beuge ich mich vor und küsse sie.

Ich.

Küsse.

Stella.

Wieder gleiten unsere Zungen übereinander. Wieder werde ich davon nur härter und geiler. Wieder ist es das Schönste, das ich tue.

Wir stehen ungestört im Schatten der Palmen, weitab von der Straße. Unser zweiter Kuss ist zärtlich. Ihre Zunge umspielt sanft die meine. Ich wandere über ihre vollen, saftigen Lippen. Mit der einen Hand durchstreichle ich ihre Haare. Diese geilen, blonden Haare, die ihr diesen Engeltouch verleihen. Mit der anderen berühre ich ihren Körper, gleite über ihren runden Arsch, fasse hinein und genieße die perfekte Form in meiner Hand. Ich will sie.

Sie will mich.

»Komm mit«, sagt sie leise und löst sich von mir, nimmt meine Hand und zieht mich mit sich mit, weiter die Büsche entlang auf das Meer zu. »Meine Eltern haben hier in der Nähe ein kleines Haus.«

»Das war ja klar.«

Sie lacht und zwinkert mich neckisch an. »Und über den Privatstrand kommt man zu einer geheimen Bucht.«

Eine geheime Bucht.

»Wir könnten uns eine Decke zum Strand mitnehmen?«

»Wozu brauchen wir eine Decke?«, frage ich rhetorisch, halte das aber für eine gute Idee.

Ich lasse ihre Hand nicht los. Man könnte mich auch an sie schweißen, das fände ich irgendwie gut.

Wir nehmen eine kleine Treppe, die den steilen Hang Richtung Strand hinunterführt und erreichen das Haus von der Rückseite. Eine kaum befahrbare Straße führt hier entlang. Ich wette, das Haus erreicht man standardmäßig mit dem Boot. Mit dem Boot, das so viel kostet wie das Haus selbst.

»Warte kurz hier«, sagt Stella, lässt mich unverschämterweise los und in der Nähe warten. Voller Ungeduld stecke ich die Hände in die Taschen und sehe ihr dabei zu, wie sie im Holzhaus verschwindet und eine viel zu lange Zeit braucht, bis sie wieder herauskommt. In der Hand zwei Decken und eine Flasche Wein.

»Schau mal, den habe ich gefunden«, sagt sie und nimmt endlich wieder die Veranda in Richtung meiner Arme.

Als hätte ich sie ewig nicht gesehen, ziehe ich sie an mich. Ich atme ihren Duft tief ein. Wir müssen diese Bucht verdammt schnell erreichen, sonst verliere ich mich.

»Oh, Liam«, seufzt sie wieder, als ich sie gierig küsse. Ihr Becken schiebt sich flehend gegen meine Hüfte. Kann das sein? Soll das der Moment sein, welcher …?

»Lass uns ganz schnell in diese Bucht«, flüstere ich an ihr Ohr und glaube zu spüren, dass sie vor Verlangen bebt.

»Okay«, sagt sie schnell und wir marschieren im Laufschritt den Strand entlang. Wieder eine Treppe hoch, dann hinunter, dann kletternd um Steinbrocken herum, bis wir unser Paradies erreichen.

»Wow.« Da stockt selbst mir der Atem. Ich wusste ja, dass Malibu Beach einige solcher Ecken zu bieten hat, aber diese hier toppt alles.

Das schmale Strandstück liegt zwischen Wald und Meer gedrängt. Es ist weit und breit keine Person zu sehen. Durch einen Felsen wird die meiste Einsicht abgeschirmt, und alle, die durch den Wald schlendern, müssten direkt zum Wasser laufen, um uns sehen zu können, weil Steine und Böschung uns verbergen.

»Willst du es hier tun?«, frage ich geradeheraus, nehme

ein weiteres Mal Stellas Gesicht zwischen meine Hände und mustere ihre Augen. Ich will mir sicher sein. Sie soll sich ganz sicher sein, dass sie mich will.

»Ja«, sagt sie leise und nickt leicht.

»Du hast also wirklich noch … nie? Niemals?«

Sie schüttelt den Kopf.

»Aber …« Ein Jungfernhäutchen habe ich bei unserer Aktion auf der Feuertreppe nicht gespürt …

»Na ja …«, sagt sie vorsichtig. »*Jungfrau* bin ich seit der Neunten schon nicht mehr.« Dann atmet sie plötzlich scharf ein und beginnt wieder zu zittern.

»Was ist in der Neunten passiert?« Immer noch halte ich ihr bezauberndes Gesicht zwischen den Händen. Mir soll keine Regung entgehen, nur ein Zeichen der leisesten Unsicherheit, des schüchternsten Widerwillens und ich würde sie niemals wieder anrühren.

»Ich bin auf die Linworth High School gewechselt.«

»Und?«

»Habe mich in dich verliebt.«

»Hm?« Was?

»Du warst in der Zwölften …«

»WAS?« Ich nehme jetzt doch Abstand. »Wie bitte?«

Sie faltet nervös die Hände vor ihrem Bauch. »Ich hatte Englisch genau wie du bei Mrs. Seaton … In der ersten Woche hat sie uns auch beigebracht, wie man Origami-Schwäne faltet.«

»Ach du Scheiße.« Das war also doch in der High School und nicht in der Middle School. Fieberhaft versuche ich mich daran zu erinnern, ob ich sie damals schon beachtet habe. Sie war verdammt jung, klar … Aber auch nur vier Jahre jünger … »Ich kann mich …«

»Nicht erinnern, ich weiß.« Sie lächelt tapfer. Aber es verletzt sie. Woher ich das weiß, kann ich nur erraten.

»Haben wir damals ...« Das wäre jetzt noch die Höhe. »Stel ... Fuck.«

Sie schüttelt ihren wunderschönen Kopf. Der Wind weht ihr leicht durchs blonde Haar. *Zu schön, um wahr zu sein.* »Ich war noch viel zu jung ... für dich ... und auch sonst. Aber ich habe mir damals nichts sehnlicher gewünscht, als dass du es bist, der mich ...« Sie spricht den Satz nicht zu Ende und schaut zweifelnd zu mir hoch.

Mein Mund steht bis zu meinen Füßen hin offen. Ausgerechnet Stella soll die ganze Zeit über in mich verknallt gewesen sein? Ausgerechnet sie? Panik breitet sich in mir aus. Die Angst, wertvolle Zeit vergeudet zu haben. Der irrationale Wunsch, noch einmal in der High School sein zu dürfen. Ich würde sie wahrnehmen. Wie habe ich das damals nicht gekonnt?

»Als du dann auf der Party zu uns gekommen bist, ist irgendwie alles zurückgekommen. Du warst so lustig.« Sie lacht kurz und grinst, dann wird sie wieder ernst. »Und ich wusste ja, dass du eigentlich, wenn überhaupt, nur das Eine von mir willst und ... das will ich auf jeden Fall auch!« Sie sieht mich fast flehend an. »Mich hat dann nur gewundert, dass du so zurückhaltend warst ... Ich hatte wirklich meine Zweifel, ob du überhaupt etwas von mir ... Stört dich das jetzt? Hätte ich es dir nicht sagen sollen?«

Ich lasse diese Ansprache sacken. »Du hast die ganze Zeit auf mich gewartet?«, frage ich und spreche damit meine allerschlimmsten Vermutungen aus. Auf mich wartet man nicht! Ich komme und gehe, wann ich will, und es kann schnell passieren, dass ich dabei jemanden verletze. Wie Carmen. Oder Phil mit seiner Bridget. Ich verbreite falsche Hoffnungen und irgendwie hat mir das sogar Spaß gemacht. Eine ganze Weile. Ich hatte *Bock* dazu, mir zu nehmen, was ich wollte.

Und ausgerechnet Stella *wartet auf so einen wie mich?* Was bildet sie sich ein?

Ich kann ihr nicht geben, was sie will. Jetzt vielleicht, ja. Die nächsten Monate bestimmt, klar. Aber doch nicht für immer! Ich warte doch niemals sechs Jahre auf sie, egal, was da passiert! Niemals! Und doch hat sie es getan. Und deshalb bin ich der Falsche. Ich. Bin. Der Falsche.

»Na ja …« Sie druckst herum. Die Bucht wird mir plötzlich zu eng. Der Strand zu schmal. Ich will weg. »Mary hatte dann in meinem Juniorjahr ihren Unfall. Und von da an habe ich wirklich an alles gedacht, außer an Jungs. Du musst jetzt wirklich denken, ich sei total irre.« Sie kichert nervös. »Ich hätte dir das gar nicht sagen sollen, entschuldige. Was ändert das schon?«

Es ändert die ganze Welt für mich, Baby! Alles.

Du weißt gar nicht, was das mit mir anstellt. Du weißt gar nicht, wie geil sich das anhört. Direkt aus deinem süßen Mund. Du weißt nicht, wie viel Angst es mir einjagt und wie gerne ich dich bitten würde, mir noch mehr davon zu erzählen, wie sehr du mich wirklich magst. Mich.

Vollidioten. Verschuldeten Spieler und armseligen Loser.

Ich stoße die Luft durch meine Zähne. Stark bleiben.

Ich beuge mich auf den Boden, hebe die Decken auf, die Stella fallengelassen hat, und breite sie aus. Reden. Ganz viel, lange und ausgiebig quatschen. »Setz dich zu mir«, bitte ich sie sanft, obwohl mein Blut in Rage gerät. Alles in mir verlässt seinen gewohnten Lauf. Alles ist anders.

Sie setzt sich, schaut aber strikt an meinem Gesicht vorbei aufs Meer.

»Stella …« Sie reagiert nicht. Vermutlich schämt sie sich. »Ich kann dir einfach nicht geben, was du suchst.«

»Ich weiß«, sagt sie nüchtern.

Ich starre mit ihr auf den Sonnenuntergang. Da könnte alles perfekt sein – und dann das. »Ich glaube.«

»Hm?«

»Ich gehe dann jetzt besser.« Ich richte mich schon auf, da greift sie panisch nach meiner Hand.

»Nein!« Ihr flehender Blick stößt mir direkt in die Magenwände. »Bitte, geh nicht. Lass mich wissen, ob du mir das geben kannst, was ich suche.«

»Ha.«

»Ich warte schon so lange auf dich ... Und wenn es nur dieses eine Mal wäre ...«

»Es wäre dein erstes Mal, Stella. Ich will einfach nicht –«

Doch sie lässt mich nicht ausreden, wirft sich mir mit ihrem Oberkörper entgegen und beginnt mich zu küssen. Gierig, leicht verzweifelt, krallt sie sich an mich, und ich kann nichts anderes tun, als ihren Kuss zu erwidern. Boa, Baby ... Du machst mich wahnsinnig. Wie soll ich dir bloß widerstehen?

Muss ich das?

Ein kleiner, dunkler Gedanke schleicht sich in mein Gehirn. Mit mir wäre es einmalig. Ich würde ihr nicht wehtun. Ihr jede Nervosität nehmen. Keiner könnte sie besser entjungfern als ich. Nicht nur, weil ich Frauen kenne, vielleicht auch, weil ich *sie* kenne. Eine Spur. Einen Hauch. Ausreichend viel, dass ich weiß, wie es für sie perfekt werden könnte.

»Bitte«, haucht sie mit zittriger Stimme und löst sich ein paar Millimeter von mir. »Ich habe so lange auf dich gewartet.«

So lange.

Auf mich.

Nur auf mich.

»Stella.«

Ganz langsam, als würden mein Kopf und der restliche Teil meines Körpers miteinander streiten, beuge ich mich vor und drücke sie zärtlich küssend auf die Decke in den weichen Sand. Ich will nur eines. Ich will sie spüren. Sie ausfüllen. Sie ficken und zehnmal hintereinander kommen lassen – ich. Ich, niemand sonst.

Ihr Kuss wird fordernder, ihr Atem schwerer. Ich gleite mit meiner freien Hand unter ihr Shirt, wandere hoch zu ihren Brüsten und schiebe mich unter ihr Bikinioberteil. Ihre Brüste füllen meine Hände und schmiegen sich mir entgegen, während ihre Nippel hart unter meinen Fingern wachsen.

Ich ziehe mein eigenes Shirt aus und lege mich mit nacktem Oberkörper auf sie. Zaghaft streichelt sie meine Muskeln, fährt über meine Arme und presst sich plötzlich voller Verlangen mit ihrem Becken gegen meinen Schwanz.

»Ich kann nicht mehr warten«, keucht sie, reißt die Augen auf und wandert mit ihren ungeduldigen Fingern zu meiner Jeans. Drängend öffnet sie meinen Gürtel, zieht den Reißverschluss –

»Warte.« Ich nehme ihre Hände und halte sie zusammen. »Nicht so schnell, Süße.«

Ich lächle, sie keucht.

Ich lege ihre Arme über ihren Kopf. »Schön da oben behalten, hörst du?«

Sie nickt nur, räkelt sich. Sie erwartet mich. Geil, *sie will mich so sehr.*

Ich wandere mit meinen Lippen langsam über ihren Körper, schiebe ihr das Top bis zum Hals und löse ihr Bikinioberteil … Wahnsinn. Ich halte die Luft an. Ganz langsam schiebe ich den BH beiseite.

Es ist so, als hätte ich noch niemals eine nackte Frau gesehen. Ich verliere mich geradezu in ihrem Anblick.

Stellas Atem geht schneller. Sie behält ihre Arme, wo sie sind – gut, sehr gut. Ich küsse ihre Brüste, nehme ihre Höfe spielerisch in den Mund und lasse gleichzeitig eine Hand unter ihre kurze Shorts wandern.

Was ich fühle, erschrickt mich beinahe. Ihre ganze Hose ist nass.

»Fuck.« Ich suche ihren Blick. »Du läufst komplett aus, Baby.«

»Nur … für dich.«

Ja … ja, ja, *jaa*, nur für mich.

Genüsslich ziehe ich ihr die Shorts herunter und lege ihre Beine auf meine Schultern. Anstatt sich zu zieren, folgt sie willig meinen Griffen. Ich ändere kurzerhand meinen Plan.

Wieso alles hinauszögern? Wieso ewiges Vorspiel, wenn ich auch sofort loslegen kann? Wir können es beide nicht mehr erwarten. Ich richte mich auf, ziehe meine Hose gerade so herunter, dass ich meinen Schwanz freilegen kann, spreize ihre Beine und schaue ihr in die Augen.

Dort finde ich blaue, tiefste Hingabe und absolutes Verlangen.

»Wow, Stella«, bringe ich hervor. Es fällt mir schwer, nicht sofort, sofort und heftig, in sie hineinzustoßen. »Ich bin der Erste, der es mit dir tun wird, willst du das?«

Sie nickt. Dann nimmt sie ihre Hände, umfasst meine Arme und ich nähere mich ihrem süßen Spalt, stoße mit meiner Spitze dagegen und hätte beinahe das schäbige Kondom vergessen.

»Scheiße«, fluche ich, richte mich schnell auf und fische es aus meiner Jeans. Während ich mir das Gummi über meine prallen Schwanz schiebe, betrachte ich sie.

Alles an ihr ist die reinste Schönheit, die ehrlichste Perfektion.

»Liam!«, schreit sie, weil sie es nicht mehr erwarten kann, unter ihrem Po ist die Decke bereits nass. »Bitte!«

Ich ziehe ihre Beine an mich, ihren Po, bis ihre Klit meinen Schwanz berührt. Langsam, ganz langsam dringe ich in sie ein.

FUCK. Das ist eng.

Scheiße. Das ist *gut.*

Ich schließe die Augen, es ist sie! Stella! Die ich hier vögle, auf dem Strand, die ich entjungfere. Ich muss mich stark bremsen.

Nicht zu schnell! Nicht zu heftig! Langsam! Langsam, langsam, langsam. Ich bewege mich mit sanften Stößen in der Nähe ihres Einganges, gleite hinein, wieder heraus, dehne sie ein wenig, verschwinde immer wieder zentimeterweise in ihrem Loch, komme wieder hervor. Sie liegt da, den Kopf im Nacken, und stöhnt bei jeder Bewegung.

Geil! Zu geil!

Ich kann mich kaum halten, ich muss tiefer hinein, ich muss tiefer in sie. Mein Schwanz will sie so sehr ausfüllen, will sie so sehr spüren.

Ich strecke mich aus, lege mich über sie – finde ihre Augen.

Und kann nicht mehr. Mit einem kräftigen Stoß dringe ich in ihren Spalt, vergrabe mich bis zum Anschlag in ihren wundervollen Gang. Sie keucht auf, doch vor Lust, nicht vor Schmerz.

Sie berührt geradezu andächtig meine Brust, streichelt darüber und endlich traue ich mich, schneller zu werden. Sie krallt sich in meine Haut.

»Na, hast du dir das so vorgestellt?«, knurre ich und bewege mich immer drängender in ihrer feuchten Enge. Fuck, mein Schwanz wird so gut gemelkt, wie ich es mir nicht hätte erträumen können. Fast verliere ich den Verstand, fast will ich jetzt sofort abspritzen, jetzt sofort, fünfmal hintereinander – aber nur fast. Sie ist wichtiger. Ihr muss es gefallen.

»Ich habe mir so oft ausgemalt, wie du mich nimmst«, haucht sie.

»Hast du das, ja?« Gott, wie geil …

»Jaaaha …«, stöhnt sie.

Davon angeturnt, wie gut es ihr gefällt, mache ich genau so weiter. Mein Schwanz dringt in ihren feuchten Spalt, gleitet wieder hervor.

»Los, dreh dich um«, sage ich plötzlich. Sie ist feucht genug, sie ist weit genug. Ich ziehe mich aus ihr zurück, warte, bis sie sich aufsetzt, und drücke sie dann nach vorne, mit dem Kopf Richtung Meer.

Ihre Arschbacken strahlen mir entgegen, ich fasse sie an und ramme mich dann mit einem kräftigen Stoß in ihren vor Erwartung zitternden Gang. Gehe tief, tiefer in sie hinein. Ihre Beine halten sie kaum, so sehr errege ich sie.

Sie schreit, bei jedem Stoß schreit sie, gerät völlig außer sich, und ich gebe nicht nach. Jeder meiner Stöße wird nur drängender, heftiger, mit jedem Schlag dringe ich tiefer in sie ein. Meine Hände finden vor zu ihrer Klit, streicheln sie zart und es dauert nur eine kurze Weile, bis der Orgasmus über ihren Körper hinwegrollt, ihre Beine erfasst und ihre Mitte auf himmlische Art zusammenkrampfen lässt, sodass mein Schwanz ordentlich ausgepresst wird. Aaah! Das ist fast zu gut, zu gut, um noch klar sehen oder denken zu können!

»Gleich noch einmal«, knurre ich, bis zum Wahnsinn angegeilt, höre nicht auf, mich in ihrem feuchten Spalt zu bewegen.

»Ah, Liam …«, schreit sie. Unsere Körper, die gegeneinander schlagen, meine schwitzige Haut an ihrem Arsch, und es ist … so ganz anders, als ich gedacht hätte, viel krasser, nicht unbedingt romantisch, aber perfekt.

Genau so.

»Es ist so geil, dich zu ficken«, bringe ich hervor und mache weiter. Fuck, ja, das ist es! Diese Aussicht. Ihr glatter, perfekter Rücken, ihre Haare, die ihr in den Nacken fallen, ihr süßliches Stöhnen, ihr Körper, der unter der Wucht meiner nicht anhaltenden Stöße immer wieder zusammenzuckt.

Die Innenwände ihres saftigen Spaltes massieren mich traumhaft gut, ich möchte nie wieder aufhören, nie wieder langsamer werden. Meine eigenen Geräusche, das Gestöhne, die Ruhe der Bucht, das leise Hallen unserer Stimmen vermischen sich mit dem leichten Rauschen des Meeres.

Eine kurze Zeit später schüttelt es sie ein zweites Mal durch. Ihre Beine verkrampfen, alles an ihr bebt, ihr Körper zuckt wie verrückt.

»Liam!«, kreischt sie. »Oh Gott, ich kann nicht mehr!«

Ich höre augenblicklich auf. Sie sackt nach vorne, liegt im Sand. Sofort lege ich mich neben sie und nehme sie in meine Arme. In ihrem Gesicht steht das tiefste Lächeln, die völlige Befriedigung.

»Liam …«, haucht sie.

»Stella.«

»Es war so wunderschön.«

Kurz. Viel zu kurz.

»Ich habe so etwas noch nie gefühlt …«

»Nein?«

»Wenn man einfach nicht mehr kann, wenn es vor Erregung wehtut …«

»Hat es wehgetan?«, frage ich bestürzt.

»Nein«, strahlt sie glücklich und schüttelt den Kopf.

»Nur … weißt du, was ich mir auch schon eine ganze Zeit lang wünsche?«

»Was.«

»Das zeige ich dir am besten …«

Und mit dem, was sie dann tut, hätte ich niemals, wirklich niemals gerechnet. Wieso? Wieso nicht? Ich hatte von Anfang an ein völlig falsches Bild von ihr …

Sie wirft mir ein laszives Lächeln zu und geht mit ihrem Oberkörper tiefer. Mittlerweile hat sich der Sand auf der Decke verteilt, klebt auf unserer schwitzigen Haut – aber egal, sie ist unerträglich sexy. So nackt, so rein, so perfekt.

»Du musst mir helfen, ja? Ich habe das noch niemals gemacht.«

»Was?« Ja, was wohl! Und doch *unmöglich.*

Langsam greift sie nach meiner harten Latte, die demnächst überläuft vor Sperma, zieht das Kondom ab und beginnt mich zu küssen.

Und sie küsst! Meinen Schwanz! Das ist wie eine Strafe, so zaghaft, wie sie ist. Ich werfe mich herum, Fuck! Weiter, mehr, nicht aufhören! Aber doch aufhören! Aufhören mit dieser quälenden Langsamkeit!

Sie greift nach meiner rechten Hand, legt sie um meinen Schaft. Ich soll ihr helfen. Ich brauche ihr nicht zu helfen. Allein die Vorstellung, dass mein Schwanz in ihr steckt. In ihrem süßen Mund, zwischen ihren lieblichen Lippen …

Endlich schiebt sie sich meine Spitze in den Mund, dann einen Großteil meines Schaftes und das mit einer Hingabe, die ich bei einer Frau selten erlebt habe.

Ich dachte immer, alle Frauen seien gleich. Sie sahen alle gleich aus, wenn sie meinen Schwanz bearbeitet haben, so von oben gesehen, Lippen, Haare, Münder. Aber Stella ist anders.

Es ist Stella. Es ist ihr Mund. Wie erstarrt sehe ich ihr dabei zu, wie sie mich liebkost, wie sie ihn geradezu anbetet. Ihn leckt und heftiger und lauter stöhnt, als noch beim Fick. Und auch wenn sie behauptet, das noch niemals gemacht zu haben, worum ich überirdisch dankbar bin, so fühlt es sich doch perfekter an, als alles, was ich jemals spüren durfte.

»Hör nicht auf, Baby«, flehe ich abgehackt. »Bitte …«

Sie wirft mir einen Blick zu, ihre Augen blitzen vor Lust. Wie geil das aussieht! Ihr Kopf an meinem Schwanz, die Palmen hinter ihr, sie, so völlig nackt und ich in ihr, in ihrem Mund …

Okay … Jetzt muss ich ihr doch helfen. Ich platze sonst gleich. Ich lege meine Hand wieder über ihre und zeige ihr, wie sie es machen muss. Und es sind unfassbare, kurze Sekunden, aber dann bin ich schon bereit.

Bereit fürs Abspritzen.

Sie zieht den Kopf nicht weg.

Sie stöhnt nur auf, als sie merkt, wie mich der Orgasmus fast genauso fortreißt wie sie, als wäre das hier auch mein erstes Mal.

Ja! Ja, ja! Ich komme, ich komme verdammt!

Ich entlade mich, meine ganze Anspannung, direkt zwischen ihre feuchten Lippen, und sacke schließlich erschöpft zurück in den Sand.

Mein gesamter Körper befindet sich in einem Rausch.

Über uns der blaue Himmel.

Die untergehende Sonne. Sand auf meinem Körper, überall.

Stella legt sich in meinen Arm.

Ich war noch niemals so glücklich. Zärtlich streichle ich durch ihre Haare. Und dann möchte ich etwas fragen. Ich bin es, der es sagen möchte, der es aussprechen möchte, der es klarstellen will. Der will, dass wir uns zukünftig an jede Regel halten, damit sie Mein wird und Mein bleibt.

Ich lege meine rechte Hand auf ihre Wange und wische ein wenig Sand von ihrer Schläfe. Sie ist unfassbar schön.

»Willst du mit mir zusammen sein, Stella?«

Sie schließt für einen Moment verzückt die Augen, ihr Lächeln wird breit, voller Glück. Dann erwidert sie, bevor sie mich küsst: – und sie soll mich bitte nie wieder aufhören zu küssen! – »Immer.«

22
LIAM

Arm in Arm und vor Glück torkelnd gehen wir zurück. Sie will um neun zu Hause sein, also gehen wir, obwohl ich noch viel länger mit ihr am Strand hätte liegen können.

Die Weinflasche hat sie geöffnet. Lachend nippt sie daran, immer mal wieder.

Bevor sie sie mir reicht und ich schneller betrunken werde, als mir lieb ist. Sie macht mich betrunken.

Wir gelangen in den Wald, durch den der kleine Trampelpfad führt und plötzlich hält sie mich an und stellt sich vor mich.

»Hast du das ernst gemeint?«

»Was?«

»Dass du … mit mir *zusammen sein willst.*« Sie sieht fragend zu mir auf.

Ich atme ein. Ja, im ersten Moment habe ich das ernst gemeint. Nur: Ich habe es noch niemals in meinem Leben ernst gemeint. Würde ich mich für Stella ändern?

Ich lasse zwei meiner Finger über ihre Wange gleiten. Unsere Augen haben sich an die Dunkelheit gewöhnt, dennoch ist ihr Gesicht für mich ein einziger Schemen. »Ich werde es versuchen, ja? Ich will immer ehrlich zu dir sein … Ehrlich ist auch, wenn ich dir sage, dass ich so etwas noch niemals durchgehalten habe.«

»Oh …« Sie weicht ein paar Zentimeter zurück. »Dann –«

»Aber du bist anders, Stel, ich habe noch nie … so etwas für eine Frau gefühlt. Ich könnte mich nicht mehr im Spiegel ansehen, wenn ich dich verletzen würde …«

»Hm …«

»Bist du dir denn sicher?« Ich umgreife ihr Kinn und hebe es leicht an. »Eine Frau wie du bekommt doch sicherlich mehrere Einladungen täglich? Und ich bin ein Nichts. Völlig mittellos.«

»Ich habe doch genug Geld?«

Ich sehe im Schatten, wie sich eine ihrer Augenbrauen hebt. Stimmt. Sie hat genug Geld. Ich habe nichts. Ich kann ihr nichts bieten.

»Also versuchen wir es einfach?«, fragt Stella. »Ich werde dich einfach so sehr beanspruchen, dass du gar nicht mehr dazukommst, irgendwo fremdzuvögeln.«

»So meinte ich das –«

Doch sie presst ihre Lippen auf meine und hindert mich so am Sprechen. Sie stößt mit ihrer Zunge zärtlich in meinen Mund.

Sie schmeckt unfassbar gut und ist so lieblich. Sie gehört eigentlich nicht in meine Welt.

Ich bin arm. Ich bin ein Arsch. Ich habe das Erbe meiner Eltern verhökert, verprasst und versoffen, bis mir mein Bruder den Rest gegeben hat, und so einen will sie? Unmöglich.

Aber alles an ihr zerfließt geradezu vor Verlangen. Die Weinflasche fällt auf den Boden. Dann lasse ich die zwei Decken los und ziehe sie fest an mich. Gegen meine Brust, meinen Bauch, meinen Schwanz, der nur noch für sie da ist, nur noch für sie …

Wir hören gar nicht auf. Ihre Küsse werden fordernd, sie versinkt in meinem Mund und plötzlich packt mich die Lust auf sie wieder unverhohlen.

Ich drehe sie herum und drücke sie gegen den Stamm einer Palme. Ich presse sie gegen das Holz und mich selbst gegen ihren hammergeilen Körper …

Meine Hände suchen ihre Rundungen sehnsuchtsvoll ab, wollen alles auf einmal berühren und finden endlich zu dem Verschluss ihrer Shorts, reißen ihn auf.

»Noch mal?«, frage ich, denn ich muss fragen. Es ist verdammt noch mal alles neu für sie. Oder?

»Hast du denn noch ein Kondom?«, fragt sie nur, ihre Hände umklammern fest den Stoff meines Shirts.

Ich verdrehe die Augen. »Ich habe ‘ne ganze Packung in den Taschen meiner Jeans.«

Sie kichert, doch dieses Mal bin ich es, der ihr Lachen mit einem drängenden Kuss erstickt. Ich ziehe erst das Kondom, dann meine Hose auf und hinunter. Mein Schwanz springt gierig zwischen uns. Er wird niemals genug haben, niemals mehr.

»Darf ich?«, haucht Stella, greift nach der bereits geöffneten Packung in meiner Hand und schiebt mir das Kondom zärtlich über. Fuck! Ich drehe gleich ab! Ihre Bewegungen sind so ehrfürchtig, viel zu vorsichtig, als würde sie ein Heiligtum berühren! Kann es solche Frauen geben? Die einen Schwanz auf diese Art verehren? Sanft drückt sie auf meine Spitze, streichelt über meinen Schaft, dann zaghaft über meine Eier und erkundet mein bestes Stück.

»Ja, Baby, das ist alles nur für dich«, knurre ich voller Ungeduld, dränge ihre Hand endlich beiseite und ziehe ihre Shorts bis zu den Füßen hinunter. Sie reißt mich an meinem Kragen wieder zu sich hoch.

»Ich kann nicht mehr warten!«

Fuck! Fuck, das ist so abgefahren unglaublich. Ihr Verlangen nach mir, ihre Lust auf mich … Ich hebe ihr rechtes Bein an, lege es um meine Hüfte, presse sie gegen den Baumstamm, nehme das andere hoch und dringe fast sofort in ihren tropfend nassen Spalt ein.

Sie stöhnt tief befriedigt auf und lässt sich von mir ficken.

Immer gegen den Baumstamm in ihrem Rücken. In der Dunkelheit sehe ich ihr Gesicht kaum, aber ich stelle mir einfach vor, wie sehr ich sie verzücke …

Nach kurzer Zeit wird es extrem anstrengend. Der Schweiß steht mir auf der Stirn, unsere Körper sind beide nass und feucht. Und ich mache weiter …

Sie krallt sich Halt suchend in meine Haare und seufzt bei jedem Stoß auf, im Takt, lustvoll …

Fuck und viel zu schnell, bevor sie überhaupt gekommen ist, überrollt mich der Orgasmus wie eine riesige Welle. *Er überspült mich.* Macht mich für ein paar Sekunden taub und blind. Ich zittere. Ja, verdammt, ich zittere!

»Scheiße, Baby …« Ich keuche, vergrabe meinen Kopf an ihrem Hals. »Es war noch nie so gut wie mit dir.«

»Liam …« Ihre Stimme ist schwach. Liebevoll streichelt sie über meinen Hals, über meine Oberarme, immer noch eingekeilt zwischen mir und dem Baumstamm. Und dann bewege ich mich weiter in ihr. Kurze, kräftige Stöße gegen ihre Klit. Ich stimuliere ihren süßen Kitzler mit meinem Unterbauch, immer wieder …

Mein Schwanz in ihrer wundervollen Enge, Stella in meinen kräftigen Armen und meine Bewegungen, die sie sanft gegen den Baumstamm rammen.

Noch einmal.

Noch einmal.

Noch fester.

Mit kürzeren Abständen, noch tiefer in sie hinein. Sie stöhnt, atmet schwer, vergräbt ihre Fingernägel in meinem Bizeps.

Es dauert nicht lange, dann entfährt ihrer Kehle ein unkontrolliertes Gurren, ihre Scheidenwände ziehen sich zusammen und melken mich, sodass ich eigentlich nie wieder aufhören möchte, in ihr zu stecken …

»Liam«, sagt sie wieder. »Liam …« Wieder und wieder seufzt sie meinen Namen, bis der Orgasmus längst verklungen ist.

Ich ziehe mich vorsichtig aus ihr hervor und setze sie langsam ab.

Dann knicken ihre Beine weg.

»Hoppla.« Ich halte sie in meinen Armen.

Erschöpft sieht sie zu mir auf.

»Soll ich dich tragen?«

Sie nickt stumm.

Wow … das fühlt sich gut an. So für sie da sein zu können, wenn sie mich braucht. Was ist nur aus mir geworden? Was ist aus Liam Harsen geworden? Dem Playboy LA's?

Ich halte sie weiterhin, greife nach ihren Shorts, ziehe sie ihr wieder an, hebe die Decken hoch und dann sie. Mit letzter Kraft krallt sie sich um meinen Hals, lehnt ihren Kopf an meine Schulter und lässt sich von mir tragen.

Und das ist alles, was ich tun will.

Sie tragen.

Und nie wieder loslassen.

23
STELLA

Ich sehe ihm verträumt dabei zu, wie er das Cabrio lenkt. Wenn ich es nicht besser wüsste, würde ich vermuten, dass man mich an einen Stromkasten angeschlossen hat, so elektrisiert fühle ich mich. Seine Hände halten locker das Lenkrad, seine gebräunten Arme locken mich. Ich könnte ihn ewig ansehen und ewig berühren und ich will nichts lieber, als dass er mich wieder packt … So hätte ich es mir niemals vorgestellt. Ich kann mich gar nicht mehr daran erinnern, *was* ich mir vorgestellt habe, aber dass es so wild und kurz und heftig werden würde, daran habe ich nicht geglaubt. *Ich hatte ja keine Ahnung …*

Mein Becken bebt noch immer nach, als füllte er mich weiterhin aus. Das Gefühl ist besser und inniger, als alles, was ich bisher gespürt habe. Vor allem, weil er es ist. Vor allem, weil er mich dabei mit einem Blick angesehen hat, den ich noch nie bei ihm gesehen habe. Und ich habe ihn eine lange Zeit beobachtet. Immer aus der Ferne. Immer so völlig albern und immer mit dieser Sehnsucht in meinem Herzen. Das soll jetzt vorbei sein? Nein, nicht vorbei … Das soll jetzt beginnen? Mit ihm?

Er wirft mir ein Lächeln zu. Seine dunklen Augen

strahlen mich an, seine Lippen kräuseln sich sanft in ihren Winkeln. Er legt seine rechte Hand auf meinen Oberschenkel. Sofort zucke ich unter seiner Berührung zusammen.

»Holla …«, schmunzelt er und wandert mit seiner Hand höher. Ich winde mich unter seiner Berührung und natürlich geht er sofort höher und schiebt mir zwei Finger in den Schritt. Ich wimmere. Zwei, drei Drücke mehr und ich würde ein weiteres Mal innerlich explodieren. »Mhmm«, brummt er zufrieden, hält dann aber plötzlich inne und zieht seine Hand zurück. »Baby. Würde es dich … sehr stören, wenn wir nach Downtown fahren und du mich dort absetzt?«

Ich liebe es, wenn er mich Baby nennt! »Nach Downtown?«

»Ich … ja. Ich weiß, es nicht das Romantischste auf der Welt nach so einem Abend. Aber ich bräuchte ewig mit dem Bus vom Hang runter in die Stadt …«

»Okay.« Ich erinnere mich an die Sporttasche, die hinten auf der Rückbank liegt. Trifft er sich noch mit jemandem? Ich traue mich nicht, zu fragen. Etwas hält mich davon ab, allzu neugierig zu sein.

»Danke«, lächelt er, legt seine Hand aber nicht wieder zurück auf mein Bein. Er schweigt eine Weile. Was verschweigt er mir? Die Stille wird beklemmend.

»Hör zu.« Nur wenige Minuten später hält er in einer gediegenen Wohngegend, nahe des Stadtzentrums. »Ich wohne eigentlich hier bei meinem Freund Phil. Das in Beverly Hills war nur vorübergehend.« Zweifelnd sieht er mich an – oder eher: an mir vorbei. Etwas scheint ihm unangenehm zu sein. Ich weiß doch, dass er kaum Geld besitzt, glaubt er etwa, das würde mich so sehr stören? »Aber … wann sehen wir uns wieder?«

In seinen Augen meine ich die Sehnsucht auszumachen, die ich mir so sehr wünsche. Kann es sein, dass er mich am liebsten nicht mehr gehen lassen will? *Kann das sein?* Ein irres Lächeln breitet sich auf meinen Lippen aus, ich zerberste vor Glück. Liam will mich nicht gehen lassen … Ein alberner Mädchen-Traum wird wahr, aber so ist es.

»Was strahlst du so?«, fragt er mich irritiert.

»Nichts«, lächle ich, beuge mich vor und lege meine Hände in seinen Nacken. »Bekomme ich einen Abschieds-Kuss?«

»Hunderte«, murmelt er, bevor auch er sich meinem Gesicht nähert und mich beginnt zu küssen. Wie kleine Nadelstiche kehrt die Erregung zurück in meine Mitte, kaum, dass meine Lippen seine berühren. Sanft knabbert er an meiner Unterlippe, bis er mit seiner Zunge vorsichtig und liebevoll in meinen Mund vordringt. Ich seufze auf, er zieht mich fester an sich.

»Stella«, sagt er erstickt zwischen unseren Küssen. »Baby … Warum musst du gehen?«

»Ich muss«, fällt mir plötzlich wieder ein und ich löse mich schlagartig von ihm. Zwanzig vor neun. Ich muss mich beeilen. »Sehen wir uns Mittwoch?«

»Mittwoch?«, fragt er irritiert. »Heute ist Sonntag! Das sind –«

»Ich kann morgen nicht … und Dienstagabend gehe ich mit Mary zum Sport.«

Er sieht mich gequält an. »Mittwoch.«

Ich lächle. Meint er das ernst? Kann er es wirklich nicht erwarten?

»Ich hoffe, ich überlebe diese scheißlange Zeit bis Mittwoch.«

Ich muss lachen. »Ich hoffe auch …«

»Für Miss Green ist das wohl kein Problem, was?«

Ist es! Nur kann ich niemandem erzählen, dass ich

mich mit Liam treffe. Niemandem in der Uni, am besten nicht einmal Mary. Ich kann mir nicht vorstellen, wie Dad reagieren würde. Und ich tue es besser auch nicht.

»Ist es …«, sage ich zögernd und verschweige den Rest.

»Ich rufe dich an.« Er greift nach dem Türöffner, dreht sich dann aber noch einmal zu mir um. »Und ich fürchte, ich werde dich am Telefon ficken müssen.«

Eine neue Welle der Erregung durchfährt meinen Körper. *Sag das nicht,* würde ich ihn gerne bitten. Mich von ihm trennen zu müssen, macht mich wahnsinnig.

»Ich werde dich dazu bringen, dass du zukünftig jeden Abend für mich freihältst – Außer Sport mit Mary. Das erlaube ich.«

»In Ordnung«, bringe ich hervor. Er soll nicht aussteigen … Bitte, bitte, steig nicht aus. Komm noch einmal her und küss mich. Küss mich und zieh mich aus, leg dich noch einmal auf mich, dring ein weiteres Mal in mich ein, fülle mich aus, hier, am besten direkt auf diesem Sitz …

»Gut.« Und er geht. Alles in mir jammert, weil er sich entfernt. Doch er kommt noch einmal um das Auto herum und macht die Beifahrertür auf. Er hält mir die Hand hin. »Das Auto fährt sich nicht von alleine, du musst dich umsetzen.«

Ach ja, richtig … Ich greife nach seiner Hand und er zieht mich kräftig zu sich heran. Er schließt mich fest in seine Arme, den Kopf vergräbt er in meinem Nacken. Ich spüre, dass er geil ist, und doch ist seine Umarmung nicht darauf ausgerichtet, mich zu verführen. Nein, sie ist innig. Voller Zuneigung. *Er will mich wirklich nicht gehen lassen … Mich.* Es geht ihm um mich.

»Komm nicht auf die Idee, mir Mittwoch abzusagen«, warnt er mich leise und rückt ab. Er streckt eine Hand nach meiner Wange aus und streichelt darüber. »Bye Baby.«

»Bye«, flüstere ich, dann löst er sich vollständig von mir, holt seine Tasche aus dem Wagen und geht den Gehweg entlang auf eines der Wohnhäuser zu. Ich sehe ihm nach. Er blickt nicht noch einmal zurück.

Eine ganze Weile stehe ich da und kann mich nicht rühren. Nur mein Handy, das ich im Handschuhfach gelassen habe, weckt mich aus meiner Trance.

Wie oft sie es wohl bereits versucht haben?

Widerwillig öffne ich das Fach und hole mein Smartphone hervor.

»Hi, Mom.«

»Stella-Schatz! Wo bist du denn? Geht's dir gut? Was hast du denn gemacht? Wir hatten doch Besuch hier!«

Ja eben deshalb bin ich weggefahren … »Ich weiß. Entschuldige.«

»Er hat nach dir gefragt, Stel!«

»Oh …«

»Ach, Schatz … Hoffentlich nimmt er dir das nicht übel.«

Hoffentlich nimmt er mir das sehr übel. *Dann wäre ich ihn endlich los …* »Bestimmt nicht«, versichere ich matt. *Wäre ja zu schön, um wahr zu sein.*

»Kommst du dann jetzt nach Hause?«

»Ja.«

»Und wo warst du?«

Ich schlucke. Es wird das erste Mal sein, dass ich meine Mutter anlüge und es werden noch viele weitere Male folgen. Unzählbar viele. »Ich wollte Beth besuchen … aber sie war nicht da. Also bin ich zum Lernen in die Bibliothek gefahren.«

»An einem Sonntag?«

»Stört dich das?«

»Nein … nein … nur.«

»Bin gleich zurück.« Ich lege ohne ein weiteres Wort

auf. *Mom. Ich habe mich mit Liam Harsen getroffen. Wir sind zu unserem Strandhaus gefahren. Dort in der Nähe hatte ich mit ihm mein erstes Mal. Was sage ich. Meinen ersten Fick. Und wenn mich nicht alles täuscht, Mom, bedeutet es ihm viel. Ich bedeute ihm etwas. Ist das nicht schön, Mom? Ziemlich schön, oder nicht?*

Doch ich weiß, dass sie nichts daran schön finden würde. Ich weiß, dass sie mir nicht einmal glauben würde. Sie will mich mit diesem Mann verkuppeln, der mir nichts bedeutet. Sie hält das für die bessere Wahl. Ich seufze schwer. *Worauf habe ich mich da nur eingelassen?*

24

LIAM

Vor dem Fahrstuhl im Foyer des Wolkenkratzers von Greenware Corp warten mindestens 10 Leute. *Eierquetschen angesagt,* denke ich bitter, als ich mich als Erster hineinwage und direkt vor den Spiegel stelle. Der Aufzug hält in jedem verdammten Stock und die Fahrt wird zu einer langwierigen Tortur. Einige Leute unterhalten sich leise, ein anderer telefoniert. Er steht mit dem Rücken zu mir.

»Ich habe dir gesagt, habe deinen Spaß, nichts weiter … Natürlich wusste ich davon! Warum sollte ich dir das erzählen? … Nein, das ändert gar nichts! … Wie bitte? Das sagst du mir erst jetzt? … Du hast dich … Gott, wie dämlich kann man sein. Du hast doch nicht wirklich geglaubt, er würde dich …? … Wie? Hierher? In die *Firma*?!«

Ich muss schmunzeln. Der Typ steht kurz vor einem Herzkasper.

Der Fahrstuhl leert sich allmählich und er schimpft weiter.

»Ich sagte, bezahl ihn, damit er dich in Ruhe lässt! Wo ist das Problem? … Wir reden später weiter. Dir ist nicht zu helfen.« In Stockwerk 9 steckt der Typ sein neuestes iPhone zurück in sein Jackett. Er *stinkt* nach Geld. Auf die unangenehme Art.

Bloß weg hier, und wehe dir, wenn du es wagst, in 11 auszusteigen.

10. Wir sind allein.

Der Typ dreht sich um und lehnt sich an die Wand. Aus Höflichkeit lächle ich ihm kurz zu. Er sieht auf.

Und dann starrt er mich an.

Blonde Haare, der Bart gezupft, eine Uhr am Handgelenk, die ein Vermögen kostet, Maßanzug und schmale Schultern.

»Ist irgendwas?«, frage ich mit angehobenen Augenbrauen.

Er starrt weiter.

»Aaahm. Ja, hat mich auch gefreut.« Wichser. Ich trete aus dem Fahrstuhl in 11 – die besondere Begegnung der dritten Art – und laufe vor zum Empfangstisch. Mit äußerstem Missmut registriere ich, dass der Typ hektisch hinter mir entlang läuft. Also doch 11. Also doch diese Abteilung hier, vielleicht nur der Flur. Ich schaue auf die Uhr: 08:30. Ich schwöre mir, nie wieder um diese Zeit mit dem Fahrstuhl zu fahren.

Kurze Zeit später geleitet mich eine hübsche Mitarbeiterin in Greens Büro. Was sage ich: unter anderen Umständen eine verfickte Wucht! Rassig, braun gebrannt, dunkle, lockige Haare, klein und volle Lippen. Etwas Südländisches und definitiv eine Bombe im Bett. Doch keine zwei Sekunden später sehe ich Stella auf einem Foto hinter Greens Schreibtisch stehen und die Sekretärin verschwindet aus meinem Gehirn, als wäre sie nie da gewesen.

»Liam Harsen«, grüßt mich Stellas Vater übertrieben freundlich und zeigt auf den Stuhl vor seinem Tisch.

»Mr. Green«, nicke ich und setze mich. Sehr ungern,

denn niemand möchte vor so einem Typen wie Green hocken. Wie er eine so schöne Tochter haben kann, bleibt mir schleierhaft, und wie jemand, der eine Tochter wie Mary hat, so frech und albern grinsen kann, auch. »Danke für die Einladung.«

»Bitte, Bitte«, sagt er gönnerhaft.

Was hat mich nur geritten, ausgerechnet seine Einladung anzunehmen – gut. Kein anderer will mich. Aber wie soll ich ihm begreiflich machen, dass ich gestern seine wunderschöne, atemberaubende Tochter zum ersten Mal in ihrem Leben gefickt habe? Mehrmals?

Was würde er dazu sagen? Ich würde schneller fliegen, als ich das Wort aussprechen kann, und dazu gäbe es eine der miesesten Empfehlungen gleich mit dazu.

Scheiße. Das heißt also; Schwanz einziehen und artig sein.

Und vor allem *nichts anmerken lassen.* Schweigen!

»Ich habe deinen Vater gut gekannt«, beginnt er. Er legt seinen Anzug um den Bauch zurecht, bevor er sich setzt. Natürlich will er über meinen Vater sprechen. Gleich kommt es. »Mein Beileid.«

Das sagen die Leute immer. Ich verschränke die Hände genervt ineinander und lasse die Knöchel knacken. *Lass ihn einfach reden, lass ihn dich zulabern, wenn er meint, dass er's braucht …*

»Vielleicht habe ich etwas zu hart über dich geurteilt. Ich will dir eine Chance geben.«

Aha, danke. Meine Muskeln verkrampfen sich. Ruhig bleiben. Er ist leider noch immer deine Chance. Deine Chance auf irgendetwas, das besser bezahlt wird als Kellnern oder Toilettenkästen durchspülen.

»Ich weiß, dass du nicht auf dem College warst.«

»War ich«, presse ich zwischen den Zähnen hervor. Aber klar, dass du denkst, alles über mich zu wissen.

»Aber nicht sehr lange«, lächelt Green. Nur, weil er Stellas Vater ist, werde ich in meinen Gedanken nicht ausfallend. Moralpredigten sind doch was Geiles!, versuche ich mir einzureden. Und jemand, der hinter einem Schreibtisch sitzt, in einem Büro, das so riesig ist, wie alle meine Wohnungen, die ich in den letzten zwei Jahren bezogen habe, zusammen, kann es sich eben erlauben. So ist die Welt. Das ist Amerika.

»Ich habe nachgedacht …« Er lehnt sich zurück, die Hände über dem Bauch gefaltet. »Ich weiß, dass du mehr drauf hast, als nur zu kellnern, oder das, was deine Bewerbungsunterlagen hergeben.«

Ich nicke und lächle und tue so, als wäre ich verfickt dankbar für seine äußerst lieb gemeinten Worte.

»Ich teile dich Inès zu. Ihr Team bearbeitet vor allem Betrugsfälle, die mit dem Online-Banking zusammenhängen. Das könnte zu dem passen, was du zuletzt gemacht hast.«

»Das ist ein tolles Angebot, vielen Dank, Sir.«

»Und ich erwarte, dass du dich gut machst, sonst bist du hier schneller wieder draußen, als du deine Sachen packen kannst.« Er zieht die Augenbrauen zusammen.

»Verstanden.«

»Gut. Wir sprechen uns in einer Woche wieder.«

Das war's schon, super. Ich nicke nur und stehe endlich auf. Und als ich die Klinke der Glastür in der Hand halte, frage ich mich, wieso das Schicksal es so ausgesprochen mies mit mir meint.

25

LIAM

»Rate, wer mich am Montag eingestellt hat. Ausgerechnet.«

»Der Vater deiner Neuen?«

»Wie bitte?«

»War nur ‘ne Vermutung, wer sonst?«

Ich starre sie an. »Woher weißt du das?«

Sie starrt zurück. »Dein Boss ist der Vater dieser Stella?«

Ich reagiere nicht. Sie kennt mich so verdammt gut. Niemand kennt mich besser als Amie. Kein anderer Typ könnte mich abschrecken, über niemand anderen würde ich fluchen; aber Stellas Vater … das ist ‘ne verdammte Scheißhausnummer. Aber ich brauche gar nicht weiter denken, Amie tut es an meiner statt.

»Das heißt, er könnte erfahren, dass du Stella vögelst, was ihn sicherlich alles andere als kalt lassen würde, bei *deinem* Ruf, und vor allem könnte Stella erfahren, dass du einen Großteil deiner Freizeit damit verbracht hast, für Geld zu ficken, da diese Carmen Green ja kennt, oder? Nachher *erzählt* sie ihm etwas … Was aber nicht so schlimm wäre, denn du *änderst* dich ja jetzt, was?« Sie zwinkert.

»Danke für die Scheißaufzählung.«

»Ach, komm schon.« Sie streckt lächelnd eine Hand nach meiner aus. Wir sitzen in einem Café und treffen uns zur Mittagspause. *Mittagspause* … Wie irgendwelche Leute es aushalten, 50 Jahre ihres Lebens hinter einem Schreibtisch zu hocken, werde ich niemals begreifen. Ich ziehe meine Hand weg.

»Streicheln macht es nicht besser.«

»Streicheln?« Amie hebt ihre schwarz gefärbten Brauen, grinst dann breiter. »Shit, Liam, ich muss mich hier echt abmühen, nicht geil auf dich zu werden, weißt du das?«

Ich knülle desinteressiert das Papier meines Sandwiches zusammen.

»Ich lasse dich einfach so kalt, was?« Sie seufzt auf. »Jetzt muss ich mir einen neuen Typen suchen für meine Dreier. Echt mies von dir.«

»Ja, total.« Ich schwenke geistesabwesend meinen Smoothie. Wie wenig Zeit einem durch diese Scheißarbeit bleibt! Ich komme kaum dazu, meine zwei Stunden Trainingszeit einzuhalten, und muss es wenigstens durch noch gesünderes Essen ausgleichen. Himmel. Vielleicht heirate ich doch einfach schnell?

»Liaam …«, nörgelt Amie.

»Was ist?!«

Sie schreckt zurück. »Schlecht gelaunt, hm. Okay, was willst du jetzt von mir? Ja, total das Dilemma, na und? Du wirst da schon mit umgehen können. Bau einfach keinen Blödsinn.« Sie lächelt wieder. »Und komm nicht auf die Idee, dich hochschlafen zu wollen. Das wäre irgendwie riskant.«

»Ja, danke für den Tipp.«

»Immer gern.« Sie grinst, wird dann aber wieder nachdenklich. »Warum hat er dich überhaupt eingestellt? Ich meine, weiß er nicht, wer du bist?«

»Ja doch, deshalb ja?«

»Wie?«, fragt sie verwundert.

»Er kannte meine Eltern. Er kennt den Lebensstil der Harsens der letzten Jahre und ergötzt sich jetzt daran, dass ich vor ihm buckeln muss. Als gerechte Strafe für mein Verhalten. Und ich mache es mit, weil er mich leider gut genug bezahlt für den Scheiß.«

»Und was ist, wenn er dir einfach wirklich eine Chance geben will?«

Ich reiße meine Augenbrauen hoch und starre sie fassungslos an. *Ja klar, meint er es nur gut.* »Stimmt. Er hat eine verdammt großzügige Ader.«

»Du siehst in zu vielen Leuten immer das Schlechte, Liam.« Sie packt ihre Tasche zusammen. »Ich muss auch wieder los … uh, wart mal.«

Fasziniert starrt sie an meinem rechten Ohr vorbei zur Tür.

»Die ist aber *hot*.«

Ich drehe mich leicht zur Seite. »Das ist Inès, meine Vorgesetzte.«

»*Was?*« Sie reißt die Augen auf, sieht erst zu Inès, dann wieder zu mir, hin und her. Ihre Augen springen wie irre. »Wie hältst du das aus?«

»Ich sehe sie kaum.« Und tatsächlich ist sie mir egal. Ich hätte sie früher in jedem Fall vernascht, aber jetzt …

»Oh Mann, ich könnte mir gut vorstellen, dass sie auch auf Frauen steht.« Amie blickt verträumt zur Theke und sieht Inès dabei zu, wie sie sich was-auch-immer bestellt. »Und wer ist dieser Typ da bei ihr?«

Wieder muss ich kurz rüber sehen. Es ist der Lackaffe aus dem Fahrstuhl. Groß, blond, unsympathisch. Sein Gehabe ist arrogant, seine Gesten zu kontrolliert, seine Stimme ein einziges Schnorren. Ich hebe die Schultern. »Irgendjemand von Greenware.« Niemand, den ich kennenlernen muss.

»Ohje … Du warst wirklich schon einmal besser drauf.« Amie steht auf und gibt mir einen Kuss auf die Wange. »Ich liebe dich trotzdem. Bin irgendwie stolz auf dich.«

Kurz bin ich versucht abzurücken, doch dann löst sie sich schon, geht Richtung Ausgang und winkt mir noch einmal zu. Sie trällert: »Bis da-ann!«

Bin irgendwie stolz auf dich.

Ich zücke sofort mein Handy und überprüfe meine Nachrichten.

13:04 STELLA:

Ich denke an dich.

Und mein Tag ist für eine Weile gerettet.

26
LIAM

Als ich meine neue Abteilung betrete, sehe ich durch das Glas die einzige Person im Büro von Green stehen, die ich dort nicht sehen will. *Verflucht.*

Vielleicht würde ich es schaffen, dass sie noch ein paar Tage nichts davon erfährt, dass ich hier arbeite? Sie könnte denken, ich hätte nicht nur aus reiner Not heraus bei ihrem Dad angefangen. Sie könnte mir etwas unterstellen, sie könnte falsch reagieren. Vermuten, ich sei hinter ihrem Geld her oder etwas ähnlich Hirnrissiges … *Ich bin ein Feigling und ich klinge verdammt schwul.*

»Drew …« Ich drehe mich hastig zu einer Kollegin, deren Namen ich mir glücklicherweise bereits gemerkt habe. »Hast du was zum Kopieren für mich?«

Sie schreckt hoch und sieht sich dann auf ihrem überladenden Schreibtisch um.

»Äh … ja … Moment … hm, hier.« Sie hält mir einen Stapel Blätter hin. »Ich brauche da immer jeweils zwei Kopien von und dann zusammengetackert …«

»Alles klar«, lächle ich und sehe noch, wie sie unter meinem Blick, unter meinem Anblick zu schmelzen beginnt, dann ergreife ich die Flucht in Richtung Kopierraum.

Ich lasse mir natürlich länger Zeit als sonst. Hantiere an dem Drucker herum, tue so, als würde es Schwierigkeiten geben, tackere die Papiere unter jeder Vorsicht zusammen.

Wenn ich ein paar Schritte Richtung Türrahmen mache, kann ich Stella in Greens Büro beobachten. Irgendwann ist sie nicht mehr da und ich atme auf.

Gut.

Warum auch immer ich das, was sowieso irgendwann herauskommen wird, noch verschleiern will, aber –

Die Tür hinter mir fällt zu. *Was*? Ich fahre herum.

»Fuck.«

»Hast du dich vor mir versteckt?« Sie lächelt breit und es braucht nur ein paar Millisekunden und alles an mir wird geil.

Auf sie.

»Stella.«

»Liam!« Sie seufzt auf, läuft in meine Arme und vergräbt tief den Kopf an meiner Schulter.

Kurz bin ich zu schockiert, um irgendetwas zu tun, doch dann weckt mich die Gier.

Dieses unendliche Verlangen nur nach ihr.

Ich fasse sie an ihren Oberarmen, schiebe sie ein Stück von mir, suche drängend ihre Lippen, ziehe sie wieder an mich, küsse sie, küsse sie unendlich innig, nur sie.

Wie sie schmeckt.

Wie sie seufzt.

Wie sie in meinen Armen zerfließt.

»Scheiße, Stella … Ich will dich so sehr.«

Sie nimmt Abstand und sieht mir in die Augen. »Ich dich auch«, haucht sie.

Mein Schwanz tobt. Es ist unfassbar! Aber ich kann nicht! Nicht hier! Nicht jetzt!

»Trotzdem musst du gehen«, bringe ich hervor. Shit,

ich tue so überaus verantwortungsbewusst. Alles ihretwegen? Alles nur für sie?

»Ja …«

Doch sie sieht sehnsuchtsvoll zu mir auf. Und sie bleibt.

»Liam …«, wispert sie und schmiegt sich eng gegen meine Brust. »Wieso hast du mir nicht erzählt, dass du hier anfängst?«

»Weil es peinlich ist«, sage ich geradeheraus.

»Peinlich?«

»Peinlich, Stella. Sieh dir an, was ich für ein Volltrottel bin, was willst du von so einem wie mir?«

»Es ist mir doch egal, wo du arbeitest.« Sie klingt überrascht. »Und … was du dabei verdienst.«

»Deinem Vater nicht.«

»Stimmt.« Sie lächelt lasziv. »Dann müssen wir es eben geheim halten.«

»Geheim sagst du?« Ich wische alle Zweifel beiseite. »Du willst also, dass ich dich hier ficke? *Heimlich …*«

Ich komme ihr ganz nah, ihr Atem trifft bebend auf meine Haut.

»Ja«, flüstert sie und beginnt zu zittern.

Scheiße! »Wie viele haben gesehen, dass du mir hier herein gefolgt bist?«

Aber ich interessiere mich gar nicht für die Antwort. Ich könnte sie jetzt unmöglich wegschicken. Jetzt zählt nur noch eines, nur noch das Eine, sonst laufe ich über, sonst platzen meine Blutgefäße.

Wie kann man so geil auf eine Frau sein?

Ich fasse ihren Arm, ziehe sie mit mir zur Tür und schließe sie von innen ab. Dann sehe ich mich um. Es gibt hier drinnen tatsächlich nur die Kopierer.

Wie klassisch!

Und doch ist es keine Sekretärin, die ich gleich vögeln werde, keine Kollegin, es ist Stella.

Lüstern schaut sie zu mir auf, ihre Augen blitzen vor Verlangen.

»Sag mir, was du willst. Sei schmutzig, sag mir, was du brauchst.«

»Ich will, dass du das mit mir tust, wovon du am Telefon gesprochen hast«, sagt sie, ohne zu zögern. »Für immer und vor allem gerade jetzt!«

»Du kannst es gar nicht erwarten, was?«

Die Anspannung zwischen uns wird unerträglich, man könnte sie mit einem Messer zerschneiden.

»Die SMS, die du mir schreibst, sind so heiß, ich kann mich in der Vorlesung gar nicht mehr konzentrieren, du machst mich wahnsinnig …«

Wow.

Ich packe sie um die Taille. Ich kann nicht mehr warten. Sie kann nicht mehr warten. Was für ein verfickter Zufall, dass ausgerechnet *ihr* Dad *mich* einstellt – aber egal. Egal, egal, egal, ich muss sie jetzt haben, jetzt sofort.

Ich hebe sie hoch auf den Kopierer, ihr Körper ist flüssig, schmiegt sich unter meinem Griff, vertraut mir vollkommen.

»Scheiße, du machst mich genauso wahnsinnig, Stella. Die ganze Zeit schon.«

Gierig schiebe ich ihr Top hoch, lecke über die Haut ihres Bauches. Sie schlingt ihre Beine um meine Hüfte und seufzt stöhnend meinen Namen.

»Liam!«

»Ja, gleich, Baby …«

Ich schiebe ihr Top weiter hoch und falle dann über ihre prallen Brüste her. Gott! Ist das abgefahren. Mein Mund saugt wie verrückt an ihren Nippeln, leckt um ihre Höfe herum, wechselt immer wieder die Brust.

Ich reiße ihren Rock hinunter, dann ihren Slip. Sie spreizt die Beine und lockt mich mit dem rosaroten Anblick ihrer saftigen Vulva… Ja! Da hinein will ich! Jetzt sofort! Schneller!

Ich öffne meine eigene Jeans, den Gürtel, den Knopf, den Reißverschluss, ziehe den Bund meiner Boxershorts so weit hinunter, dass mein Schwanz endlich hervorschnellen kann.

Ihr Blick wandert zu dem Objekt ihrer Begierde. Sie keucht auf. »Oh, Liam … Ich will mehr, ich will mehr von dir!«

Mit dem Hintern immer noch auf dem Kopierer, die Arme Halt suchend um meinen Nacken verschlungen, starrt sie zitternd auf meine Latte, die ich langsam, quälend langsam in Richtung ihrer Klit bewege, um dann sanft darüber zu streichen.

Sie schließt wie von Sinnen die Augen. Sie zu betrachten ist einmalig. Ihre überirdische Schönheit und gleichzeitig dieses ungebändigte Verlangen …

Ich fasse meinen Schwanz am Schaft, stülpe ein Kondom darüber, spiele dann mit ihrer Klit und stoße sanft gegen die Innenseiten ihrer Schenkel.

»Na? Willst du das? Willst du mich in dir spüren?«

»Ja!«, keucht sie, sucht meinen Blick.

Und ich schaue ihr in die Augen, in diese perfekten, blauen Augen, als ich in sie hineinstoße.

Gott! Ist das gut!

Ich schaue sie einfach nur an. Alleine das steigert meine Geilheit ins Unermessliche. Ihre Augen, meine Augen.

Meine Stöße.

Erst sanft, dann fester, dann schneller, bis der Kopierer unter uns zu wackeln beginnt.

Ihre Lippen stehen offen, sie sieht vor Lust durch mich hindurch, aber egal.

Immer weiter, immer weiter sie ansehen, immer weiter in sie vordringen.

Sie beginnt leise zu stöhnen, aber ich weiß, dass sie sich arg zurückhält.

So wie ich.

Fast ruhig, fast leise, ficke ich sie.

Eine ewige Weile lang, einfach nur die eine Bewegung, einfach nur in sie hinein.

Aus ihr heraus.

Die Massage tut mir unglaublich gut.

Sie schließt die Augen, krampft sich mit den Händen in meinen Nacken und ich werde schneller.

Schneller, härter, presche mich richtig in ihren engen, feuchten Gang.

Sie stöhnt unterdrückt. Stöhnt durch das kleine Zimmer.

Und ich bin kurz vorm Kommen, als sich ihr Körper zusammenzieht, ihre Wände sich um meinen Schwanz pressen, und sie so leise wie möglich schreit.

Ich drücke mich bis zum Anschlag in sie hinein, bewege mich langsam an ihrer Klit, und sie zuckt weiter. Bäumt sich auf. Verliert den Halt.

»Liam!«

»Stella …«, raune ich, als ich mich in ihr ergieße, alles herauslasse, mir einbilde, dort wäre kein Kondom zwischen uns – mir einbilde, dass mein Samen ihre Innenwände hochläuft, tief in sie hinein …

Erschöpft und atemlos versinke ich an ihrer Brust.

»Wann sehe ich dich wieder?«, will ich wissen, denn in meinem Magen zieht sich alles zusammen bei dem Gedanken daran, dass ich jetzt noch mindestens 4 Stunden zu arbeiten habe.

Arbeiten.

Ohne sie.

»Heute Abend, wie abgemacht?«, flüstert sie. Ihre Brust bebt, sie zieht die Beine etwas zusammen, so, als müsse sie ihre Erregung, die niemals verklingen wird, die niemals vollständig befriedigt sein wird, weil sie mich hat – weil sie mich will, unter Kontrolle bekommen.

Ich will mich nicht lösen. Bis heute Abend ist es eine ganze Ewigkeit. Und früher hätte ich in so einem Fall einfach nach einer Lückenfüllerin gesucht und nun? Nun werde ich warten und leiden.

Was für eine Qual!

27
LIAM

»Liam?«

»Hm?«

»Da ist wer an der Tür für dich.«

»Wer.«

»Du, keine Ahnung, habe nicht genau hingehört. Nicht … weiblich.«

Aha? Ich knöpfe schnell mein Hemd zu – eines, das Phil mir leihen musste, weil ich nur zwei von diesen Teilen besitze – und verlasse das winzige Gästezimmer Richtung Eingangsflur.

Phil sitzt ›zur Abwechslung mal‹ vor seinem Rechner am Küchentisch, nestelt daran herum und verbindet irgendetwas mit irgendetwas anderem über Kabel.

Die offene Küche sieht aus wie Sau.

Der Typ soll sich mal ‘ne Putze holen, verdient doch genug …

»Also wer war es?«, frage ich im Vorbeigehen.

»Mach ihm doch einfach die Tür auf, siehste ja gleich.«

»Ich soll hier irgendwen reinlassen?«, frage ich erstaunt.

Er sieht auf und wirft mir einen vielsagenden Blick zu. *Du lässt hier ständig jeden rein. Stell dich nicht so an.*

Stimmt. Aber die sind eben alle weiblich … Manchmal ahne ich, dass er ein guter Freund ist. Die Art, wie er ist. Und meistens nervt er mich zu Tode.

Sandkasten-Beziehungen halt. Er kennt mich und meinen Bruder seit der Grundschule.

Hinter der Haustür kündigt das *Bing* den Fahrstuhl an.

Ich umgreife die Klinke und öffne sie.

Die zwei holzfarbenen Schiebetüren des Fahrstuhls gleiten auseinander.

Ich sehe mich im Spiegelbild des Lifts: geschniegelt, die Haare gegelt und zurückgekämmt, das Hemd, wie es sich perfekt über meine Muskeln spannt, und davor steht –

Ich schlage die Tür wieder zu.

Alles klar.

Das wird ein richtig heftiger Scheißtag.

»He?«, macht Phil perplex, als ich zurück in die Küche komme.

Ich ignoriere ihn. Irgendwo in dem Saustall finde ich ein sauberes Messer, einen Teller, meinen Mixer.

Es klingelt.

»Wichser.«

»Wer?«, fragt Phil.

Ich zerhacke das Obst, wie von Sinnen vielleicht.

Ein Boxsack wäre jetzt gut.

Es klingelt noch einmal.

»Ehm, Liam, wer is'n das?«

Oder vielleicht 'ne Knarre. Die würde ihn dazu bringen, die Flucht zu ergreifen.

Obwohl? Vielleicht ist meine reine, glatte, unverhüllte Faust das beste Mittel.

Die beste Waffe.

Gegen ihn.

»Hack dir nicht die Finger ab«, warnt Phil mich, kurz bevor es ein viertes Mal klingelt.

Ein fünftes.

Endlich habe ich genug Scheißobst geschnitten, fülle das Ganze mit Wasser auf und schalte den Mixer auf Stufe 10.

Für zwei Minuten übertönt er jedes Geräusch.

Zwei Minuten, in denen sich das Kreischen der Messer in mein Gehör bohren kann, in denen ich mir darüber klar werden kann, was ich jetzt tun sollte.

Das Wichtigste: Ich darf auf keinen Fall seinetwegen zu spät kommen.

Auf keinen Fall.

Das ist er am allerwenigsten wert.

Ich stoße die Luft durch die Zähne und schaue zu Phil auf, der mich anstarrt, als wäre ich ein verfickter Geist.

Der Mixer stoppt.

»Musst du da nicht irgendetwas arbeiten?«, frage ich unwirsch, zeige auf seinen Laptop, kippe mir den Smoothie in einen vermeintlich sauberen Becher und mache mich dann auf den dummen Weg zurück zur Wohnungstür.

Ich ziehe meine Nikes an, schnappe mein Portemonnaie.

Er würde mir folgen müssen, zu Greenware Corp, wenn er meint, irgendetwas von mir zu wollen.

Mit voller Wucht reiße ich die Haustür auf.

»Liam.«

»Wichser.«

»Hör zu …«

»Ich würde dich Hurensohn nennen, aber wir hatten ja leider dieselbe Mutter.«

»Ich –«

»Fick jedes deiner Worte.«

Ich gehe an ihm vorbei zum Fahrstuhl, drücke auf den Knopf.

»Liam, Mann, ich bin wirklich froh dich zu sehen«, beginnt er hinter mir. Seine Stimme ist hoch und weinerlich, fast so, als hätte er Helium gefressen. »Warum bist du so sauer? Was ist passiert? Sorry, ich habe mich nicht mehr gemeldet –«

Sein Gelaber lässt meine Wut überkochen. Ich fahre herum und muss mich wahnsinnig bremsen, stehen zu bleiben und ihn nur anzuspucken, anstatt anzugreifen. »Du hast dich mit der restlichen Kohle verpisst, nachdem mein Teil für deine verschissene Strafe draufging, und dich zwei Jahre nicht blicken lassen. Kurz dachte ich, du seist tot. Aber dann war dein Handy besetzt. Das einzige Lebenszeichen seit Monaten. Was willst du jetzt hier? Heulen? Geld? Ich habe selbst keines.«

Befriedigt stelle ich fest, dass er so aussieht, als hätte ich ihm wirklich ins Gesicht geschlagen.

Ich zeige an mir herunter. »Ich gehe arbeiten. Kannste ja auch mal versuchen.«

Die Fahrstuhltür geht endlich auf. Ich hätte sonst die Treppen genommen.

»Liam, wart mal, wie meinst du …«

Ich gehe in die Kabine, drehe mich noch einmal um. »Wag es ja nicht mir hier rein zu folgen.«

Er hält im Gehen inne, ich drücke auf Null.

Bevor die Türen wieder zugleiten, brennt sich mir sein Anblick in die Augen.

Mein Bruder.

Mein einziger Bruder, der letzte vor mir aus der Harsen-Blutlinie, die er vollständig in den Sumpf geritten hat.

Abgefuckter kann man wohl nicht aussehen. Rote Ränder unter den Augen, gelbliche Pupillen, einen hässlichen, halb gestutzten 10-Tage-Bart, Klamotten, die ich mir nicht einmal bei BOSS für umsonst mitnehmen würde. Sein Körper: eingefallen, endlos fertig.

Das Einzige, das ihn an mich erinnern könnte, sind seine dunkle Haarfarbe und die Form seines Kinns.

Mit viel gutem Willen könnte man wohl eine Ähnlichkeit ausmachen.

Dann schließen sich endlich die Türen und ich ahne, dass ich Jacob schneller wiedersehen werde, als mir jemals lieb sein könnte.

28
LIAM

»Hi, Babe …«

Ihre Stimme zu hören. Auch, wenn es nur kurz ist. Auch, wenn es nur ihre Stimme ist. Noch niemals hat mich etwas so getröstet wie sie. Noch niemand hat mich jemals so aufgebaut, wie sie es tut, und dabei weiß sie nicht einmal, was wirklich mein Problem ist.

»Liam …«, haucht sie ins Telefon. »Ich sitze mitten in der Vorlesung und muss leise sprechen.«

»Ist es spannend?«

Sie lacht. »Wie kommst du darauf?«

»Du … Stel, was hast du heute Abend vor?«

»Ich sagte doch, dass es eine Überraschung wird.«

»Okay …« Gut. Eine Überraschung. Meinetwegen. Ich schaue aus dem Pausenraum hinaus in das Großraumbüro, überprüfe, wie viel Zeit mir noch bleibt. »Also du willst mich wirklich um 17:30 Uhr abholen?«

»Ja … freust du dich schon?«

»Ich weiß ja nicht worauf?«

»Hmm … das ist der Sinn einer Überraschung. Ich mach Schluss, bye.«

Sie legt auf.

Und ich vermisse sie noch mehr als zuvor.

Zwei Wochen sind wir jetzt zusammen. Zwei Wochen treffen wir uns so häufig, wie wir können. Wir gehen am Strand joggen oder beim Italiener essen. Ein Mal waren wir im Kino, ein anderes Mal im Club. Es wird immer schwieriger für mich, für uns zu bezahlen. Bei Phil auf Pump zu leben ist nicht das Größte. Ich ahne zwar, dass er auch Jacob bei sich einziehen lassen wird … Wo sollte er sonst pennen?

Das wird ein Spaß. Ich brauche dringend die erste Kohle von Green, um mir eine eigene Wohnung nehmen zu können. Ich könnte Stella überreden, jede Nacht mit mir dort zu verbringen.

In einem billigen Bett, in einem schäbigen Apartment. Sie hat etwas Besseres verdient als mich.

Wie könnte ich zu diesem besseren Typen werden?

Wahrscheinlich, indem ich härter arbeite. So funktioniert Amerika für alle Durchschnittsmenschen.

Frustriert gehe ich zu meinem Schreibtisch zurück, setze mich Drew gegenüber und gehe stumpf die Betrugsfälle des Online-Shops durch.

Die digitale Uhr am Bildschirmrand kriecht voran. Wann ist es endlich 17 Uhr? Wann ist es endlich 17:30?

»Hallo, Clive«, sagt Drew plötzlich superfröhlich, sieht auf und strahlt wie explodierender Wasserstoff. In ihrem Gesicht entstehen rötliche Flecken, an ihrem Hals pocht eine Ader, Schweiß perlt auf ihrer Stirn und trotzdem lächelt sie weiter den Typen an, der an uns vorbeimarschiert.

»Hi, Drew«, sagt er schwungvoll, und als er in mein Blickfeld tritt, erkenne ich den blonden Schnösel, meinen neuen besten Freund, wieder. »Ich hoffe, ich komme nicht ungelegen?«

»Oh … oh, nein«, macht Drew wie von Sinnen. »Nein,

Mr. Green erwartet dich sicherlich schon. Warte, ich rufe kurz zu ihm durch.«

Während Clive wartet und ich eigentlich weiterarbeiten sollte, betrachte ich die Uhr an seinem Handgelenk.

Der trägt den Wert eines ganzen Hauses am Arm. Das! Das ist Amerika und nichts anderes! So eine abgefuckte, ungleiche, völlig irrationale Verteilung! Er könnte mit dieser verfickten Uhr alle Sozialfälle LA's durchfüttern, wahrscheinlich bis in jede Ewigkeit – aber nein. Geiler ist es, wenn man das Geld auf der Bank hortet und sich damit behängt.

Frustriert wende ich mich wieder meinem Bildschirm zu.

»Mr. Green? Mr. Brookstone ist hier für Sie … ja. Natürlich.« Drew nickt, legt auf und strahlt wieder diesen Typen an. »Du kannst sofort zu ihm rein, sagt er.«

»Oh, alles klar, danke, Drew.« Schleimer.

Ekelhafter Bonzenschleimer. Ich sehe ihm nach und stelle fest, dass er wahrscheinlich nur wenige Jahre älter ist als ich selbst.

Und sicherlich auf Harvard war.

Und sicherlich nicht das Erbe seiner Eltern verhökert hat, weil seine verfickten Eltern noch leben.

Manchmal ist es vielleicht auch ganz gut, dass die Dinge so kommen, wie sie kommen. Auch, wenn es bedeutet, dass man nach ganz unten sinkt. Man weiß dann plötzlich, wie genau es oben war. Man weiß, wie es sich für die anderen um einen herum angefühlt hat.

29
LIAM

Stellas Handgelenk ziert keine Uhr. Überhaupt habe ich noch nichts an ihr gesehen, dass jemanden denken lassen könnte, sie käme aus dem Hause Green.

Sie lockt mich per SMS in eine Seitenstraße und überfällt mich dort mit heißen Küssen.

Wie sehr habe ich sie vermisst!

Sie zerfließt in meinen Armen und ich höre gar nicht damit auf, sie zu küssen, meine Zunge durch ihren zuckersüßen Mund gleiten zu lassen. Ich käme niemals auf die Idee, damit aufzuhören … Es ist zu schön.

Viel zu schön. Ich will sie. Ich will sie für immer.

An meiner Seite.

»Ich wollte dich entführen«, bringt sie irgendwann zwischen meinen Küssen hervor. Sie lächelt, ich ziehe sie nur fester an mich. Meine Arme schmiegen sich so außerordentlich gut um ihre sanft geschwungene Taille. Meine Hände haben genau die richtige Größe, um sie zu berühren, zu streicheln, zu halten. »Hast du Lust?«

Ihre Augen flackern.

»Lust?«

»Komm mit.« Sie fasst nach meiner Hand und zieht

mich über die Straße hinüber zu dem Rolls-Royce, der die ganze Zeit über dunkel neben den Müllcontainern stand.

Sofort springt ein Lackaffe daraus hervor und hält uns die hintere Tür auf. »Mylady, Sir.«

Die Anrede erinnert mich schmerzlich an bessere Zeiten. An Zeiten, in denen mein Vater so angesprochen wurde … Meine Mutter in seinem Arm, auf Partys, Empfängen und Veranstaltungen, die ich schon damals in Liam-Manier genossen habe … Hätte mir jemand gesagt, dass es die letzten Jahre mit meinen Eltern gewesen wären, hätte ich vielleicht öfters mit ihnen gemeinsam dort gestanden. Die stolzen Eltern mit ihrem Sohn …

»Liebling, was hast du?«, fragt Stella mich besorgt, als ich abwesend vor mich hinstarre.

»Nichts«, lüge ich sofort, nehme ihr Gesicht in meine Hand und streichle darüber. »Wie war dein Tag?«

Und es interessiert mich! Es interessiert mich so sehr! Fuck! Fuck, verdammt! Ich … ich … kann es nicht aussprechen, doch mein Herz schlägt nur noch für sie.

Nur für Stella. Sie erzählt mir von ihren Vorlesungen und ich höre ihr zu.

Ihr Fahrer kurvt uns durch die Rush Hour und hält schließlich vor einem Luxus-Hotel.

»Hier aussteigen?«, frage ich überrascht.

»Ja«, sagt sie und lächelt anzüglich. »Ich habe uns ein Hotelzimmer gebucht. Eines, wo wir ungestört sind. Nur wir beide …«

Wow.

Wow, das sollte mich jetzt eigentlich anturnen. Das ist normalerweise fantastisch. Genau das finde ich atemberaubend geil.

Nur jetzt, nur heute nicht.

Wir verlassen Hand in Hand den Wagen und betreten gemeinsam die vor Prunk stinkende Lobby.

»Stella …«

»Ja?«, strahlt sie.

»Ich kann mir hier ein Zimmer noch nicht leisten …« Peinlich! Ist aber so, verdammt!

»Ach, komm schon.« Sie grinst und zieht mich an einer Hand hinter sich her. »Ich habe schon bezahlt.«

»Du?« Ich hebe die Augenbrauen. »Hätte ich mir ja denken können. Nur …«

»Keine Widerworte.«

Ich sehe sie gequält an, während sie mich rückwärtsgehend und breit strahlend hinter sich herzieht, und fühle mich noch einmal eine Spur schlechter.

Dieses Schlechtfühlen ist doch Oberkacke! Wo stellt man das ab? Dieses Gewissen? Diese unnötigen Sorgen?

Ich weiß es nicht. Vielleicht werde ich es niemals erfahren.

Mein Handy surrt. Während Stella am Empfang nach dem Zimmerschlüssel fragt, hole ich es hervor, um es auszuschalten.

AMIE:

Liam! Jake ist in der Stadt? Wo bist du? Wir müssen reden! Mach keine Dummheiten! Hörst du?!

ICH:

Alles gut, bin mit Stella unterwegs.

Ich stecke das Handy zurück.

Stella dreht sich herum, hält den Schlüssel hoch und läuft dann zurück in meinen Arm. Sie wedelt mit der Chipkarte vor meiner Nase herum. »Ist das nicht schön?«, fragt sie.

Ich ringe mir ein Lächeln ab. »Klar …«

Hand in Hand betreten wir den Fahrstuhl, Hand in

Hand gehen wir zu unserem Zimmer und mir wird noch eine Portion übler, als ich sehe, dass Stella eine verdammte Suite gebucht hat.

»Stel, hätte ein normales Zimmer nicht gereicht?«

Sie lächelt nur und öffnet die Tür.

Wie sie lächelt.

Verdammt! Verdammt, verdammt, aber ich stehe auf diese Frau, nein, nein, mehr! Mehr! Einfach mehr! Ich *liebe* sie!

Ich weiß es. Hier bei ihr sein zu wollen. Die Aussicht auf eine heiße Nacht und doch nicht an diese Nacht denkend. Nein.

Nein. Ich schließe die Tür hinter uns mit dem Fuß und reiße Stella an mich. Näher an mich heran, fester, ich will sie nie wieder loslassen. Mein Kuss wird drängend, sie schmilzt in meinen Armen, lässt sich völlig fallen. Ich vergrabe meinen Kopf in ihren Haaren und atme sie tief ein.

Nur sie.

»Liam«, fragt sie zaghaft an meiner Schulter. »Was hast du denn?«

»Ich muss mit dir reden.«

»Worüber?«, fragt sie ängstlich.

»Über meinen Bruder.«

Sie entspannt sofort. Wow! Hatte sie etwa die Befürchtung, dass …?

Jemand klopft an die Tür. Ich lasse Stella los. »Hast du den Zimmerservice bestellt?«

Sie schüttelt den Kopf.

»Liam?! Liam!« Amie.

Sie bollert wie wild gegen die Tür und ihre Rufe schallen gedämpft zu uns herein.

Ich stöhne auf und öffne.

Amie stürmt an mir vorbei ins Innere des Raumes.

»Boa gut, dass ihr …« Sie stockt und reißt die Augen auf. »Wooow …«

Sie hat noch niemals eine Suite von innen gesehen.

»Amie … darf ich vorstellen. Stella.«

Stella steht befangen an die Flurwand gedrückt, nicht sicher, was sie von Amie halten soll.

Amie betrachtet noch ein paar Sekunden das gigantische Wohnzimmer, den Ausblick Richtung Strand, den riesigen Fernseher und die extravaganten Möbel, dann dreht sie sich zu Stella und schließt sie sofort fest in die Arme. »Ich bin ja so froh, dich endlich mal kennenzulernen.«

›Fest in die Arme‹ ist untertrieben. Amie schmiegt sich geradezu an sie.

Und lässt sie dann schlagartig los, umgreift Stellas schmale Schultern und dreht sie leicht hin und her. »Unfassbar! Wie hübsch bist du bitte? Du bist ja eine traumhafte Schönheit! Und deine Augen! Wow! Atemberaubend! Und deine Haare? Das ist Natur oder? Wahnsinnig schön … Liam!« Sie wirft mir einen wütenden Blick zu. »Wie konntest du sie so lange vor mir versteckt halten?«

Ich hebe nur die Schultern.

Amie zieht die Brauen zusammen, Stella steht völlig hilflos zwischen uns.

»Mäuschen«, säuselt Amie, greift uns beide an die Arme und führt uns Richtung Sofa. – Ich schüttle ihre Hand ab, folge aber trotzdem. »Ihr seht ja beide wirklich superschlecht aus. Gut, dass ich euch gefunden habe. Wir müssen reden.« Ein weiterer forschender Blick in meine Richtung, dann ein leicht besorgter in Stellas, die sie aufs Sofa drückt. »Und du, meine Hübsche? Was ist mit dir? Besonders glücklich schaust du ja auch nicht aus …«

»Weil du hier einfach so hereinschneist, Am«, erinnere ich sie und setze mich in den Sessel.

»Ach.« Amie lacht und winkt ab. »Liam und ich kennen uns seit zehn Jahren, außerdem stehe ich auf Frauen. Mach dir keine Sorgen um mich, ja? Ich bin irgendwie wie Liams große Schwester …« Amie zwinkert, Stella nickt nur und versucht ein zaghaftes Lächeln. »Schatz, wir müssen jetzt kurz über Jake reden, ja? Ich vermute mal, Liam hat dir noch nichts von ihm erzählt?«

»Wann denn?«, frage ich.

»Hmm …« Amie richtet sich wieder auf, schaut zwischen uns hin und her und läuft dann Richtung Mini-Bar.

»Wie hast du mich überhaupt gefunden?«, frage ich.

»Ach, das war leicht. Du hast bei deinen Nachrichten immer den Stempel an, dieses Tracking-Zeug, weißte, was ich meine? Du schickst immer deinen Standort mit und ich war zufällig in der Nähe bei einer Freundin.« Sie öffnet die Kühlschranktür, holt eine Flasche Weißwein hervor und schnappt sich drei Gläser. »Abgefahrene Suite. Ich kenne so etwas nur aus dem Fernsehen.«

Das Problem an Amie ist: Sie geht niemals, wenn man sie darum bittet. Also versuche ich es gar nicht erst, sehe ihr stumm dabei zu, wie sie den Wein einschenkt, und greife dann nach einem Glas.

»Also, Jake ist wieder da, ja?«

Auch das wird die kleine Stalkerin irgendwie herausgefunden haben.

»Jap«, sage ich knapp und will doch überhaupt nicht darüber reden.

»Wer ist Jake?«, fragt Stella.

»Mein Bruder, Jacob …« Ich kippe den ganzen Wein mit einem Mal. »Amie, einmaliger Versuch, aber wir werden nicht über ihn reden.«

»Aber du wirst ihm nichts tun, oder?«

»Er ist mein Bruder verdammt, Am! Warum sollte ich?«

»Weil du vor zwei Jahren kurz davor warst …« Sie verzieht die schwarzen Brauen und nippt an ihrem Glas.

»Ja, vor zwei Jahren war alles anders …« War es eigentlich nicht, nur, dass ich damals keine Stella kannte. Dass ich damals auf alles und jeden geschissen habe und wenn sie mich drei Jahre in den Knast gesteckt hätten. *Who cares?*

»Und was ist mit dir, Schatz?«, fragt Amie Stella und streichelt sanft ihre Schulter. »Was bedrückt dich?«

Ertappt fährt Stella zusammen. »Nichts … wieso?«

»Weil ich das sehe«, behauptet Amie und streichelt sie weiter. »Ich sehe, wenn jemand angespannt ist und Sorgen hat. Wie wäre es mit einer Massage? Du siehst danach aus, als könntest du eine gebrauchen.«

»Fuck, Amie!«, knurre ich. Kann sie sich niemals zurückhalten?

»Was denn?«, fragt Amie mit absolutem Unschuldsblick. »Ich bin Physiotherapeutin, weißt du?«, erklärt sie für Stella. »Ich glaube, du wirst dich nach meiner Massage besser fühlen, hast du Lust?«

Ich ahne, was das verluderte Ding vorhat, muss dann aber doch schmunzeln, als Stella nickt.

»Okay, dann komm mit.« Amie springt auf und zieht Stella am Handgelenk mit sich ins Schlafzimmer. Amie, Amie, ob du weißt, auf wen du dich einlässt?

Stella wirft mir einen zweifelnden Blick zu. Ich nicke ermutigend. »Sie macht das fantastisch, ganz professionell.«

»Aha …«

Ich sehe den beiden hinterher und fülle ein weiteres Glas Wein. Ich stehe auf, das Glas in meiner Hand und halte vorm Kühlschrank inne.

Eis.

Die Schlafzimmertür steht zur Hälfte offen, Amie hockt bereits über Stella und knetet ihren Rücken durch.

Ich zögere ein paar Augenblicke, aber dann werde ich wieder ganz ich selbst.

Ich sehe Stella bereits vor mir … und dieses Bild stellt mir die Nackenhaare auf. Verboten geil!

Ich suche also meine Utensilien zusammen. Und male mir aus, was wir gleich tun werden. Male mir aus, wie gut es ihr gefallen wird … Eine weitere Entjungferung für Stella.

Ich gehe leise ins Schlafzimmer, lege die Sachen auf den Nachttisch ab und öffne in weiser Voraussicht meine Krawatte.

Amies Hände graben sich kraftvoll durch Stellas Rücken, ihren BH hat Amie geöffnet, das Shirt nach oben gezogen …

Amie wirft mir einen Blick zu. *Das wird sie umbringen.* Sie zwinkert gewitzt.

Ich lächle. *Wer weiß.*

Ich lege mich zu den beiden aufs Bett, stütze meinen Kopf auf und betrachte Stella, die ihre Augen entspannt geschlossen hält und immer wieder schnurrt wie eine Katze. Ja, jaa, Amie kann das verdammt gut, Baby. Verdammt gut …

Plötzlich neigt Amie ihren Kopf, ihre schwarzen Haare fallen in Stellas Nacken. Sie küsst Stella am Hals.

Stella zuckt erschrocken zusammen, reißt die Augen auf und sieht mich groß an. Sie ist zu unerfahren, um zu wissen, was jetzt mit ihr geschehen wird.

Amie wandert mit ihren Lippen weiter Stellas Körper hinunter. Allein dieser Anblick turnt mich an, Stellas Haut, auf der sich die Härchen aufstellen, ihr Blick, ihre

Haltung, alles an ihr, das zeigt, dass sie nicht weiß, ob sie sich wirklich hingeben soll.

Amie wandert mit ihren Küssen weiter über Stellas Taille zu ihrem Po, schiebt ihr Kinn leicht unter den Bund der Jeans und richtet sich dann auf. »Du bist total heiß, meine Süße«, sagt sie leise, greift dann nach der Krawatte und bindet Stella die Augen zu.

»Ich –«, sagt Stella erstickt, aber Amie legt ihr einen Finger auf die Lippen.

»Schsch … Dreh dich um.«

Stella ist wie erstarrt, doch Amie hüpft behände von ihr herunter und dreht sie mit ihren kräftigen Armen herum.

Stellas Atem geht schneller. Ich sehe zu und genieße.

Als sie auf dem Rücken liegt, schiebt Amie ihr Top noch weiter nach oben, dann über ihren Kopf hinweg.

Zärtlich löst sie den BH und schiebt ihn streichelnd über Stellas Arme. Schließlich liegt sie vor uns, halbnackt, hingebungsvoll, erwartungsvoll und leise atmend.

»Liam?«, haucht sie, streckt einen Arm in meine Richtung aus.

»Ich bin hier, Babe«, raune ich und fasse nach ihrer Hand, die sie mir so hilfesuchend entgegenreckt.

Aber ich werde dir nicht helfen, Baby … Ich packe ihr Handgelenk, ziehe es hoch hinauf zum Bettgeländer und befestige es zügig mit dem Gürtel eines Bademantels, den ich gefunden habe.

»Was«, keucht Stella, und weil sie so überrascht ist, weil sie das alles überhaupt nicht erwartet hat, ist auch ihr linker Arm schneller fixiert, als sie sich wehren könnte.

Amie grinst mich von der anderen Seite des Bettes an. Dann beugt sie sich wieder über Stella, öffnet ihre Jeans und zieht sie langsam hinunter.

»Entspann dich, Honey«, flüstert sie, zieht die Hose bis

über die Füße, dann folgt der Slip.

Stella windet sich leicht. Ich lege ihr eine Hand aufs Becken, damit sie sich beruhigt, was sie sofort tut. Meine Berührung schenkt ihr das Vertrauen, dann ziehe ich meine Hand wieder zurück.

Nackt liegt sie da. Sanft schmiegt sich ihr weiblicher Körper in die edle Decke des Hotelbettes, ihr Brustkorb hebt und senkt sich angestrengt und alles an ihr … alles, die Haut, ihre zarten, runden Brüste, ihre langen, grazilen Beine, der Bauch, ihre Taille, ihr Venushügel … ihre Lippen, ihr Kinn, ihre blonden, engelsgleichen Haare …

»Gott, Stella, du bist einfach wunderschön«, wiederholt Amie leise meine Gedanken und legt sich dann über sie.

Stellas Körper zuckt zusammen, sie weiß nicht, was sie erwartet, aber sie fühlt den Stoff von Amies Bluse, die sich auf ihre Brust legt und dann Amies Atem auf ihrer Haut.

Ganz langsam, in Zeitlupe, senkt Amie ihre Lippen in Richtung Stellas, zaghaft, dann berühren sie sich und ich schaue genau hin. Noch nie habe ich etwas so Schönes gesehen. Stella, wie sie sich leicht überwindet und die Lust in sich aufkommen lässt … Fast gierig reckt sie Amie ihren Mund entgegen, *gib mir mehr, küss mich, es ist so aufregend, so fremd …*

Amie lässt ihre Zunge über Stellas offene Lippen wandern, geht immer wieder mit dem Kopf zurück, wenn Stella zu fordernd wird … Bis auch Amie es nicht mehr aushält, sie nicht zu küssen und die beiden sich mit ihren Zungen liebkosen.

Ich werde unruhig.

Anders als sonst, anders als all die Male davor, finde ich es nicht erregend, dass die beiden sich küssen, sondern nur, Stella dabei zusehen zu können, wie sie sich auf ein ihr unbekanntes Spiel einlässt.

Es stört mich sogar.
Sogar sehr.
Das will ich nicht sehen. Niemand … soll sie anrühren!
Als würde Amie spüren, was in mir vorgeht, richtet sie sich plötzlich auf und wirft mir einen Blick zu. *Sie gehört dir, nicht wahr?*
Ja.
Ja!
Nur mir.
Mir ganz allein.
Amie lächelt wissend, sie kennt mich gut. Stella räkelt sich unter ihren Beinen. *Was kommt jetzt? Was geschieht als Nächstes?*
Amie steht auf. Und dann tut sie etwas, das nur beweist, dass wir wirklich gute Freunde sind: Ohne ein weiteres Wort wirft sie mir eine Kusshand zu und verlässt den Raum.
Einfach so. Überrascht sehe ich ihr hinterher.
Alleine.
Ich habe es immer geliebt mit Amie zusammen Frauen zu verführen, hatte immer meinen Spaß, aber nun ist das vorbei.
Nun gibt es Stella.
Und mich.
Niemanden sonst.
Ich richte mich selbst auf, wandere mit meinem Gesicht nah an ihrem Körper entlang und lasse meinen Atem über ihre Haut streifen. Sie zuckt zusammen, wenn ich ausatme.
»Stella …«, raune ich und betrachte ihre perfekten Brüste, die mich locken, die ich am liebsten verschlingen möchte – aber! Ich muss mich bremsen. Damit es noch besser wird. »Weißt du, wie schön du bist?«

Und dann, ohne sie zu berühren, nähere ich mich ihrem Gesicht.

»Liam!«, seufzt sie auf und reckt mir voller Begehren ihr Kinn entgegen, verlangt nach meinen Lippen, nach meiner Zunge in ihrem Mund.

Ich kann nicht widerstehen. Bei jeder anderen hätte ich es gekonnt, aber in ihr muss ich kurz abtauchen, sie muss ich kurz schmecken, sie muss ich auf diese abgefahren romantische Art berühren. Als unsere Lippen aufeinandertreffen, versetzt es mir einen Stromschlag, mein Gesicht wird vollständig elektrisiert ... Oh, ja ... das ist anders, so ganz anders, als ich es kenne, aber viel besser.

Viel besser.

Und unglaublich geil.

Die Fesseln halten sie. Sie ist mir völlig ausgeliefert. Ich löse mich von ihren zarten Lippen, vermisse ihre Zunge sofort an meiner – aber ... es gibt jetzt Wichtigeres zu tun ... viel Wichtigeres.

»Nein, nicht weggehen«, jammert sie.

Oh, doch ...

Ich greife über sie hinweg zum Nachttisch, hole einen der Eiswürfel und lege ihn zwischen ihre Brüste ab.

Sie zuckt sofort zusammen.

Ich beuge mich vor, nehme das Eis zwischen die Lippen, und wandere damit zwischen ihren harten Nippeln hin und her. Die Gänsehaut, die mein Spiel hinterlässt, sieht überirdisch schön aus, das Wasser auf ihrer Haut glänzt im von der Sonne matt beleuchteten Zimmer.

Ich gehe tiefer.

Über ihren Bauchnabel.

Sie holt scharf Luft, ihr Bauch bebt unter meiner Berührung. Schließlich noch tiefer, bis ich das kleine Stück Eis zwischen ihre Beine schiebe, direkt auf ihre kleine, süße Perle ...

Fuck … das riecht so gut … tief atme ich sie ein, drücke ihre Beine auseinander, spreize sie unglaublich weit und hocke mich dann dazwischen. Wieder mit dem Eiswürfel im Mund streiche ich über ihre Klit. Ihr Becken bäumt sich auf und mir entgegen.

Sie will mehr.

Sie will jetzt bereits, dass ich tief in sie stoße, dass ich sie ausfülle und glücklich ficke … aber nein.

Nein, Stella, liebste Stella, Honey … Glaub ja nicht, dass ich es dir so einfach mache.

Ich lasse von ihr ab, was mir wirklich schwerfällt, stehe auf, gehe zurück zum Nachttisch und hole das weiche Geschenkband, das um eine Pralinenschachtel gefaltet war. Als ich neben dem Bett stehe, betrachte ich noch einmal ihren abgöttischen Körper, lausche auf ihren Atem. Ich beuge mich langsam zu ihrer Taille hinunter und küsse sie sanft, während ich weiter zu ihr hochsehe.

Nur sie ansehe. Wer hätte das gedacht?

Ihre Haut schmeckt vorzüglich, ich streichle mit meiner Zunge leicht darüber … Sie reckt mir ihren Körper entgegen, will so viel mehr von mir, will mich spüren …

»Ist Amie weg?«, keucht sie leise.

»Ja«, raune ich an ihrer Haut, wandere zu ihren Brüsten hoch, das Eis vergessen. Ich habe mich nicht unter Kontrolle, ich kann hier nichts kontrollieren.

»Wieso?« Sie zieht ihre Beine zusammen, räkelt sich unter meinen Küssen.

»Weil ich dich mit niemandem mehr teilen möchte. Niemals mehr.«

»Teilen?« Sie versucht ihren Kopf in meine Richtung zu drehen, hofft erraten zu können, welchen Gesichtsausdruck ich habe. Und vielleicht, vielleicht, weil sie mich nicht ansieht.

Vielleicht, weil sie sich mir so hingibt, mir unendlich vertraut. Vielleicht sage ich es deshalb.

»Ich glaube … Ich liebe dich, Stella.«

Über ihren Körper läuft eine heftige Welle der Erregung, sie atmet scharf ein. Dann schreit sie plötzlich. »Bind mich los! Bitte! Bind mich sofort los! Liam!«

In ihrer Stimme liegt die reine Panik.

»Was?«, frage ich irritiert.

»Liam!«, schreit sie. »Sofort!«

Ich stürze hoch zu ihren Händen und befreie sie von dem lockeren Knoten. Sobald sie eine Hand frei hat, zieht sie sich die Krawatte von den Augen und dann mich an meinem T-Shirt zu sich heran.

Sie rückt unter mich, umfasst meinen Hals, greift in meine Haare und funkelt mich blau an.

Was zur Hölle ist jetzt passiert?

»Was hast du gerade gesagt?«

Ich schweige.

»Wie kannst du es wagen, mir so etwas zu sagen, wenn ich dir dabei nicht in die Augen sehen kann?« Sie lächelt mich an.

Ich fühle mich furchtbar. Es ist falsch.

Die Idee dieser Verantwortung. Die Idee, die hinter dieser Liebe steht … Eine Katastrophe! Wieso habe ich meine Klappe nicht halten können? Nur weil Jacob mich überfällt und mich sentimental werden lässt? Nur seinetwegen?

»Du brauchst keine Angst haben«, flüstert Stella.

Ich lache auf, auch, wenn mir nicht danach ist.

»Bitte küss mich.«

Ich stütze mich mit einem Arm ab, mit dem anderen fasse ich in ihren Nacken. Mein Gewicht drückt nur ganz leicht gegen ihren Körper. Ich streichle mit dem Daumen über ihre Wange. Noch einmal senke ich meinen Kopf, noch einmal, noch hundert Mal, für immer, küsse ich sie.

Ihre Zunge sucht meine fordernd, meine Lippen umspielen ihre drängend, ich will mehr, mehr, mehr, ich will sie noch fester an mir spüren, ich will in sie hinein und nie wieder heraus.

Wie im Wahn befreien wir mich gemeinsam von meinem Hemd, reißen es auf. Sie fährt mit ihren Händen gierig über meine Haut, über meine Muskeln …

Ich versinke zwischen ihren Lippen. Unsere Oberkörper sind so eng aneinander gepresst, dass ich nicht mehr weiß, wo ihrer beginnt und meiner aufhört – irgendwie drehen wir uns, sodass sie plötzlich auf mir liegt, sich aufsetzt und meinen Gürtel öffnet.

Ihre blonden Haare fallen ihr ins Gesicht, voller Ungeduld reißt sie meine Jeans auf und ich nutze die Zeit, um meine Hände auf ihre perfekten, runden Brüste zu legen, sie zu streicheln, zu fühlen, zu bewundern …

Kurz bevor sie meine Hose herunterzieht, werfe ich sie wieder herum. Die Hose kann ich immer noch besser alleine ausziehen und dann bin ich endlich nackt.

Und sie ist endlich nackt, unter mir.

Und es ist fast so, als wäre das hier unser erstes Mal.

Gemeinsam.

Bewusst.

Als wäre ich ein zitternder Teenie, der es zum ersten Mal tut. Mit seiner Angebeteten.

Plötzlich muss ich lachen, auch sie kichert kurz.

Doch dann nimmt das Verlangen aufeinander wieder überhand und ich drücke ihre Beine auseinander und positioniere mich vor ihrem lockenden Gang.

Und ich habe schon wieder dieses verdammte Kondom vergessen!

Ich will aufstehen, doch sie hält mich zurück.

»Warte … Ich nehme seit Montag die Pille.«

»Echt jetzt?«, frage ich dümmlich und wie aus Reflex. Denn normalerweise vertraue ich an dieser Stelle keiner. Weiber sind krank! Und Daddy von irgendeiner werden, will ich garantiert nicht. Aber bei Stella … »Und die wirkt schon?«

»Ja …«

»Wow«, entfährt es mir. Hammer. Fuck!

Wie gut, wie unglaublich gut.

»Oh, Baby … das ist …«

Doch ich zeige ihr einfach, wie es ist, und dringe langsam, jeden Millimeter auskostend in sie ein.

Das ist so eng.

Das ist so lieblich, ich fühle so viel mehr, so viel mehr als mit diesem dummen Gummi. Fuck, das ist gut.

Und ich liege auf ihr, ich ficke niemals in der Missionarsstellung, aber dieses Mal … ist alles anders.

Ist alles so viel besser.

»Hmmm …«, seufzt Stella, krallt sich in meinen Nacken und will mich noch näher an sich spüren.

Sanft bewege ich mich vor und zurück, zärtlich wird dieses Spiel, bis sie so feucht ist, so überläuft, dass ich gar nicht anders kann, als schneller zu werden, schneller und ungeduldiger.

Unser Atem geht schwer, unsere Körper werden schwitzig, es ist ein einziges Uns, ein einziges Wir.

Fuck! Was geht in meinem Kopf ab?! Diese Frau hat mich in wenigen Tagen um 180 Grad verändert!

Aber egal!

Egal, ich mache einfach weiter, lasse mich sanft von ihr massieren, genieße dieses unfassbare, geile Gefühl ihres engen Einganges, der mich so speziell, so hingebungsvoll verlangt …

»Ja … ja! … Liam!«, seufzt Stella unter meinen Stößen,

sucht wieder gierig nach meinem Mund. Unsere Küsse sind angeturnt, härter, meine Zunge stößt in ihren Mund, so wie sich mein Schwanz in ihre Enge schiebt …

Dann richte ich mich doch auf, hocke mich hin und ziehe sie auf mich.

Sie spreizt die Beine, setzt sich auf meinen harten Schwanz und ich sehe ihr dabei zu, sehe genau hin, wie sich ihr Spalt über meine Latte schiebt. Sie schließt die Augen, wirft den Kopf in den Nacken und stöhnt und presst sich mit jeder Gewalt auf meine Schenkel, damit ich tiefer, noch tiefer in ihr stecke, bis zum absoluten Anschlag. Sie setzt sich wieder auf. Lässt sich wieder fallen.

Noch einmal, noch tausend Mal, führt sie diese köstliche Bewegung aus. Unendlich langsam massiere ich sie von innen, halte sie in meinen Armen, während sie sich seufzend dem Gefühl hingibt, dass ich in ihr auslöse …

Plötzlich ist sie es, die mich nach hinten drückt, die will, dass ich unter ihr liege, damit sie mich noch besser reiten kann. Und sie reitet mich, Fuck ja, immer schneller, immer verzückter, bewegt sie sich auf mir, reibt sich mit ihrer Klit über meinen Unterbauch. Und ich darf ihr dabei zusehen, sie einfach nur ansehen, während ich ihre Brüste bearbeite, knete, mit meinen Händen liebkose.

»Mhm-mmm-mmm«, macht sie wie von Sinnen, bis sich plötzlich alles in ihr zusammenzieht, meinen Schwanz fast zur Besinnungslosigkeit quetscht und sie keuchend, lange, aufschreiend kommt und kommt und kommt und dann endlich die Augen wieder öffnet, mich direkt ansieht, auf mich fällt, auf meine Brust und in meine Arme.

Und wir liegen ewig da.

Genau so.

Unser Atem, der zusammengehört. Wie sie zu mir.

Wie ich zu ihr.

30
LIAM

Ich wache auf.

Ich werde mir im Klaren darüber, dass ich ein liebeskranker Softie bin.

Seit neuestem.

Hallo, Liam Harsen, ja, freut mich Sie kennenzulernen, was haben Sie von mir gehört? Badass LA's? Vier Ficks am Tag? Mit fünf verschiedenen Frauen? Dass ich nicht lache, sehr witzig, nee.

Nee, überhaupt nicht mehr.

Stellen Sie sich vor, meine Flamme bucht ein Hotelzimmer und ich wache am nächsten Morgen auf und mein Sperma steckt noch immer in meinem Schwanz. Ja, wieso? Weil ich nicht abgespritzt habe! Nicht ein einziges Mal. Das können Sie auch nicht verstehen, was?

Wer könnte das schon.

Schlaftrunken und jeder Männlichkeit beraubt, stelle ich fest, dass die rechte Bettseite leer ist. Kurz befürchte ich, dass ich einem albernen Rollentausch aufsitze, einem Scherz, einer dummen Fernsehshow, doch dann höre ich das Geräusch der Dusche.

Und ich entscheide, dass ich mir jetzt nehmen werde, was ich brauche.

Wieder mich selbst anschalten: Liam Harsen.

Welcome Back. Thanks a lot.

Kaum betrete ich das dampfend heiße Badezimmer, bin ich schon bereit. Ich werde es schnell machen, ich werde sie schnell ficken, so, wie es sich für mich gehört und so, wie es ihr gefällt.

Der Softie ist ja ganz nett! – Mal!

Einmal. Besser nie wieder. Besser ist schneller, harter Sex und meinetwegen nur mit einer Frau, aber bitte mit *irgendeiner* Frau.

Ich öffne die Tür der verglasten Duschkabine und Stella erschrickt.

Doch bevor sie sich umdrehen kann, greife ich in ihren Nacken und drücke sie gegen die Wand.

»Guten Morgen, Süße«, knurre ich an ihr Ohr und streichle mit meinem Schwanz an ihrer Arschbacke entlang. »Hast du mich schon vermisst?«

Das Wasser rinnt heiß über ihren nackten Körper.

Mit meinem Griff um ihren Nacken fixiere ich sie noch immer, stöhnend stützt sie sich gegen die Wand, mit der anderen Hand schiebe ich ihren Po leicht auseinander, suche mir den Weg darunter hindurch und stoße kräftig gegen ihre Klit.

Sie zuckt zusammen. Ich umgreife ihre Hüfte, spiele mit meinem Finger vorne an ihrer sanft pochenden Perle und genieße es, wie sie anschwillt. Wie sie mehr von meiner Hand will, wie sie sich nach mir verzehrt. Dann tauche ich endlich mit einem kräftigen Ruck in sie ein.

Fuck.

Gut.

Mein Schwanz schiebt sich langsam immer tiefer, noch tiefer. Nachdem ich sicher sein kann, dass sie sicher steht, werde ich endlich so hart, wie sie es wirklich braucht. Wie ich es wirklich brauche.

Sie schreit bei jedem Stoß laut auf, keucht und stöhnt. Sie will es. Will, dass ich in sie stoße, tiefer, immer härter, sie einfach bis zur Besinnungslosigkeit ficke. Mein Schwanz springt immer wieder in sie hinein, aus ihr hervor, immer tiefer.

Härter.

Geil, unsere Körper, die über das rauschende Wasser hinweg aneinanderklatschen und ihr verfickt wunderschöner Rücken, der sich vor mir ausbreitet. Es dauert nicht mehr lang, und es muss auch nicht mehr lange dauern. Denn das ist ein Quickie, das ist ein kurzer Fick, von denen du noch hunderte haben kannst, Baby, Tausende. Nur noch ein paar Stöße und ich spritze endlich in sie ab und die Vorstellung, dass mein Sperma ihre Wände hochläuft …

Krass.

Das gibt mir den Kick.

Den absoluten Kick. Ich träume davon, was mein Samen in ihr anstellt. Träume davon, dass die verfickte Pille nicht wirkt, träume davon, wie es wäre …

Verdammt!

Ich muss die Augen schließen, ich muss auf dieses abgefahrene Gefühl klarkommen.

Für einen Moment denke ich gar nichts.

Höre ich gar nichts.

Fühle nur die Explosion, die meinen Körper durchschüttelt, die mich wegflasht.

Dann macht Stella plötzlich einen Schritt nach vorne. Ich bin zu erschöpft, um etwas dagegen tun zu können. Sie löst sich von mir und wirft mir einen heißen Blick zu. Diesen Blick, der mich seit dem Italiener am Venice Beach verfolgt. Sie fällt vor mir in die Hocke und umfasst meinen Schwanz.

»Schade«, säuselt sie und ich höre sie über das Rauschen des Wassers kaum. »Jetzt spült das Wasser alles fort …«

»Oh, Baby, wenn du willst, komme ich gleich noch einmal für dich.«

»Jaaaha …«, macht sie, dann schiebt sie sich meine für sie ewig harte Latte in den Mund und liebkost sie mit ihren abgefahrenen Lippen.

Fuck!

Scheiße, ja … Ich halte mich irgendwo fest, ich weiß nicht genau, wo.

Sie so zu betrachten; ihr nasser, vom Wasser überspülter Körper und ihre Lippen, die sich um meinen Schaft wölben …

Ich lege meine Hände auf ihren Kopf, halte mich daran fest und ficke ihren Mund. Stellas Mund, den ich liebe, ja verdammt, aber den ich auch so sehen will, wie er sich über meinen Schwanz schiebt, wie er nach meinem Samen bettelt …

Es dauert nicht lange, nicht sehr lange und ich spritze endlich ein zweites Mal ab, direkt zwischen ihre fantastischen Lippen. Und sie schluckt meine Sahne, leckt meine Latte sauber, die langsam, kaum merklich kleiner wird.

Aber eigentlich könnte ich gleich noch einmal.

Eigentlich könnte ich für immer.

Für sie.

TEIL IV

Die Gedenkfeier war riesig. Alle trugen schwarz. Nur Liam nicht. Er fiel in seinem roten Pullover und seiner weißen Jeans auf.

»Das ist die verschissene Beerdigung meiner Eltern, ja?!«, hörte ich ihn sagen. »Ich trage, was ich will! Und Schwarz ist eben eine Kackfarbe!«

Ich musste lachen. Auch wenn der Anlass ein trauriger war. Er hatte recht. Wieso mussten wir uns alle an diese auferlegten Konventionen halten? Mom konnte ihn nicht verstehen. Sie beobachtete sein Verhalten missbilligend, versuchte Dad davon abzuhalten, genauer hinzusehen.

Mitten unter den ganzen Leuten baggerte er, betrunken, wie er war, eine blonde Mittzwanzigerin an.

»Kein Respekt«, kam von Dad.

»Ich finde das Rot viel hübscher«, sagte Mary an meiner Seite. Ich drückte ihre Hand, die ich hielt.

Liam schien nach kurzer Zeit genug von der Feier zu haben. Ich sah ihn noch, wie er mit seinen Freunden in einem Pick-up davon fuhr. Die Elektromusik des Autoradios schallte zu uns über die Wiese.

»Ausgerechnet so ein unreifer Junge erbt ein Vermögen«, sagte eine Bekannte von Mom. »Hoffentlich zeigt sein Bruder mehr Verantwortung.«

»Das glaube ich nicht«, sagte Mom. »Er wurde zuletzt wegen Drogenbesitzes verhaftet.«

»Ach herrje.«

Ich ließ sie reden und schwieg. Und sehnte mich in den Pick-up. Am liebsten wäre mir der Beifahrersitz. Damals dachte ich noch, das sei cool. Es war cool. Ich würde es heutzutage noch immer der Trauerfeier vorziehen.

31
LIAM

Stellas Zimmer ist verdammt noch mal rosa. Völlig: rosa.

Ihr gigantisches Himmelbett füllt einen beachtlichen Teil des Raumes. Ihre Decke ist überzogen mit weißem Stuck. Ihre Gardinen sind dunkel (und rosa) und nur halb geöffnet.

Im Dämmerlicht liegt sie nackt in meinem Arm, die Augen halb geschlossen, das rechte Bein über meine Hüfte gelegt. Zärtlich streichelt sie meinen Bauch, meine Brust, geht höher zu meinem Hals, wieder hinunter zu meinem Schwanz, gleitet sanft mit einem Finger darüber. Ihr Atem ist ruhig. Ich genieße die Stille.

Ihre Nähe.

Ich vermisse sie. Die zwanzig Stunden des Tages, zu denen wir uns *nicht* sehen, sind für mich zu einer qualvollen Hölle verkommen. Ich will sie immer bei mir haben. Ich will sie jederzeit berühren können, verführen auch, aber ich will ihr vor allem fucking nahe sein.

So, wie es eigentlich überhaupt nicht meine Art ist. Aber nun ist alles anders.

»Wo bist du mit deinen Gedanken?«, fragt Stella mich plötzlich und richtet sich auf.

»Bei dir. Nur bei dir.«

»Gut«, lächelt sie zufrieden.

»Weißt du, wie schön es mit dir ist?«, frage ich sie, stütze mein Gewicht auf einem Ellenbogen ab und komme ihrem Gesicht ganz nahe. Sie schlägt die Augen auf. »Ich liebe dich, Stella.«

»Ich dich auch«, wispert sie.

Ein Geräusch draußen auf dem Flur unterbricht uns.

»Mist!«, keucht sie und richtet sich panisch auf. »Unsere Haushälterin!«

»Wirklich?«

»Ja, bestimmt. Mom und Dad werden es hoffentlich nicht sein …« Sie springt hastig auf und zieht sich etwas über. »Ich wimmle sie kurz ab, in Ordnung?«

»Klar.« Ich sehe ihr nach, wie sie ihr Prinzessinnenzimmer verlässt, und entscheide mich auch dazu, aufzustehen. In einer halben Stunde müsste ich wieder verschwinden. Dann kommen ihre Eltern mit Mary zurück und noch immer halten wir unsere Beziehung geheim.

Ich muss zugeben, dass ihr Zimmer trotz der Farbe ausgesprochen geschmackvoll eingerichtet ist. Auf ihrem weiß getünchten Schreibtisch liegen ihre Unimaterialien ausgebreitet. Es ist das erste Mal, dass ich ihre Handschrift sehe. Sie ist schnörkellos, geradezu unscheinbar und nur das S besonders geschwungen. Auf ihrer Kommode und an der Wand dahinter hängen zig Fotos von ihr und ihren Freundinnen. Ich stelle beruhigt fest: Es gibt nicht ein einziges Foto mit einem Typen darauf. Nicht ein einziges. Außer …

Sie kommt wieder, bevor ich mir den Zeitungsartikel genauer ansehen kann, auf dem sie Arm in Arm aber kaum erkennbar neben jemandem steht, der kein Kleid, sondern einen Anzug trägt. *Greens Tochter bei …*

Sie läuft über den Teppich auf mich zu und ich drehe mich zu ihr um.

Sie stellt sich ganz dicht vor mich, legt ihre Hände an meine Wangen und zieht mich zu sich herunter.

»Sie ist wieder weg«, flüstert sie, bevor sie mich küsst.

Nach ihren Küssen sehne ich mich am meisten. Es ist die Art, wie sie in meinem Griff zerfließt, nur weil meine Lippen ihre berühren, es ist der Austausch von purer Zärtlichkeit durch unsere spielenden Zungen, es ist einfach das geilste Gefühl ever.

So kann es gerne für immer bleiben.

Immer.

Fuck, nichts in mir stört sich bei dem Gedanken daran, was ›immer‹ für eine scheißlange Zeit ist. Einfach gar nichts.

»Hör zu«, lächle ich und schaffe es doch kaum, mich von ihren Lippen zu lösen.

Hastig drückt sie mir noch ein paar Küsse auf den Mund, bevor sie mich sprechen lässt.

»Ja?«, fragt sie.

»Ich schulde dir doch noch eine Überraschung oder?«

Sie beißt sich grinsend auf die Lippe. »Ach so?«

»Ich denke schon. Freitag. Ich hole dich um neunzehn Uhr ab, hörst du?«

»In Ordnung«, nickt sie und schlägt ihre Augen nieder, als hätte ich ihr gerade einen Befehl erteilt. »Ich werde warten. Und vor Neugierde platzen.«

»Gut.« Ich hebe ihr Kinn an. Freitag vor vier Wochen habe ich sie kennengelernt. Freitag vor vier Wochen hat sich für mich alles verändert. Es ist nicht unbedingt so, dass ich mein Leben früher nicht *genossen* hätte. Aber das hier …

Das hier ist flüssiges Glück, pure Energie, die ich gegen nichts mehr einzutauschen gedenke.

Ich habe das Gefühl, alles scheint möglich.

Ja, vielleicht denke ich sogar, dass eine wie Stella Green zu mir gehören könnte. Zu mir *gehört.*

Dass sie Mein ist, dass sie Mein sein wird.

Für fucking immer.

32
LIAM

»Was ist das.«

Ich sehe auf. Phil steht in seinem Nerd-Outfit, frisch der Big Bang Theorie entsprungen neben der Küchentheke und starrt darauf. Mit ausgestrecktem Zeigefinger, total der Affe.

»Das nennt man *Rosen,* Phil.«

»Und wo kommen die bitteschön her?!«, fragt er fassungslos.

»Die kann man kaufen«, erinnere ich ihn und blättere weiter durch meine Zeitschrift. Freitag. Wochenende. Frei. *Nur noch ein paar Stunden und dann …*

»Ja, aber hast *du* die *etwa* gekauft?!«

Ich verdrehe nur die Augen.

Zu allem Übel öffnet sich auch noch die Badezimmertür und Jacob kommt heraus.

»Aaah, mein Bruder«, grinst er, als er den fetten Strauß bemerkt und greift, noch das Handtuch um die Hüften und tropfend nass, nach einem Toast. »Von wem sind die?«

Ich ignoriere die Frage und lese weiter.

Eine neue Studie belegt: *Pflanzliche Eiweißquellen stehen*

in ihrer biologischen Wertigkeit den tierischen in nichts nach und können sogar …

»Du musst fragen, *für* wen, Jake.« Phil hockt sich neben mich und linst auf den Artikel. Er kommt meinem Kopf mit seinem so nahe, dass ich ausrasten könnte. Drei Typen in dieser schmuddeligen Butze sind wirklich zwei zu viel!

»Hier lies«, blaffe ich, werfe ihm die Zeitschrift hin und stehe auf. Die Rosen lasse ich, wo sie sind. Ich werde sie später holen.

»Für wen hast du denn Rosen gekauft, kleiner Bruder?«, grinst Jacob mich an und schürt damit meine Aggressivität.

In den anderthalb Wochen, in denen er nun hier lebt und aufgepäppelt wird, hat er sich von der halb zerfressenen Leiche zu einem Menschen gemacht. Grundsätzlich sieht er trotzdem scheiße aus und ich ahne, dass ihm vor allem übermäßiger Drogenkonsum das Gesicht zerfressen hat – Hauptsache, er fängt hier nicht wieder damit an!

Die beste Medizin: Stumpf ignorieren. Phil und er mögen Freunde sein und mein Gehaltsscheck lässt noch auf sich warten, sodass ich mir keine eigene Wohnung leisten kann, aber das bedeutet nicht, dass ich hier auf Big Family tun muss.

»Liam, ich muss mal mit dir reden«, sagt Jacob und folgt mir in den Flur. Er steht seit Neuestem auf dieses Familien-Ding.

Ich ziehe mir meine Schuhe an, ein prüfender Blick in den Spiegel. Modus: Ignore.

»Jetzt echt mal, Liam, das ist wichtig für mich. Für dich auch! Ich habe da etwas gehört …«

Ich fahre herum, und auch, wenn ich der Jüngere bin, er ist schwächer. »Wichtig für mich, was?! Für mich ist *nichts* wichtig, was mit dir zu tun hat. Du machst deinen verdammten Scheiß gefälligst alleine. Und selbst wenn der Präsident dich gleich in seiner Limo abholt –« Ich komme ihm ganz nah, damit er es ein für alle Mal checkt. Einfach checkt. »Dann fick ihn dort drin gefälligst alleine.«

Ich nehme meine Schlüssel, mein Portemonnaie und verlasse die Wohnung und sein Gesicht, das nach meinen Worten wieder einmal so befriedigend dumm aussieht.

33
LIAM

Im Büro geht es weiter.

Heute ist Arsch-Fick-Tag, dabei hat er so gut gestartet.

Ausatmen.

Weitermachen.

Schnösel Clive Brookstone sitzt auf *meinem* Bürostuhl, vor *meinem* Schreibtisch und dreht sich im Kreis.

Normalerweise ein witziger Anblick, wäre da nicht seine überhebliche Fresse, die mich breit angrinst.

»Guten Morgen, Liam.«

Drew wirft mir vom Tisch gegenüber verstohlene Blicke zu. Sie sieht aus, als hätte sie Fieber, ihr ganzer Hals ist rot. Clive wird schon eine Weile hier sitzen und ihr den Kopf verdrehen.

»Guten Morgen«, sage ich, stecke lässig die Hände in die Taschen und warte. Irgendetwas wird der Typ ja wollen.

»Ein Harsen in Greens Firma …« Er grinst breiter, versucht mich zu provozieren. Die Beine weit ausgestreckt, dreht er sich noch immer auf dem Stuhl hin und her. Vom Alter her schätze ich ihn spontan auf zehn. »Du erkennst mich nicht, was?«

»Hmm …« Ich tue nachdenklich und lehne mich gegen meinen Tisch. »Kolorierte Haare, gezupfte Augenbrauen, eine Patek als Schwanzverlängerung, nein, tut mir leid. Solche Leute verbanne ich gerne aus meinem Gedächtnis.«

Er springt auf. Sein Blick wird zornig. *Oh ha, mein Guter, was geht bei dir?* Das Grinsen kann ich nicht unterdrücken.

»Was hast du gerade gesagt?«, zischt er.

Das Großraumbüro wird stiller, einige schauen zu uns herüber.

Ich hebe die Schultern. *Nichts.* Dann gehe ich um ihn herum, setze mich auf *meinen* Stuhl und schalte den Rechner an.

Clive schäumt. »Du hast dich nicht verändert. Immer noch der Loser mit der großen Klappe, der meint, er sei aus irgendeinem unersichtlichen Grund besser als so viele andere.«

Fuck, wie der redet! Der Stock im Arsch sitzt ihm bis zum Hals und ganz knapp könnte man sogar denken, er sei einfach nur schwul.

Ich sehe zu ihm auf. Was auch immer diese ganze Aktion sollte, warum auch immer er dachte, er muss auf meinem Schreibtischstuhl sitzen, um mir zu zeigen, wo ich hingehöre und wo er normalerweise überhaupt nicht hingehört, es ist mir völlig egal. »Ich *bin* besser.«

Drew zieht die Luft ein.

Mr. Ich-Fick-Mit-Meiner-Uhr ballt die Faust.

Ich, der so gut darin geworden ist, die unangenehmeren Menschen in seinem Umfeld auszublenden, beginne zu arbeiten.

Ja, was auch sonst?!

»Ich –«, fängt Clive wieder an, wird dann aber unterbrochen.

»Clive!«, herrscht die Stimme von Green durch den offenen Raum und erlöst mich endlich von diesem Gestank. Der Typ trägt so viel Parfum, dass es in meiner Nase juckt, und selbst ich werde wahrscheinlich noch ewig danach riechen.

Clive verschwindet, leicht trampelnd, in Richtung Greens Büro und ich kann nicht anders, als ihm hinterherzuschauen und zu schmunzeln.

Drew hingegen starrt mich fassungslos an, ihr Kopf platzt vermutlich gleich vor Hitze. Plötzlich taucht auch noch Inès neben meinem Tisch auf.

»Hast du Mr. Brookstone gerade auf seinen Schwanz angesprochen?«, fragt sie irritiert.

Sie ist im Stehen kaum größer als ich im Sitzen. Ihr üppiges Dekolletee springt mir sozusagen direkt ins Gesicht. »Ja, und?«

»Er wird die Abteilung übernehmen«, sagt sie überrascht. »Das wusstest du nicht?«

Ich sehe zu Drew hinüber, dann wieder zu Inès. Ich frage mich, wie mir ein so wichtiges Detail entgehen konnte. So etwas nennt man Kollegen!

»Ab nächstem Monat«, erklärt Inès weiter und langsam beginnt sich ihre hübsche Stirn sorgenvoll zu kräuseln. »Sie fahren nächste Woche auf Geschäftsreise für den Universe Deal. Und danach …«

»Alles klar, Inès«, wimmle ich sie ab. Soll Mr. Stock-Im-Hirn mich doch feuern. Unter ihm zu arbeiten würde mir sowieso schwerfallen.

»Also benimm dich, ja?« Mit diesen Worten trippelt Inès wieder an ihren Platz zurück. Ihr Arsch wackelt gekonnt bei jedem Schritt.

»Du hast einen Anruf in Leitung eins«, flüstert Drew mir über den Tisch zu. »Habe für dich angenommen, als Clive da war. Steckt in der Warteschleife.«

»Drew, du bist ein wahrer Engel.«

Sie stirbt vor Hitze, dann wende ich mich ab und nehme den Hörer in die Hand.

»Liam?«

Und mein Tag ist augenblicklich gerettet. »Babe.«

Kommst du her? Treffen wir uns in der Mittagspause? Lass uns das von gestern Abend wiederholen oder vielleicht das von Mittwoch? Spürst du, wie mein Blutkreislauf nach dir lechzt? Wie kannst du es wagen, um diese Uhrzeit anzurufen, wenn es noch 9 Stunden sind, bis ich dich sehe?

Dich spüre?

Dich außerordentlich gut ficke?

»Ich kann heute nicht.«

»Wie bitte?« Was?!

»Dad will, dass wir ihn die nächste Woche auf seiner Geschäftsreise begleiten.«

»Ihr?«

»Mary und ich und Mom. Er hat in letzter Zeit so viel zu tun und Mary war schon so lange nicht mehr unterwegs … weißt du.«

»Wo fahrt ihr denn hin?!« Ich schreie beinahe. *Eine ganze Woche*?! Nee. Das überlebe ich niemals.

»Seattle.«

Seattle.

Toll.

Europa wäre schlimmer. Aber selbst Seattle liegt eine Ewigkeit mit öffentlichen Verkehrsmitteln entfernt! Und auch dahin würde ich ihr nicht folgen können, weil sie nicht möchte, und ich möchte es auch nicht, dass ihr Dad weiß, dass da was geht.

Zwischen seiner heißen Tochter und seinem neuen Mitarbeiter.

Scheiße!

»Okay«, lüge ich.

»Tut mir leid …«

Ja, ich weiß. Ich weiß, dass dir das leidtut, es tut dir weh, jede Trennung von mir macht dich verrückt, aber *mich* macht es vor allem *wahnsinnig*.

»Das heißt …« Ich muss schlucken, mir bleibt der Speichel weg. Ich habe mich so daran gewöhnt, sie jeden Tag zu sehen. Jeden Abend. Und wenn wir nur gemeinsam joggen waren. Oder im Kino. Verdammt! Eine ganze Woche ist eine scheißlange Zeit, vor allem wenn jemand wie Jacob dort wohnt, wo man schläft.

»Ich komme nächsten Freitag erst wieder, ja.«

Ihre Stimme klingt alles andere als glücklich. Natürlich nicht. Wie könnte sie auch?

»Okay«, wiederhole ich stumpf und feile schon an meinem Überlebenspack. Arbeit. Ich werde die 170 Stunden vor diesem Rechner hier hocken und mir den Arsch aufreißen, um endlich, endlich zu irgendetwas zu werden, das man als Schwiegersohn haben will, damit *mir so etwas nicht noch einmal passiert!*

»Telefonieren wir?«, fragt sie.

»Natürlich!«

»Ich rufe dich heute Abend an, wenn wir gelandet sind, ja?«

Landen. Fliegen. Weit. Weg. »Ruf mich an.«

»Bis dann.« Sie legt auf.

Noch eine ganze Weile halte ich wie erstarrt den Hörer am Ohr und lausche in die Stille der Leitung.

Hätte mir irgendjemand *vorher* gesagt, wie genau sich *das* hier anfühlt, ich hätte dankend abgelehnt. Was bringen die vielen Höhepunkte, wenn die Tiefpunkte einen derartig niederreißen?

»Meeting«, flötet Drew plötzlich, wieder etwas abgekühlt und lächelt mir zu. »Nicht, dass wir wieder zu spät kommen.« Sie kichert.

Eine wie Drew muss man einfach mögen. Sie hat eine Statur, die so gar nicht zum Hollywood-Flair passt, und ihr einziger Sport ist das Treppensteigen – zum Foyer hinauf. Wenn ich gute Laune habe, trödle ich mit ihr extra lange auf dem Weg zu Meetings unter dem Vorwand, ich hätte *noch so viele* Fragen an sie.

Aber heute schweige ich. Heute habe ich überhaupt keine Fragen.

Heute höre ich krampfhaft zu.

Immer ablenken! Immer ablenken!

Nicht einmal die rassige Inès, mit ihren lockigen Haaren, den großen Augen und der bronzefarbenen Haut, bringt mich dazu, an etwas anderes zu denken als an Stella.

Und daran, dass ich sieben Tage meine Faust ficken muss.

Weil ich es nötig habe. Weil nur der Gedanke an sie, an ihre Hingabe, an ihre heiße Lust auf mich, meine Jeans enger werden lässt.

So wie jetzt!

Fuck!

Ich tippe hilflos unter dem Tisch auf meinem Smartphone herum.

10:08 ICH:

Süße, ich bin in diesen ganzen romantischen Dingen nicht gut, aber WIESO TUST DU MIR DAS AN??????!

10:09 STELLA:

Sei still! Ich sitze noch mit Dan und Mason zusammen, und du willst doch nicht, dass sie glauben, sie machen mich so schwach?

10:09 ICH:

Wie bitte WO SITZT DU?! Geh sofort weg da. Ab sofort studierst du alleine. In einem Zimmer, das ich für dich besorge. Und zu dem nur ich den Schlüssel besitze. Hörst du das?

10:12 STELLA:

Das wäre ein Traum. :-* ;)

Ja. Ja, verdammt, das wäre ein Traum, der gar nicht aufhören will. Mein Kopfkino läuft. Stella, die in Spitzenunterwäsche vor mir kniet, das Zimmer edel, aber dunkel, schwarze Vorhänge vor dem Fenster, damit nur ich sie sehen kann, nur ich ihr dabei zusehen kann, wie sich ihr feuchter, gieriger, wunderschöner Mund über meinen Schaft schiebt, wie ihre süße Zunge meine Spitze ableckt, weil sie bereits den ganzen Tag auf mich gewartet hat, und um ihre Portion Eiweiß bettelt … Fuck!

Ich muss mich abkühlen. Sie macht mich wahnsinnig. Panisch verlasse ich das Meeting – meine Latte ist viel zu deutlich sichtbar! – und fliehe aufs Klo.

Wasser.

Kaltes Wasser über meine Hände, am besten auch mitten ins Gesicht.

Ich stehe eine ganze Weile vor dem Spiegel und starre mich an, als sei ich bekloppt. Was ich bin.

Eine Woche kein Sex.

Na ja, na und?

Eine Woche keine Stella.

Über mein nasses Gesicht rinnen die Tropfen.

Ich sehe aus wie die Schwuchtel, die aus mir geworden ist.

34
LIAM

Mein 24/7 Arbeitsmarathon startet *jetzt.* Es ist 18 Uhr. Freitagabend. Mein Computer ist der einzige, der noch läuft. Die Reinigungskraft saugt Staub hinten in der Ecke. Das röhrende Geräusch erfüllt den Raum. Alle anderen sind gegangen.

Arbeiten. Einfach arbeiten. Mehr arbeiten. Sehr viel mehr.

Ich lehne mein kaputtes Smartphone gegen den Bildschirm. Ein Bild von Stella leuchtet darauf. *Ein Bild.* Pussy! Aber es tröstet mich halt irgendwie. Es ist eines der wenigen, das sich nicht als Wichsvorlage eignet. Sie streckt darauf die Zunge heraus und steht neben Marys Rollstuhl … Obwohl … wenn ich so darüber nachdenke … Ihre Zunge … Fuck!

»Harsen!«

Ich schrecke hoch und schmeiße das Telefon schnell zur Seite. Um Gottes Willen, das war scheißknapp.

»Was machst du denn noch hier?« Green erreicht meinen Schreibtisch und sieht mich verwundert an. Er ist nicht viel größer als Inès, hat Marys Gesicht und Stellas Augen und trotzdem bin ich noch nicht so richtig warm mit ihm geworden.

»Ich arbeite, Sir«, sage ich geflissentlich und lege zur

besonderen Unterstreichung meines neuen Ichs, die Krawatte zurecht. *Da sehen Sie's! Ich bin gut genug für ihre Tochter, nicht wahr?*

»Ja, das sehe ich.« Er klingt überrascht. »Und was arbeitest du?«

»Ich versuche ehrlich gesagt, die Probleme mit der neuen Software zu –«

»Perfekt«, unterbricht er mich. »Du hast also Ahnung von der neuen Software aus Mitarbeitersicht?«

»Ahm. Schon.«

»Dann pack deine Sachen und komm mit.«

»Wohin?«, traue ich mich zu fragen. Sollte er nicht bereits im Flieger sitzen? Was macht er noch hier?

»Seattle. Du begleitest uns«, sagt er geschäftlich. Seine Worte dulden keinen Widerspruch. »Ich hätte Inès informiert. Aber ich denke, du weißt auch genügend darüber. Es wäre wirklich ärgerlich, noch länger warten zu müssen. Wer weiß, ob die Gute überhaupt Zeit hat.« Nervös zückt er seinen Terminplaner. »Der Jet geht um kurz nach sieben.« Er betrachtet mich von oben bis unten. »Meinetwegen kauf dir vor Ort einen neuen Anzug als kleinen Bonus.«

»Was?«

»Junge! Ich biete dir diese Gelegenheit einmalig an. Kommst du mit oder muss ich Inès anrufen?«

Ich sehe völlig perplex zu ihm hoch. Fragt er gerade, ob ich – ich, dreckiger Nichtsnutz, der das Vermögen seiner ehemaligen Freunde verprasst hat – ob ich ihn, ihn und seine geniale Familie, seine heiße Tochter nach Seattle begleite? Für wie lange? Warum überhaupt? »Ich soll mit, weil …« Vollidiot! Nicken und einschlagen! Worauf wartest du?

»Weil ich keine Ahnung von dieser Software habe, die wir erst neu eingeführt haben, ja. Du musst den Universe

Leuten erklären, wo die Probleme liegen. Das wird doch für dich möglich sein, oder etwa nicht?« Er blättert ungeduldig in seinem Kalender. »Wenn nein, verbinde mich mit Inès.«

»Ist überhaupt kein Problem für mich, Sir«, behaupte ich schnell. *Ich wollte sowieso längst mit jemandem über diese ewigen Fehlermeldungen quatschen.*

»Gut.« Er wendet sich ab.

»Gut«, wiederhole ich baff und sehe ihm nach, wie er in sein Büro hastet.

»Warte unten auf mich!«, ruft er mir noch zu.

»Klar.« Gern. Sehr gern. Ungläubig schalte ich meinen PC aus und schiebe meinen Stuhl zurück. *Was für ein perverses Glück.*

Meine Gedanken bereits bei Stella und ihrem Hotelzimmer bemerke ich gar nicht, wie mir jemand aus dem Fahrstuhl entgegen kommt.

»Ach, noch da?«

Ich blicke auf. Selbst der Typ kann mir meine Laune nicht vermiesen. »Offensichtlich nicht mehr lange.«

»Weißt du …« Clive steckt die Hände in die Hosentaschen und betrachtet mich arrogant. Ich würde ja an ihm vorbeigehen, aber er steht mir absichtlich im Weg. »Ich habe schon damals gesagt, dass aus dir nie etwas wird.«

»Deine Hellseher-Fähigkeit hätte ich gerne.« *Geh zur Seite!*

Er lacht. »Wie geht es eigentlich meinem … alten Freund. Jacob?«

Jacob? Was zur Hölle will jemand wie Clive von Jacob? Zum ersten Mal versuche ich mich zu erinnern, ob ich diesen Typen doch von irgendwoher kenne. Brookstone … Brookstone … Er wird doch nicht der Sohn von den Brookstones sein, die den Lokalfernsehsender besitzen? Was hat er mit Jacob am Hut? »Mein Bruder Jacob?«

Er zögert, ich sehe es. Überlegt, ob er antworten soll. Schließlich kommt ein einfaches: »Ja.«

Was will so ein Bonzen-Wichser von Jacob? Der soll den bloß in Ruhe lassen! Ich mache einen Schritt auf Clive zu und endlich weicht er mir aus. Ich erreiche gerade noch die offene Fahrstuhltür. »Ist gestorben«, sage ich also, kurz bevor sie sich schließt. Ein letzter Blick in Clives Gesicht verrät mir, dass er das nicht erwartet hätte.

Gut so. Je weniger Leute etwas von Jacob wollen, was ihn noch weiter in den Ruin treiben könnte, desto besser. Ich lächle fröhlich zum Abschied und fahre nach unten.

Kaum trete ich aus der Kabine, fällt mir wieder mein Smartphone ein. *Vergessen ... Typisch.* Dürfte jetzt irgendwo auf dem Teppich unter meinem Platz herumliegen. Ich könnte zwar darauf verzichten ... Denn ich würde Stella ja treffen. Aber es ist nicht gesperrt, und wenn es der Falsche in die Hände kriegt, wüsste er alles über unsere geheime Beziehung. Also wieder kehrtmachen, noch einmal hochfahren.

Und wie könnte es anders sein. Als ich das Großraumbüro betreten will, höre ich Clive und Green reden. Ich verbessere: Clive brüllt. Ich empfinde reine Genugtuung bei seinen Worten.

»Wie können Sie ausgerechnet *ihn* mitnehmen! Sir! Er ist ... nachher tut er ... Sie haben doch keine Ahnung, was er ... ist!«

»Beruhige dich, Clive«, sagt Green beschwichtigend. »Er hat sich sehr gut gemacht. Ich gebe ihm diese Chance.«

»Er ist nicht einmal einen Monat in der Firma hier!«, tobt Clive weiter. Ich bleibe hinter der Ecke stehen. Sie streiten nur wenige Meter entfernt. »Er könnte alles zerstören! Mit seinem ... seiner Art!«

»Sei doch nicht albern.«

»Glauben Sie mir!«

»Es kommen nicht viele Mitarbeiter in Frage, Clive. Ich sehe das Problem nicht. Ich höre wirklich in vielen Punkten auf dich, aber hier ist auch mal Schluss. Was auch immer du für persönliche Differenzen mit Liam Harsen hast, es geht hier um eine wichtige Angelegenheit.«

»Das ist mir schon klar, Sir. Eben deshalb …«

»Mary und Stella kommen mit. So, wie du es vorgeschlagen hattest.«

Clive hat hörbar Schwierigkeiten damit, sich zu beruhigen. »Bestens«, sagt er gedehnt.

»Auch wenn ich mir nicht sicher bin, ob …«

»Hervorragend für's Image, wie oft soll ich Ihnen das noch sagen.«

»Jaja …«

»Gut … gut.«

Es wäre an der Zeit, aus meinem Versteck zu kommen und so zu tun, als hätte ich nicht gelauscht. Aber …

»Und für ihre andere Tochter, Sir …« Ich höre, wie Clive etwas aus seiner Tasche hervorholt. Daraufhin ein kurzes Klacken. Schweigen.

»Dieses Wochenende?«, fragt Green. Seine Stimme klingt ehrfürchtig.

»Dieses Wochenende, Sir. Wenn Sie nichts dagegen haben. Ich möchte, dass es offiziell wird.«

»Ja … Wunderschön.«

Ich halte es nicht mehr aus, räuspere mich und gehe wie zufällig an ihnen vorbei. »Handy vergessen«, grinse ich und deute affig in die Richtung meines Schreibtisches. Das Grinsen gefriert in meinem Gesicht. Clive und Green schauen mich jeder auf seine Art an; Green verdutzt, Clive ungemein wütend. Mein Blick wandert zu der kleinen schwarzen Box, die Clive in seinen Händen hält. Ein Ring.

Und für ihre andere Tochter, Sir …

Dieses Wochenende, Sir ...

Ein sauteurer Ring. Der Diamant blitzt mir selbst auf diese Entfernung entgegen.

Ich stolpere über einen Stuhl, der unpraktischerweise in meinem Weg steht. Weil ich nicht nach vorne gucken kann. Weil ich meine Augen nicht von Clives fickrigen Händen lösen kann.

Er lacht mich aus. Sein Lachen brennt mir in den Ohren. Ich stelle den Stuhl wieder zurück vor den Tisch und laufe schleppend zu meinem eigenen.

Ich fürchte, meine Welt ist gerade zusammengekracht.

Clive Brookstone verlobt sich mit Greens Tochter? Mit Stella?

Und ich wusste davon nichts?

Viel dringender: *Wusste sie etwas davon?!*

35
LIAM

»Für wen sind denn nun diese Rosen?«

»Jacob, schieb sie dir in den Arsch, wenn sie dich so sehr stören, gibt's was Wichtiges?«

»Ja«, sagt er und schweigt. In meiner Hand halte ich das Handy, in der anderen meinen Ausweis. Der Officer kontrolliert mich am Check-in und leitet mich mit einem Wink einen Gang entlang, der nach einer weiteren Kontrolle zum Privat-Jet führt. »Wer ist eigentlich diese Carmen?«

»Was?«

»Diese Carmen«, wiederholt er.

»Die hab ich flachgelegt, um bei ihr pennen zu können.«

»Das hat Phil gesagt, ja.«

»Warum fragst du dann.«

»Carmen Brown?«

»Jaha. Und?«

»Ich kenne sie.«

»Herausragende Leistung, Jake. Sonst noch was?«

»Carmen war damals …«

»Bitte legen Sie das Mobiltelefon in die Box hier«, weist mich der Security-Typ an.

»Sorry, Jake. Deine Romanze mit Cam erzählst du mir wann anders, ja? Ich muss auflegen.« Ich lege das Handy zu meinem Portemonnaie in die Kiste. Daraus besteht mein Reisegepäck: Handy, der Ausweis und kein Geld.

Ich folge Green und Clive im geeigneten Sicherheitsabstand. Sie reden über die Verträge, von denen ich einen Scheiß verstehe. Ich versuche, mir keine Gedanken zu machen, bis ich nicht mit Stella darüber gesprochen habe, aber eigentlich ist klar, dass da etwas nicht stimmt. Wer kommt im neuen Jahrtausend, Kalifornien, aus heiterem Himmel mit einem Antrag um die Ecke? Niemand! Und doch vor allem nicht so jemand wie Clive! Oder?

Fuck! Hat sie mich angelogen? Wurde *ich* betrogen? Hat sie das alles nur erzählt, dieser ganze Jungfrauenkram, vögelt sie die ganze Zeit schon über mit diesem blonden Wichser da vorne? Mit seinem Stock im Arsch? Ich versuche, mich zu beruhigen. Kaum möglich.

Wir erreichen das Gateway und den Privat-Jet.

»Guten Abend«, lächelt mir die Stewardess zu, die in meinem alten Leben eine hervorragende Flugbegleitung abgegeben hätte.

Aber jetzt passiert da gar nichts. Meine Jeans sitzt locker und mein Magen stellt irgendetwas an, das an freien Fall erinnert. Ich trete in die Kabine.

Eine Handvoll Leute sitzen dort und warten.

Clive nimmt sich einen Platz ganz vorne und versucht mich zu ignorieren. Green setzt sich ihm gegenüber, zückt sofort wieder seinen Kalender. Eine blonde Frau unterhält sich leise am Telefon und wird halb von ihrem Sessel verborgen, weiter hinten sitzt Mary neben ihrer Mutter und hoffentlich Stella.

Hingehen, die Fakten klarstellen.

Ich unterdrücke den Impuls.

»Bereit zum Abflug?«, fragt die Stewardess die Fluggäste, und ich setze mich ganz nach vorne ans Fenster.

Krampfhaft starre ich hinaus. Was zur Hölle tue ich eigentlich hier?

Nehme jedes Angebot an, um *ihr* nahe zu sein, und mache mich damit komplett zum Affen. Ich führe mich so auf, als wäre ich ihr hochgradig verfallen, was ich bin. Schräg gegenüber sitzt ihr *Verlobter* in spe, dessen Schwiegervater ihm bald die Abteilung überlassen wird, in der ich arbeiten muss. In der ich mich abmühe, wie der allerletzte Volltrottel, um ihr und ihm und jedem sonst in dieser Stadt etwas zu beweisen und wofür?

Wofür?

Ich hole meine Kopfhörer hervor und packe mir Musik in die Ohren. Das Problem: Der Gedanke daran, dass Stella nur ein paar Sitzplätze weiter sitzt, macht mich natürlich wahnsinnig. Ich kann nicht aufhören daran zu denken, wie sie gestern noch vor mir lag, sich von mir verwöhnen ließ. Und das alles auf meinem billigen Gästebett in Phils Wohnung, als er und Jacob gerade nicht da waren.

Ich versuche, das Bild zu vertreiben. Versuche das Gefühl zu verdrängen, das sich um meinen Schwanz legt, als befände ich mich jetzt gerade in ihr. Diese süße, unendlich innige Massage ihres feuchten Ganges, ihr Geschmack auf meinen Lippen, ihr duftender Saft, den ich einatme … Scheiße! Wer würde da nicht durchdrehen?

Es dauert noch eine ganze Weile, in der ich stumpf dasitze und das elendige Kopfkino ertrage, bevor wieder etwas passiert.

Die Blonde eine Sitzgelegenheit weiter steht auf. Ich sehe sie erst nur im Augenwinkel, doch dann schreit sie mich an.

»Liam?!«

Ich schrecke hoch und starre in das einzige Gesicht, das in dieser Situation die Hölle auf Erden bedeutet.

»Carmen«, würge ich.

»Was tust du denn hier?«, fragt sie und der Schock steht in ihrem Gesicht.

»Fuck.« Ich richte mich auf. Carmen. Clive. Stella. Alle in einem Flugzeug. Kein Entkommen. »Hi.«

»Liam Harsen soll aus Mitarbeitersicht Probleme mit der Software erklären«, geht Clive dazwischen und sieht zu ihr hoch. Sein Blick verrät pure Missbilligung.

»Aha«, sagt Carmen trocken, ringt sich Fassung ab, bleibt aber weiterhin im Gang stehen.

»Er bleibt nur bis Dienstag«, sagt Clive eindringlich. »Carmen.«

Die beiden kennen sich also. So etwas hat sie ja erwähnt. *Ich arbeite wirklich sehr eng mit der Firma zusammen, Darling … Wir würden uns dort vielleicht sogar begegnen …*

Ich schlucke. Na ja, gut. Was ist schon so schlimm daran, dass wir uns kennen? Ich habe zwar zwei Wochen bei ihr in der Villa gewohnt, aber dafür hatte sie auch meinen Schwanz so oft sie wollte. Klar, der Master of Love bin ich nicht gerade gewesen. Und betrogen, im weitesten Sinne, habe ich sie auch – täglich. Möglicherweise habe ich es noch auf die Spitze getrieben, als ich Amie mit Juliette hereinließ, kurz bevor ich Carmens Haus für immer *ver*ließ. Möglicherweise ist sie nun also völlig zurecht sauer auf mich – was erträglich wäre in jedem anderen Fall.

In *diesem* Fall allerdings nicht.

So wie sie mich anstarrt, bleibt mir wohl nichts anderes übrig, als mich zu outen und das Ganze schnell über die Bühne zu bringen. Stella wird alles mitbekommen. *Was tue ich bloß?*

»Sorry … Cam«, nuschle ich und rücke in meinem Sitz

etwas zurück. Flüchten wäre jetzt geil. Ob sie Fallschirme mithaben?

»Schon gut«, sagt sie bissig. Auch weil Clive ihr einen vielsagenden Blick zuwirft.

Mach jetzt keine Szene!, befiehlt er ihr. Die kennen sich wirklich gut.

Ich versuche zusammenzubringen, was sich zusammenbringen lässt. Clive arbeitet bei Green und kennt daher also Carmen. Carmen kennt mich. Carmen arbeitet als Anwältin für Green. Green stellt mich ein, ich vögle seine Tochter. Clive verlobt sich mit ihr und Carmen hasst mich. Und alle zusammen stecken in derselben Maschine.

Zu allem Überdruss taucht nun auch Stella von der hinteren Sitzbank auf. Sie konnte wohl nicht anders und musste sich vergewissern, dass ich hier sitze. Hier im Jet, auf dem Weg nach Seattle, als Computer-Fachmann für idiotensichere Software.

Unsere Blicke treffen sich. Qual steht sicherlich in meinem, pure Überraschung, vielleicht sogar leichtes Entsetzen in ihrem.

»Okay, ich geh für Mädels«, entscheide ich spontan, um mich vor dieser abscheulichen Konstellation zu drücken, und verschwinde für eine ausreichend lange Zeit im Klo.

Die restliche Stunde Flug überlebe ich mit hartem Alkohol.

Doch auch, als wir aus dem Flieger steigen, von der Flugbegleitung in den Flughafen geleitet werden, schließlich in zwei Taxis zum Hotel fahren und in der Lobby ankommen, bin ich noch nicht besoffen genug.

Stella wirft mir zögerliche Blicke zu und alles, was ich eigentlich möchte, wäre, sie zu ficken. Aber ich weiß, dass ich so tun muss, als liefe nichts. Etwas in meinem Kopf warnt mich. Könnte es daran liegen, dass ihr zukünftiger Verlobter neben uns steht?

Mary tut zum Glück auch so, als würde sie mich nicht kennen. *Schlaues Mädchen.* Und als ich meinen Zimmerschlüssel in der Hand halte, fliehe ich sofort ins obere Stockwerk.

Ich reiße meine Zimmertür auf und knalle sie wieder zu. Sinke kurz dagegen.

Seattle.

Ja, 'ne prima Stadt. Nicht so heiß wie Kalifornien. Nicht so groß wie LA. Toll.

Ich laufe zur Mini-Bar, hole mir den nächsten Schnaps, kippe ihn mit einem Mal. Das Brennen im Rachen spüre ich kaum. Als Nächstes der Wein.

Dann der Champagner.

Mein surrendes Smartphone ignoriere ich.

Ich schaue aus dem Fenster, aufs Meer hinaus, und sehe doch durch jede Aussicht hindurch.

Ich muss erfahren, was da zwischen Stella und Clive läuft. Vor allem darf sie niemals erfahren, was da bei mir und Carmen lief. Niemals!

Als sich Seattle beginnt unter meinen Füßen zu drehen, halte ich es nicht mehr aus.

Besoffen.

Und durstig.

Ich muss sie zur Rede stellen! Sofort! Am besten in dieser Verfassung, damit ich ihre Antwort überlebe, sollte sie mir nicht gefallen. Warum will ein fucking Brookstone um Stellas Hand anhalten?! Vor allen Leuten an diesem Wochenende?

Die Wände fallen auf mich, als ich den Flur versuche entlang zu hasten. Ich habe keine Ahnung, wo ihr Zimmer liegt.

Ich zwinge also meine Füße in gerader Linie Richtung Fahrstuhl, mein Schädel brummt.

Fuck! Was ist aus mir geworden? Was will ich hiermit bezwecken? Aber sei's drum: Irgendein Körperteil, der keiner Logik folgt, steuert auf die Rezeption zu und belabert die Tusse dahinter.

»Jaa, geenau, ich bin mit Mr. Green angereist. Greenware Corp.«

»Mr. Harsen?«

»Jaaha.«

»Zimmer 514.«

»Außerordentlichsten Dank.«

Die Süße lächelt mich verdutzt an, vielleicht auch interessiert. Ja, Gott, Mädel, ich bin superheiß, ich weiß. Aber es geht dich 'nen Scheißdreck an!

Der Fahrstuhl surrt, klingelt und springt auf.

Hastig drücke ich auf die Nummer 5.

Als der Fahrstuhl wieder hält, hechte ich vor zur 514.

Ich klopfe dagegen.

Ich bin zu betrunken, um mir Gedanken zu machen.

»Ja?«, höre ich ihre Stimme und alleine das lässt mir das Blut in die Hose schießen.

»Ich bin's.«

»Wer?«

»Ich verdammt!«, schreie ich gegen das Holz der Tür. Wer sonst? *Wer sonst, Stella?*

Die Tür geht auf.

Da steht sie, bereits in einem leichten Nachthemd bekleidet, eines, das viel zu scharf dafür ist, dass sie alleine im Zimmer schläft.

Ich wollte ja eigentlich reden. Aber *so* kann ich das nun wirklich nicht!

Ich mache einen Schritt auf sie zu, aber sie drängt mich gleichzeitig nach draußen.

»Mary«, sagt sie nur, schaut mich dann mit blauen Rehaugen an.

»Okay.« Ich ziehe sie zu mir auf den Flur, drücke die Tür in ihrem Rücken zu, schiebe sie dagegen. Alles in mir brüllt nach Erlösung. Die furchtbare Anspannung im Flieger, der krampfhafte Versuch sie auf dem Weg hierher zu ignorieren, alles fließt plötzlich in meinen Schwanz.

»Liam ich –«

Doch ich ersticke jedes Wort mit einem Kuss, der, betrunken wie ich bin, etwas härter wird als geplant. Egal.

Ich fasse unter ihr Kleid und ihr runder, perfekter Arsch gleitet in meine Handflächen. Ich schiebe ihre Mitte gegen mich. *Mehr.*

»Du bist betrunken«, keucht Stella, aber das ist mir gerade herzlich egal.

Der Flur ist zu allen Seiten hin offen. Das Licht brennt. Das Einzige, das uns halbwegs verbirgt, ist der Türrahmen, der ein paar Inches in die Wand hineinragt.

Ich öffne meine Jeans. Ich brauche das jetzt. Ich brauche sie. Sofort.

»Was hast du –«, fragt sie erschrocken und schaut auf meine tropfnasse Spitze, die hervorspringt und gleich überläuft. Aber so was von.

»Baby, glaub' mir, ich brauche nicht lang.« Ich hebe ihr eines Bein hoch – sie wehrt sich etwas, aber ich bin wesentlich stärker – schiebe ihren Slip mit der freien Hand beiseite und positioniere meinen sehnsüchtigen, überladenen Schwanz vor ihrem zuckersüßen Gang.

Meine Lippen finden an ihren Hals, gierig küsse ich sie dort, beiße leicht in die Haut, bis sie vor Erregung keucht und mich genauso schnell und dringend will wie ich sie.

Mein erster Stoß wird eine Spur zu hart, und trotzdem kann ich mich nicht bremsen. Ich muss diese unendliche

Anspannung loswerden. In meinem Kopf dreht sich alles. Die Realität um uns herum verschwimmt.

Ich drücke sie in den Türrahmen gegen das Holz. Nichts ist zu hören. Nur unsere Kleidung, die aneinander reibt und mein schwerer Atem.

»Liam!«, stöhnt sie leise, und an ihrer Stimme höre ich, dass sie irgendwo weit weg ist. Weit weg in Ekstase.

»Das hätten wir … schon im Flieger … machen sollen«, knurre ich abgehackt und presse mich noch ein gutes Stück weiter in sie. Mein Schwanz wird endlich gemelkt. Endlich wieder.

»Ich wäre – dir dort so gerne – auf die Toilette gefolgt«, haucht sie unter meinen Stößen.

Und für eine Sekunde suche ich ihren Blick, verharre in der Bewegung.

Ihr Körper ist meinem so unfassbar nah. Wie hätte ich das überlebt, sie eine Woche nicht zu sehen? Wie habe ich es überlebt, sie im Flugzeug nicht sofort an mich zu reißen?! Sie zu liebkosen, sie zu küssen, sie so gottverdammt innig zu lieben?

»Wir reden, wenn ich gleich fertig bin«, warne ich, dann mache ich weiter.

Immer wieder schiebe ich meinen Schwanz in ihren Eingang. Immer wieder ruckt ihr leichter Körper die Tür hinauf, etwas hinab, zerfließt unter meinen gierigen Stößen.

Ihr rechtes Bein hat sie um mein linkes geschlungen, ihr Arsch liegt gut in meinen Händen.

»Los komm schon, Baby«, brumme ich und sorge dafür, dass ihre Klit sich an meinem Unterbauch reibt. Sie presst sich dagegen, ihre Lippen aufeinander und hält sich mit fast qualvollem Gesichtsausdruck davon ab, zu schreien.

Fuck! Ich spritze in sie ab, gerade als ihr Orgasmus den

Höhepunkt erreicht. Mein Samen fließt ungehindert in sie. Die Vorstellung davon macht mich jedes Mal einfach nur krank.

Eigentlich will ich jetzt gerade noch mehr. Am liebsten würde ich sie umdrehen und noch einmal von hinten nehmen, und dann noch ihren zuckersüßen Mund und dann wieder von vorn.

Was sie mit mir anstellt, ist kaum zu ertragen!

Gierig suche ich nach ihrem Mund, küsse sie lange, innig, und ziehe mich dann aus ihr zurück. *Wir könnten ja in meinem Zimmer weitermachen ... ist nicht ganz so einsehbar.*

Ich grinse sie an. »Mit dir habe ich die besten Ficks meines Lebens«, sage ich glückselig und hebe schnell meine Hose an.

Ich komme kaum dazu, meine Jeans zu schließen, da zieht sie mich fest an sich.

Ihren Kopf vergräbt sie an meiner Schulter.

Und plötzlich, ganz plötzlich, bebt sie.

Aber nicht vor Erregung oder Glück.

Nein, sie weint.

»Was?«, frage ich und versuche sie anzusehen, doch sie krallt sich mit aller Gewalt in meinen Pullover und lässt mich nicht los. Ich kann nur dastehen, sie in den Arm nehmen und heulen lassen.

Ihre Schluchzer werden lauter.

»Baby ...«, versuche ich es noch einmal, aber keine Chance.

Sie schluchzt, schweigt und das Wasser rinnt ihr aus den Augen.

Noch ein paar Minuten stehe ich da, lasse mein Sweatshirt benässen, dann verliere ich die Geduld.

Als ich sie von mir reiße und sie vor mich halte, um ihr in die Augen sehen zu können, sehe ich ihr Gesicht leider zweimal.

Fuck, ich bin völlig besoffen!

»Ich kann jetzt nicht mit dir darüber sprechen«, sagt sie und ihre Stimme ist wie gebrochen. »Ich … i-ich. Ich schreibe dir eine SMS.«

»Du schreibst mir 'ne SMS?!«, frage ich fassungslos.

»Jaa …« Sie schluckt. Sie ist verheult und unfassbar schön und ich liebe sie einfach unendlich! Es ist nicht zum Aushalten! »Gute Nacht, Liam.«

Sie entreißt sich meinem Griff und öffnet die Tür hinter sich mit der Chip-Karte, die sie plötzlich irgendwoher zaubert.

»Bitte geh schlafen, ja?«, sagt sie noch, bevor sie im Zimmer verschwindet. »Mary schläft hier und der Tag war für sie anstrengend.«

Wie in Zeitlupe fällt die Zimmertür zu und das Letzte, das ich sehe, sind ihre Augen, die mich schmerzerfüllt, leider vierfach, aber verdammt schmerzerfüllt anschauen.

Dann stehe ich da und starre auf Holz.

Mein Gürtel ist noch immer offen.

36
STELLA

Ich weiß nicht, ob ich mich darüber freuen sollte, dass ausgerechnet er hier mit uns am Tisch sitzt. Natürlich sollte ich nicht! Aber ich tue es trotzdem. Ich traue mich kaum zu ihm zu sehen und spüre doch jeden seiner Blicke direkt auf meiner Haut. Als würden seine Augen allein sie entflammen. Mein Herz rast, meine Glieder zittern. Die Anziehung zwischen Liam und mir ist in der Luft greifbar. Wie ein festes, unzerstörbares Band reicht sie quer über die schlichte Tischdeko und das edle Geschirr. Ob die anderen davon etwas mitbekommen? Ich hoffe nicht! Dennoch kann ich mir ein Schmunzeln nicht verkneifen. *Jaa, du willst mich und ich will dich auch!*

Gleichzeitig muss ich mir jede Beherrschung abverlangen, um auch nur eines der Wörter zu verstehen, die Clives Mund verlassen. Freundlich lächelt er mich an, während er mit mir redet. Das Besteck bereits zur Seite gelegt, die Serviette gefaltet.

»… überlegt eine Forschungsreise zu unternehmen?«

»Hm?«, frage ich irritiert. Ich höre, wie Liam leise lacht, und würde ihn gerne verfluchen! Auch sein Lachen bereitet mir körperliche Schmerzen und setzt sich direkt in meine Mitte. Ich wäre jetzt lieber nackt. Auf ihm. »Eine Forschungsreise?«, zwinge ich die Worte hervor.

»Es gibt tolle Angebote für die vorlesungsfreie Zeit«, erklärt Clive geduldig. »Du musst deine Hausarbeit ja nicht an deiner eigenen Universität schreiben.«

»Clive könnte dich doch begleiten, Schatz!«, ruft Mom fröhlich zwei Plätze weiter. »Musst du demnächst nicht sowieso öfters nach Vancouver, Clive?«

»Ja, das muss ich tatsächlich«, sagt Clive und sieht mir fest in die Augen. »Also wenn du dich für Vancouver entscheidest –«

»Vaancoouver ist toll!«, spricht Mary dazwischen.

Danke Mary, würde ich gerne zischen. Wie gerne würde ich Dad die Wahrheit sagen! Ich habe mich verliebt, Dad! In den Richtigen! Der sich für mich entschieden hat und sich wider deine Worte zu benehmen weiß, sonst hättest du ihn doch nicht mitgenommen, Dad, gib's zu. Du hast hunderte Mitarbeiter, die dir das Softwareproblem aus Sacharbeitersicht erklären könnten, du brauchst niemanden wie Liam. Aber du gibst ihm die Chance. Ich auch.

Ich erlaube mir einen weiteren, vorsichtigen Blick in seine Richtung. Er tut so, als würde er Wasser trinken, schielt aber zurück. Als er sich sicher sein kann, dass ich ihn beobachte, stellt er das schmale Glas ab und bewegt seine Hand anzüglich daran auf und ab, die andere lässt er unter den Tisch wandern. Diese Gestik ist so albern und kindisch und erfüllt absolut ihren Zweck. Er lacht. Ich werde rot. Ich sehe schnell wieder zur Seite und würde selbst nichts lieber tun, als unter dem Tisch zu verschwinden … mich im Verborgenen vor ihn zu hocken …

»… halte ich auch für eine gute Idee.«

Wieder zucke ich ertappt zusammen. »Was?«

Clive lacht. »Ich glaube, Stella hat noch nicht genügend

gegessen, um an einem fundierten Gespräch teilzunehmen.« Er grinst in die Runde, zwei von Dad's Verhandlungspartnern lachen mit ihm mit. Lachen mich aus.

Unwillkürlich kocht Wut in mir empor.

»Stella«, sagt Clive vermeintlich beruhigend und legt mir eine Hand aufs Knie. Ich fühle mich urplötzlich, als wäre ich acht Jahre alt, und würde sie am liebsten abschütteln. Hilflos sehe ich zu Mom, die mir ermutigend zulächelt. *Clive ist so ein toller Mann …* »Wir sprechen darüber wann anders, in Ordnung? Ich könnte meine Termine für dich auch umlegen und –«

Am anderen Ende des Tisches kracht etwas um. Die Champagnerflasche fällt mitten auf den Tisch, Geschirr klirrt, Gläser kippen. Drei Leute springen auf, um nicht vom Champagner übergossen zu werden, darunter auch Liam.

»Sorry«, sagt er in die Runde, fängt die Flasche auf, bevor sie auf den Fußboden fällt, und stellt sie zurück auf den Tisch. Sofort kommen drei Kellner des edlen Restaurants angelaufen und beseitigen das Missgeschick. Liam fasst mich mit seinem Blick. Ich kenne ihn mittlerweile gut und meine, seine Gedanken lesen zu können: *Was für eine hirntote Kacke labert Clive da?!*

Ich bin selbst schuld. Da heule ich gestern Abend und bringe es nicht über mich, ihm die Wahrheit zu erzählen. Zum Beispiel, dass meine Eltern Clive für den besten Schwiegersohn halten, den sie in LA auffinden können. Und das bereits seit vielen Monaten. Seitdem er bei Dad angefangen hat und ohne, dass ich es beabsichtigt hätte, wurde er zu einem Freund der Familie und war immer häufiger bei allen möglichen Events mit dabei. Mir gegenüber stets zurückhaltend, weshalb ich bisher keine Notwendigkeit darin sah, ihm eine direkt ausgesprochene Abfuhr zu erteilen. Auch wenn ich es immer häufiger vermieden habe, zu Hause zu sein, wenn er plante, zu kommen. Dad hat merkwürdige Andeutungen gemacht und ich fürchte … ich fürchte … Mein Herz wird schwer und mir steigen schon wieder diese dummen Tränen in die Augen. Ich schlucke sie schnell weg.

Liam setzt sich. Der Unmut ist ihm anzusehen. Das schlechte Gewissen in mir wächst. *Ich muss mit ihm reden. Jetzt!*

»Mary, möchtest du noch etwas vom Buffet?«

»Die Fruuchtspieeße, bitte.«

»Okay.« Ich stehe auf und gehe zum Buffettisch. Alles ist dekorativ zurechtgemacht. Kunstvoll geschnitzte Figuren aus Obst stehen zwischen den exklusiven Häppchen, von denen einige mit Blattgold dekoriert sind. Ein Brunch der Extraklasse. Ich greife nach Marmelade und Baguette.

»Habe keine SMS bekommen, Babe.« Sein Atem trifft die Haut in meinem Nacken. Meine Haare stellen sich auf.

»Habe dir keine geschickt«, antworte ich zitternd. Wie gerne würde ich ihn jetzt berühren.

»Du wolltest sicherlich lieber, dass ich *sehe,* was da läuft, habe ich recht?« Sein Unterton ist drohend.

»Zwischen wem«, frage ich erstickt.

»Zwischen dir und diesem Typen, der neben dir sitzt und dir seine labbrige, uhrbehängte Hand auf den *Schenkel* legt.« Er kommt noch näher, tut aber so, als würde er an mir vorbei nach dem Brot greifen wollen. »Seine rechte Hand. Mit der er sich sicherlich einen runterholt, weil der niemals eine Frau abbekommt, die er nicht bezahlt. *Sag mir nicht,* dass da etwas zwischen euch läuft.«

Mir stockt der Atem. Ich kann nicht mehr klar denken. Seine Nähe ist zu präsent, sein Körper zu nah.

»Ich warte.«

»Da ist nichts, Liam«, bringe ich hervor. Im selben

Moment rutscht das Stück Baguette von meinem Teller, weil ich meine Hände nicht unter Kontrolle halten kann. »Er denkt nur …«

»Er will dir also aus heiterem Himmel einen verschissenen Antrag machen, he?«

Ich drehe mich keuchend zu ihm um. Da steht er. Direkt vor mir. Keine ganze Armlänge trennt uns. »Er will *was?*«

»Okay. Du weißt also nichts davon.«

Irritiert schüttle ich den Kopf. Einen Antrag? Mir?

»Also muss er noch nicht sterben.« Er lächelt. »Gibt es sonst etwas, das du nicht weißt und ich wissen muss?«

»Ehm …«

»Warum hast du gestern …« Er nimmt urplötzlich Abstand und wendet sich ab. »Vielleicht bleibe ich doch bei frischem Obst …«, murmelt er. Und als kurz darauf Mom neben mir erscheint, weiß ich auch, warum.

»Stella. Brauchst du Hilfe beim Tragen für Marys Essen?«

»Hm, nein …« Wie in Trance lade ich Früchtespieße auf einen Teller und gehe zurück zum Tisch.

Ich helfe Mary beim Essen, die neben mir sitzt. Die Gesellschaft hat überraschend positiv auf sie reagiert. Sie stand für kurze Zeit im Mittelpunkt und jeder wollte sie kennenlernen. Die Bewunderung galt vor allem auch Dad, das hat man gespürt.

Oh, sie haben zwei so wundervolle Töchter und es ist wunderbar, dass sie die eine davon nicht verborgen halten. Wenn ich es richtig mitverfolgt habe, sind bis auf die zwei CEO's von MyTec Universe auch einige Bankvertreter anwesend, die sicherlich die Kredite finanzieren sollen, und deswegen Mitspracherecht besitzen. Zum Glück muss ich mir darum keinen Kopf machen. Ich freue mich schon jetzt darauf, die nächsten paar Tage mit Mom und Mary Seattle zu erkunden.

Noch ein zaghafter Blick zu Liam verrät mir seine Anspannung. Wenn Clive mir einen Antrag machen will ... Ob Dad davon weiß?

Plötzlich hallt ein Schrei gellend durch das große Restaurant und reißt mich aus meinen Gedanken. Alle Köpfe am Tisch drehen sich in die Richtung der Frau, die dort mitten im Raum steht.

Carmen Brown, die Anwältin, hält eine Flasche Schnaps in der Hand und ist ganz eindeutig betrunken. Sie wankt, ihre Augen schielen, ihr Haar ist leicht zerzaust. Sie streckt einen ihrer schlanken Arme aus und spreizt den Finger. »Du!«, kreischt sie ein weiteres Mal.

Ich folge der Richtung ihrer Hand. Sie zeigt direkt auf Liam, der sich unangenehm berührt auf seinem Platz bewegt.

»Du hast mich die ganze Zeit betrogen!« Browns Stimme ist hoch und spitz. Unruhe breitet sich am Tisch aus. Niemand weiß so recht, was er tun soll. »Ich habe dich bei mir wohnen lassen und dir alles bezahlt und dann hast du einfach ...!«

»Gott, Cam«, flucht Liam, springt auf und läuft zu ihr hin.

»Fass mich nicht an!«, brüllt sie und wankt drei Schritte rückwärts. Im Hintergrund tauchen Securitys auf. »Du bist ein gemeines ... schreckliches Arschloch, Liam! Ich habe dir vertraut und du hast mich nur ausgenutzt! Diese beiden Frauen in meinem Haus waren dann die Höhe! Und du hast sie *in meinem Haus* – du hast sie in *meinem Haus! ... in meinem!*«

»Cam, ganz ruhig, ja.« Liam versucht wiederholt seinen Arm um ihre Schultern zu legen und dieses Mal lässt sie es zu. Zur gleichen Zeit erreichen die Securitys

Carmen. Einer von ihnen packt sie am Arm und geleitet sie hinaus. Liam geht auf der anderen Seite. *Er wird doch nicht …?* Mir ist im Flugzeug bereits aufgefallen, dass sie ihn kannte. Aber … nun … viele Frauen kennen Liam.

Ich habe diesen Gedanken lange Zeit beiseitegeschoben. Mir war das *Jetzt* wichtig. Das Jetzt mit ihm. Ich habe jahrelang dabei zusehen müssen, wie er andere Frauen verführt hat und ich konnte mir denken, was er mit ihnen trieb. Aber plötzlich …

Plötzlich entstehen Bilder vor meinem inneren Auge, während ich seinem Rücken hinterhersehe und ihn dabei beobachtete, wie er beruhigend auf Carmen einredet. Plötzlich sehe ich ihn. Wie er sie. Nimmt. Wie er nackt über ihr liegt und in ihr kommt. Wie er sie packt. Und herumreißt. Wie er seinen *Spaß* mit ihr hat. Wie er seinen Schwanz tief …

Auf halbem Weg nach draußen beginnt Carmen kläglich zu heulen. Ihr Schluchzen erfüllt den ganzen Raum, bis endlich jemand so gnädig ist, die Tür hinter ihr zu schließen. Und ich frage mich, ob ich die Nächste bin. Die Nächste, die zusammenbrechen wird, weil sie Liam vertraut hat. Weil sie glaubte, er würde sie lieben. Weil sie *dumm* war. Weil sie sich etwas *eingebildet* hat.

Ich sehe mich in der Runde am Tisch um. Alle sind peinlich berührt. Ich fühle mich merkwürdig leer. Dad hingegen sieht so aus, als hätte man ihm einen derben Schlag ins Gesicht verpasst. *Er schämt sich.* Seine Anwältin erlebt einen Zusammenbruch wegen einem seiner Mitarbeiter. Mitten vor allen wichtigen Leuten. Den Bankiers … den Verhandlungspartnern … Sein Blut kocht vor Wut. Mom kramt sofort eine Herztablette für ihn hervor. *Und ich wollte ihm sagen, dass ich mich für Liam entschieden habe!*

»Das war koomisch«, kommentiert Mary an meiner Seite. *Komisch. Ziemlich.*

Und schließlich beginnt Clive, zu sprechen. Leise und undeutlich. Und nur ich kann ihn verstehen, da auch die anderen am Tisch in nervöse Gespräche verfallen. »Er ist ein verlogener, kleiner Bastard.«

»Was weißt du darüber?«, flüstere ich. Will ich die Geschichte erfahren? Aber Clive kennt diese Anwältin. Vermutlich kennt er auch einen Teil der Wahrheit.

»Liam Harsen ist das letzte Stück Schwein an der Westküste, Stella«, erklärt er mir eindringlich, während zwei Kellner unsere Teller abräumen und so tun, als wäre nichts gewesen. »Er schläft mit Frauen, um dafür etwas zu bekommen. Er prostituiert sich. Bei Carmen war es Geld und die Möglichkeit, bei ihr wohnen zu können. Sie wusste das. Aber sie musste ja unbedingt seinem Charme verfallen! Alles, was er tut, ist reine Berechnung. Sie hat sich ganz offensichtlich in ihn … in ihn … verliebt.« Er sagt es auf eine Art, als wäre es gar nicht möglich, dass man so für Liam empfinden könnte. »Sie hat ihn weiter bei sich wohnen lassen, auch, als klar war, dass er sie betrügt. *Was auch sonst*? Ich sehe doch, wie er seiner Vorgesetzten Inès Blicke zuwirft. Sie ist sein nächstes Opfer. Ausgerechnet ihn nimmt dein Vater mit zu einer solch ausgesprochen wichtigen Verhandlung.«

Ich schlucke. *Aber er hat sich doch geändert!*, würde ich gerne behaupten und ich merke gleichzeitig, wie mir Tränen in die Augen steigen. Was bin ich für eine Heulsuse! Furchtbar! Aber was wenn nicht? Was, wenn ich mir etwas vormache?

»Zuletzt hat er Carmen dazu gebracht, alles für ihn zu tun. Er hat bis vor kurzem bei ihr in Beverly Hills gewohnt, keine drei Wochen her.«

»Was?«, keuche ich und starre ihn an. »Drei Wochen?«

»Ja.« Clive hat den Kiefer fest aufeinander gepresst. »Was glaubst du, was jetzt unsere zukünftigen Partner hier von Carmen denken«, raunt er wütend, doch ich glaube, dass es ihm noch um etwas anderes geht. Er scheint Liam gut zu kennen, sein Hass ist unverhohlen.

Ich rechne noch einmal und komme zu einem fatalen Schluss: zwei Wochen! Er ist bei ihr ausgezogen, *nachdem* er bereits bei mir war! Er hat sie abserviert und mich gleich als Nächste genommen! Und ich habe mich ja so bereitwillig an seinen Hals geworfen!

Oh, Liam, ich bin schon seit der neunten Klasse in dich verliebt!

Was bin ich nur für eine Idiotin? Wer sagt denn, dass es *nicht* Berechnung ist? Er fängt bei meinem Vater in der Firma an … Er bringt mich um den Verstand … Wir haben Geld, er hat keines. Es ist so einfach und ich bin schlicht darauf hereingefallen!

Wie konnte mir das passieren?

Noch einmal rufe ich mir Carmens von Tränen aufgedunsenes Gesicht vor Augen. Er hatte sie … noch … während er mich … bereits … Damals auf der Treppe …

Ich habe es nicht wahrhaben wollen, habe mich völlig in dem Gefühl verloren, seine Zeichen falsch gedeutet. Während ich anfangs noch dachte, ich müsse unnahbar für ihn sein, um sein Interesse zu wecken, habe ich mich ihm nur kurze Zeit später an den blanken Hals geschmissen. Mein Gott … Nach unserem Kuss auf dem Gehweg hinter unserem Haus? Ist er *danach* zu ihr gegangen? Hatte er *danach* noch seinen Schwanz in ihr drin?

Ich sitze wie erstarrt, unfähig mich zu bewegen. Ich will nicht glauben, was ich denke. Irgendjemand greift nach meinem Arm. Es ist Clive.

Er ist nett.

Ich sehe zu ihm auf. Hellbraune Augen betrachten

mich besorgt. Sein blondes, hübsches Haar fällt ihm locker in die Stirn. Mein Vater sitzt am Tischende neben ihm, sein Hals noch immer dick, vor Wut gerötet. Meine Mutter redet ihm gut zu.

Mein Gott! Was habe ich mir nur gedacht?! Ein unechtes Lächeln schiebt sich auf meine Lippen, ehe ich den Händedruck von Clive erwidere. »Alles gut«, lüge ich tapfer.

Und innerlich entscheide ich mich für die bessere Partie.

37
LIAM

Mein verfluchter Wecker klingelte viel zu früh. Ich wachte auf und fragte mich sofort drei Dinge:

Wieso war ich dermaßen dumm, so viel zu saufen?

Wieso hat Stella nicht bei mir in meinem Bett geschlafen?

Und was zur Hölle tat ich, Liam Harsen, eigentlich in Seattle auf einer Geschäftsreise?

Mir wären noch mehr Fragen eingefallen, aber ich erwartete für einen Moment, dass die ersten Antworten auf meinem Handy zu finden waren. Dann befürchtete ich, es sei kaputt. Oder dass es keinen Empfang so ›nah‹ an der kanadischen Grenze gab. Aber auch nach zehn Minuten und der Überprüfung des Netzes erhielt ich nicht eine einzige SMS von Stella.

Ich schrieb ihr.

Jede Nachricht ging ins Leere. Ich rief an. Nichts.

Ich fluchte in Harsen-Marnier und ärgerte mich halb zu Tode. Irgendetwas war und ich wusste nicht was genau.

Ich dachte, dass es mittlerweile an der Zeit war, auf alle Erste-Welt-Regeln zu scheißen und Mr. und Mrs. Green zu gestehen, dass ich ihre Tochter entjungfert habe, und zwar drei Wochen lang auf jede mögliche Art und Weise. Dann hätte ich vielleicht in aller Öffentlichkeit und vor allem vor Stellas Eltern das tun können, was ich immer noch tun will.

Mit ihr reden zum Beispiel!

Ich nahm es mir fest vor. Und dann kam nicht nur Clive mit seiner widerlichen Hand dazwischen. Sondern auch Carmen.

Ganz eindeutig habe ich nun extrem verschissen. Wer will mich. Mich.

Hund. Als Schwiegersohn. Niemand auf der ganzen Welt und schon gar nicht als Mann oder so etwas Abgefahrenes! Vorausgesetzt ich käme auf die Idee, mich binden zu wollen, was ich verfickt noch mal will, wenn es sein müsste! Aber das kann ich vergessen. Stella wird erfahren, dass ich Carmen ausgenutzt habe. Dass ich sozusagen noch in ihr steckte, als wir uns das erste Mal geküsst haben. All das wird sie sich jetzt denken können. Und wenn nicht, habe ich mich trotzdem zu Tode blamiert. Wer hätte auch wissen können, dass die ihre hauseigene Anwältin überall mit hinschleppen?

Den restlichen Tag versuche ich rumzukriegen, ohne durchzudrehen. Stella ist natürlich *nicht* erreichbar. Ihr Dad und Brookstone sind sicherlich Golf spielen mit den anderen CEO's.

Carmen habe ich in ihrem Zimmer abgeladen. Und nun? Ist da nur wieder die Mini-Bar. Oder der Fitnessraum. Ich bin ausnahmsweise vernünftig und entscheide mich für letzteren.

Aber auch Stunden später, ausgepowert und durchtrainiert, fällt mir noch immer das Zimmer auf den Kopf.

Erst gegen Abend erfahre ich, dass die Greens, der Brookstone und nur zwei weitere Auserwählte gemeinsam dinieren werden – ohne mich.

Ohne mich, ganz klar.

Nervös linse ich aufs Handy. Kein Anruf. Keine SMS. Keine Facebook-Nachricht. Keine E-Mail. Einfach überhaupt kein einziges Wort von ihr.

Zehnmal hintereinander rufe ich sie an.

Sie hat geheult.

Sie wird gleich mit einem Typen essen gehen, der vermutlich um ihre Hand anhalten will.

Sie weiß vielleicht nichts davon. Aber sie wird sich doch nicht …

Für ihn entscheiden?

Sie soll mir sagen, was abgeht!

Aber ich erfahre es nicht.

Ich ziehe mich um. Ich gehe noch einmal joggen. Bis meine Muskeln platzen. Ich komme wieder. Ich schalte die Glotze an, um mich abzulenken. Amie ist auch nicht erreichbar.

Ich dusche.

Als ich wieder ins Zimmer trete, leuchtet hinter dem Fenster Feuerwerk auf. Ein Teil von Seattles Skyline wird erhellt.

Dann leuchtet ebendieses Feuerwerk auch im Fernsehen auf.

Normalerweise hätte ich weggeschaltet. Ich war kurz davor.

Aber dann bilden die leuchtenden Buchstaben in der Luft fünf Wörter.

Und die Kameraperspektive wechselt zu Clive Brookstone.

38
LIAM

Es war ein Leichtes, einen der Kellner zu schmieren und mit ihm die Uniform zu tauschen. Alles, was ich nun tun muss, ist inkognito zu bleiben, und auf meine Chance zu warten.

Ich bediene die Tische unweit der Toilette. Das Lokal ist erstklassig, liegt halb unter freiem Himmel und ist groß genug, sodass ich nicht auffalle.

Ich bin ungeduldig. Ich rase. Als Stella endlich von ihrem Tisch aufsteht und alleine zur Toilette geht, muss ich mich stark bremsen, um sie nicht bereits davor abzufangen.

Stattdessen schnappe ich mir einen Stuhl, folge ihr unauffällig, öffne leise die Tür zur Damentoilette hinter ihr, versichere mich, dass niemand sonst da ist, und verkeile die Türklinke.

Sie erschrickt und fährt herum. »Liam!«

Sie trägt das Kleid von dem Abend, an dem wir uns kennengelernt haben. Rot zu blau zu blond zu atemberaubend.

Für einen Moment verschlägt es mir die Sprache.

Mir!

Mir, Himmel noch mal!

»Ich glaube, du erklärst mir jetzt einiges.« Ich mache ein paar Schritte auf sie zu. Fast ängstlich weicht sie zurück. »Der ganze Scheiß wurde im Regionalfernsehen übertragen. Ich habe dabei zusehen dürfen, wie Clive dir seinen Ring angesteckt hat! Ich habe das ›Will you marry me, Stella‹ im Himmel gesehen! Fuck verdammt! Stella! Erklär mir das sofort!«

Sie beißt sich auf die rot nachgemalte Lippe, ihre Augen füllen sich mit Tränen.

Meine Wut verpufft, ich weiß auch nicht wohin. Ich bin hilflos. Ich bin ein Lappen.

Ich habe mich verarschen lassen.

Von vorne.

Bis hinten.

Quer und einmal durch.

Und doch kann ich nicht anders, als ihre Hände zu nehmen, fest zuzudrücken und ihren Blick zu suchen. »Stel. Liebst du ihn?«

Sie zögert, doch dann nickt sie.

Sie nickt.

»Wie?!«

»Ich liebe ihn, Liam.«

Ich lasse sie sofort wieder los. Etwas bohrt sich in meinen Magen und hinterlässt dort ein tiefes Loch. Meine Hände zittern, als hätte man mir einen Stromschlag verpasst, mein Kopf wie leergefegt.

»Das hast du gerade nicht gesagt.«

»Doch«, sagt sie mit etwas festerer Stimme und nickt noch einmal.

»Aber heute Morgen noch …«

»Ich wusste nicht, dass er mir den Antrag heute stellen würde.«

»Was?« Mein Speichel bleibt mir weg. Ich sehe sie an. Suche in ihrem Blick nach der Lüge, die ich nicht finde. »Wie lange läuft das denn schon?«

Meine Stimme ist ein einziges Würgen. Gleich breche ich vielleicht. Eine Übelkeit entsteht an den Orten in meinem Körper, an denen ich noch etwas fühle.

»Wir sind … eigentlich schon eine ganze Weile verlobt.«

»Und was war das zwischen uns?«, muss ich fragen und mir wird bewusst, wie jämmerlich das klingt.

»Spaß?«, schlägt sie schüchtern vor, hebt sogar eine Braue.

»Bitte?!«

»Liam ich …«

»Sprich weiter«, befehle ich ruhig.

Sie faltet eine Hand in der anderen, um so den Klunker zu verbergen, den sie sich vor allen Augen angesteckt hat. Es hat bereits im Fernsehen unmöglich ausgesehen. Aber bis zuletzt habe ich geglaubt, dass sie vielleicht nur zu schüchtern war, Clive live einen Korb zu geben. Das hätte ich ihr zugestanden. Oder vielleicht habe ich mich an eine Hoffnung klammern wollen, die ich nicht verdiene.

»Ich gehe jetzt wieder raus«, sagt sie.

»Oh nein!« Ich umgreife ihr Handgelenk und packe fest zu. »Ich glaube dir nicht, Stella.«

»Achso?«, fragt sie und plötzlich kräuselt sich leichter Spott um ihre Lippen. »Dabei bist du es doch, der allen immer so gut etwas vormacht. Der Frauen dazu bringt, dass sie ihn bei sich wohnen lassen, und die glauben, er vögle sie, weil er sich in sie *verliebt* hat. Und Carmen war sicherlich nicht die Erste. Du benutzt Menschen und betrügst sie. Und das Schlimmste: Du findest das auch noch geil. Das ist der wahre Liam Harsen, der sich mit einer

Frau nach der nächsten vergnügt, ohne an Konsequenzen zu denken, ohne daran zu denken, wen er damit verletzen könnte. Du bist nichts weiter als ein Playboy. Und wirst es immer sein.« Sie entreißt sich meinem Griff.

»Was soll der Scheiß, Stella!«

»Ach, das nennst du Scheiß?« Sie funkelt mich blau an und geht an mir vorbei zur Tür.

»Das war ich vielleicht mal, ja, aber ich habe mich geändert?«

Stella bedenkt mich mit einem abschätzigen Blick. »Niemand ändert sich innerhalb von ein paar Wochen, Liam.«

Ich setze zum Sprechen an. Dann schlucke ich.

»Tut mir leid, dass du es auf diese Art erfahren musstest.«

Damit dreht sie sich um, schiebt den Stuhl zur Seite und verlässt den Raum.

Stille.

Katastrophe.

Panik.

Ich will ihr nicht folgen.

Ich will überhaupt niemals mehr dieses Damenklo verlassen.

Was hat sie gerade gesagt?

Und hat sie das wirklich gesagt?

Hat sie *mir* gerade mein verschissenes Herz gebrochen?

SIE MIR?

Ich sehe mich zitternd um. Ich könnte mich in einem der goldenen Waschbecken ertränken. Oder so viel Seife fressen, bis ich daran verrecke.

Die Tür schwingt wieder auf. Mein Herz macht diesen widerlichen, übelst peinlichen Hüpfer, aber es ist nicht

Stella, die mich nun schockiert anstarrt, sondern irgendeine alte Schnepfe.

Ich fliehe vor ihrer Handtasche, die groß und breit an ihrer Seite schwingt, und weiß doch überhaupt nicht, wie genau ich einen Fuß vor den anderen setzen kann.

39
LIAM

Den Sonntag habe ich frei.

Den Montag bin ich tot.

Die Hülle meines Selbst, also meine Leiche sozusagen, hockt vor einem der Rechner und erklärt den Millionären ihre eigene Software – oder so. Viel bekomme ich davon nicht mit. Draußen scheint die Sonne – glaube ich. Und der Meeting-Raum ist verglast. Es gibt kalte Getränke. Immer, wenn man mich etwas fragt, antwortet mein Mund, bewegen sich meine Lippen. Ich sehe stumm dabei zu. Ich schwebe in dieser Sphäre, kurz vorm Tunnel mit dem Licht. Vielleicht streitet Gott noch, ob er mich denn nun doch aufnimmt. Vielleicht nimmt man Menschen, die bereits auf der Erde bestraft wurden, in den Himmel –

Nicht witzig.

Eine ganze Weile, während die anderen reden und ich Clives ätzende Stimme ertragen muss – mich extrem zurückhalten muss, ihn nicht schnell und gründlich zu töten – male ich das Logo von MyTec Universe nach. Drei dicke Linien, eine Schlaufe. Immer wieder. Er hatte sie nicht. Noch nicht. Ganz sicher nicht. Ich weiß nicht, woher ich das meine zu wissen. Aber dieser eine Gedanke hält mich am Leben. Er hatte Stella noch nicht. Er darf sie niemals bekommen. Und wenn sie sich für ihn entschieden hat – Na ja, nun, dann ist die einzige Möglichkeit, das zu verhindern, eben sein Tod. Ist doch klar.

Drei fette, hässliche Linien, eine Schlaufe, Universe. Ich glaube, sie machen so etwas wie Pause. In dieser Pause … ich weiß nicht, warum ich es tue, aber ich greife nach meinem Telefon. Es ist Montag. Die Sonne scheint. Stella hat behauptet, sie liebt einen Wichser. Sie hat erkannt, dass ich mich niemals ändern werde. Vier Anrufe in Abwesenheit. Jacob.

Weil ich nichts Besseres zu tun habe und die Millionäre gerade ihren Kuchen futtern – *oder was auch immer!* – rufe ich halt mal zurück. Ausnahmsweise. Er ist ja der einzige Mensch auf dieser Welt, den ich habe, oder so.

»Liam!«, kreischt er mir ins Ohr. Zumindest hört es sich für meine Ohren so an. Da liegt so ein fetter Schleier drüber.

»Bruderherz«, sage ich voller Wehmut. So halb bin ich in meinem Körper angekommen. Der Rest steht noch neben mir. »Du hast mich angerufen.«

»Ist irgendetwas mit dir?«

»Nope.«

»Hör zu! Weißt du, was Samstagabend passiert ist?«

Samstagabend … Samstagabend. »Verrat es mir.«

»Es war im Fernsehen! Clive hat sich mit Stella Green verlobt.«

»Was?«

»Clive!«

»Was?«

»Du wirst dich doch noch an Clive erinnern?«

»Wa- … Und was stört dich daran«, frage ich tonlos. Ich bin wirklich zu benommen, um mich über die Absurdität dieses Gespräches zu wundern.

»Clive! Clive Brookstone. War mit mir im Jahrgang

und später lungerte er noch eine ganze Weile in meinem Dunstkreis herum. Er ist derjenige, der mich damals vor Gericht gebracht hat. Verdammt, Liam! Egal jetzt … Ich will nur wissen: Steckst du da drin? Was war das mit Carmen? Wieso –«

Ich starre auf den Werbeblock unter meiner Hand. Drei Striche, eine Schlaufe, MyTec Universe. »MyTec Universe«, wiederhole ich ohne Stimme.

»Genau!«, bestätigt Jacob. Dann lege ich auf.

MyTec Universe. Diese Firma kenne ich tatsächlich.

Nicht gut. Aber ich kenne sie.

»Bin ich hier fertig?«, frage ich einen der Typen, der mich vorhin besonders gierig ausgefragt hat, ob denn mit seiner dummen Software auch alles okay wäre. Er hält nicht viel von mir. Er weiß, dass er etwas Besseres ist.

»Ich denke schon«, sagt er kühl und rümpft die Nase. Im Gegensatz zu ihm trage ich halt nur einen Esprit-Anzug.

Ich verlasse das Meeting und gehe hinunter zurück Richtung Lobby.

Als ich um eine Ecke biege, sehe ich gerade, wie Clive in einen Raum verschwindet. Clive. Das ganze Übel meines Lebens? *Verdammt, Liam! Es war im Fernsehen! Clive hat sich mit Stella Green verlobt. Er ist derjenige, der mich damals vor Gericht gebracht hat.* Ich erinnere mich nicht an ihn. Ich kann mir nicht vorstellen, dass ich einen solchen Pisser gekannt haben soll. Wieso habe ich ihn nicht bei unserem ersten Treffen umgelegt? Jetzt ist es fast zu spät.

Fast.

Einem heftigen Impuls folgend, beschleunige ich meinen Schritt. Die Tür, hinter der Clive verschwunden ist, ist eine Männertoilette. Gut. Ich könnte sein schäbiges Lächeln in einer Kloschüssel ertränken. Ich könnte dafür sorgen, dass er das Pisswasser aus den Pissoirs trinken muss. Ich könnte –

Doch kaum stoße ich die Tür auf, versiegt jede Gewaltbereitschaft in mir. *Mein Gott. Ich wandere noch in den Knast wegen so eines Hurensohns. Geht's dir gut?*

Clive heult. Ja, er heult. Und er hat mich offenbar nicht gehört. Irgendwo bei den Toiletten hockt er und jammert vor sich hin.

»Was soll das jetzt, he? ... Ich habe keine Ahnung, wie ich das machen soll ... Ja, natürlich! ... Das Haus war die ganze Zeit über nicht bewohnt, ja ... Ich habe es heute Morgen für dich geklärt, reicht dir das nicht? ... Ich kann dir nicht noch mehr Geld zukommen lassen, wie stellst du dir das vor?«

Wenn ich es nicht mit meinen eigenen, verklärten Augen gesehen hätte, könnte ich kaum glauben, dass Clive dort spricht. Seine Stimme ist hoch und weinerlich. Ganz offenbar wird er von jemandem erpresst. Von wem? *Moment mal ...* Empfinde ich gerade Mitleid?!

»Hör zu ... Ja ... Meine Mutter ... Ja, meine Mutter. Was hältst du von einem Wagen? ... 100.000 Dollar mindestens ... Gut.« Er räuspert sich, aber seine Stimme kehrt trotzdem nicht zurück. »Meine Mutter gibt dir den Schlüssel. Du kannst ihn ja verkaufen ...«

Es klingt danach, als würde Clive auflegen. »Scheiße«, flucht er leise.

Und ich mache mich schleunigst davon, bevor er mich bemerkt und ich in meinem Zustand noch auf die Idee komme, ihn zu trösten. Was zur Hölle war das denn gerade? In welchem Müll steckt Stellas Verlobter?

Stellas Verlobter. Es ist ihr Ding. Es ist einfach ihr Ding und deswegen werde ich jetzt nach Hause fliegen und sie soll machen, was sie will. Was auch immer das sein wird, es ist mir egal. Es sollte mir egal werden.

In der Lobby angekommen, lächelt die Rezeptionistin mich bereits von weitem an.

Ich lächle nicht.

»Haben Sie die Zimmernummer 514 noch gefunden?«

»Die was?«

»Am Freitagabend«, zwinkert sie.

»Ja.«

»Gut. Wie kann ich helfen?«

Ich starre sie an. Hinter ihrem hübschen Kopf hängt ein riesiger Spiegel. Von dort aus starrt jemand zurück.

Ein Arschloch, das sich niemals ändern wird.

Ein Playboy, der nur eines will.

Der bestaussehendste Typ Seattles, der nur mit seinem Schwanz denkt.

»Wann haben Sie Mittagspause?«

»Hm?«, macht sie überrascht. Süß ist sie. Schwarze, hochgebundene Haare, junges, naives Gesicht. Ich schaue verstohlen auf ihr Namensschildchen. Lindsay. Gut Lindsay. Wie wär's mit uns. Kleine Ablenkung. Vielleicht schaffst du es ja, mich in meinen Körper zurückzuholen.

»In … einer halben Stunde«, sagt sie und tut plötzlich ganz verlegen.

»Alles klar.« Ich stoße mich von der Rezeption ab und gehe schwungvoll auf einen der Sessel zu. *Plötzlich wieder ganz ich selbst.* »Ich warte hier.«

Sie sieht mir nach und nickt hilflos, dann arbeitet sie für eine Weile weiter.

Ich versuche mich mit einer Zeitung abzulenken. Die Wörter bleiben kaum in meinem Kopf hängen. Als ich sie wieder zusammenfalte, passiert das Unmögliche.

Clive, dem sein Zusammenbruch nicht anzumerken ist, und Stella, die viel zu hübsch ist, kommen Arm in Arm die riesige Treppe in die Halle hinunter.

Er flüstert ihr auf halbem Weg mitten auf den Stufen

etwas zu und ihr fällt keine bessere Reaktion ein, als zu kichern.

Hell!

Ich bin im falschen Film gelandet. Ausgerechnet sie verarscht mich so ungemein hochgradig.

Ich springe auf, gehe zügig zur Rezeption zurück und lehne mich dann weit zu Lindsay vor.

Sie erschrickt, als sie mich sieht, da sie so vertieft in eine Reservierung ist.

»Ich habe es mir überlegt«, beschwöre ich sie auf meine leider unwiderstehliche Art. »Ich kann nicht mehr warten.«

Ihre Lippen formen das ›Oh‹.

Ich nicke mit meinem Kopf zu ihrer Kollegin. »Die zehn Minuten kann sie doch sicherlich übernehmen, nicht wahr?«

Ein zögernder Blick zu der Tussi in Uniform ganz links, dann ein schüchternes Kichern. »Na gut, okay.«

»Wunderbar.« Ich bleibe so vornübergebeugt stehen, bis sie den Hörer ablegt, die Rezeption verlässt und schlank, uniformiert und heiß auf mich neben mir steht.

»Liam?«

Ich drehe mich herum. Clive. Stella. Arm in fucking Arm.

»Clive«, grüße ich tonlos.

»Wir gehen kurz zum Lunch.« Er betrachtet Lindsay mit einem abfälligen Blick. »Und du hast wohl auch schon eine Begleitung gefunden.«

Stella an seiner Seite sieht stur woanders hin. Tut so, als würde sie mich nicht kennen. Tut so, als wäre der ganze Kram wahr, der sich vor meinen Augen abspielt.

»Scheint so«, sage ich nur, wende mich ab und ziehe Lindsay an der Hand mit. Bloß weg. Bloß ablenken. Bloß fi-

»Gibt es da nicht ein Verbot, das die Verbindung von Hotelgästen mit Personal angeht?«, ruft uns Clive hinterher und seine Stimme klingt wie immer: schnöselig und stockbehaftet.

Ich erstarre für einen kurzen Moment. Umdrehen, losstürmen, zu Brei schlagen. *Töten.* Aber der Teil in mir, der sich beherrschen kann, überlegt es sich anders: Ich ziehe Lindsay an mich, küsse sie gierig und hebe ohne mich umzudrehen die Faust.

Den Mittelfinger abgespreizt.

40
STELLA

ZWEI JAHRE ZUVOR

»Stel, vertrau mir, das wird einfach super! Das sind wirklich die besten Partys! Garantiert!«

»Ach, ich weiß nicht, Beth …« Kritisch begutachte ich die Miniröcke, die Beth aus ihrem Schrank hervorholt. Einer kürzer als der andere. »Was willst du denn da?«

»Na Typen kennenlernen!«, sagt sie ohne Umschweife und grinst mich an. »Was denn sonst, Stel?«

Spaß haben?, frage ich mich im Stillen, hebe dann aber einen ihrer Röcke an. Vielleicht sollte ich es einmal versuchen? Was könnte schon passieren? Dad wird mich gehen lassen, er wartet nur darauf, dass ich ihn darum bitte.

»Ach, komm, Süße.« Sie zwinkert und setzt sich zu mir auf die Bettkante. »Du musst doch auch mal ein bisschen abschalten oder? Die letzte Party war einfach der Brüller! Und da sind sooo viele heiße Typen, wirklich! Glaub mir doch.«

Heiße Typen, echot es in meinem Kopf.

Sie greift nach meiner Hand und sieht mir tief in die Augen. »Bitte, dann tu es wenigstens für mich, ja? Alleine hinzugehen ist doch auch total blöd. Dora hat abgesagt … Also bleiben nur du und ich.«

Sie lächelt mich so breit an, dass ich gar nicht anders kann, als zu nicken.

»Wunderbar!«, zwitschert sie, springt wieder auf und geht weiter ihre Outfits durch.

Ich streiche über den Stoff eines ihrer Tops. Es ist fast durchsichtig. Man kann darunter alles sehen. Warum zieht man es dann überhaupt an?

»Na komm schon, Stella!«, lacht Beth und betrachtet sich von jeder Seite im Spiegel. Ihre roten Locken schwingen bei der Bewegung mit. Durch das Spiegelbild lächelt sie mir zu. »Es schickt sich nicht, so mies gelaunt an einem Samstagabend auszusehen! Hörst du?«

Ich muss unwillkürlich lächeln.

»Ha! Was sehe ich da! Ein kleines Lächeln! Also Mrs. Green. Wir stecken Sie jetzt in den heißesten Fummel LA's und bringen die Party zum Glühen!«

Mit einem Wisch auf ihrem Smartphone schaltet sie die Musik an und beginnt, sich im Takt zu bewegen. Ich sehe ihr eine Weile dabei zu, aber dann überkommt auch mich die Lust aufs Tanzen. Einen Abend die Gedanken ausschalten! Spaß haben! Verrückt sein! Und wer weiß? Vielleicht lernt man ja tatsächlich jemanden kennen. Ich suche mir aus Beths Klamotten das Outfit heraus, das am meisten verbirgt, und ziehe meine Lippen mit einem roten Ton nach. Wir zwinkern uns im Spiegel an. Es kann losgehen!

»Siehst du, der Typ schaut die ganze Zeit schon zu dir rüber!«, flüstert Beth, als wir an der kleinen Bar stehen, hinter der ein Bartender unsere alkoholfreien Cocktails mischt. »Und der da hinten schaut dich auch an!«

»Quatsch«, sage ich sofort und sehe mich unangenehm

berührt nach den Männern um, zu denen Beth zeigt. Der eine ist groß und blond und ich glaube kurz, ihn von irgendwoher zu kennen. Der andere schaut wieder weg, bevor mein Blick ihn erreicht. Ich mag es nicht, so angegafft zu werden. Ach, überhaupt habe ich gar keine Lust auf dieses Spielchen. Flirten, mit Männern, die so tun, als ob sie nicht nur das Eine wollen, um dann enttäuscht festzustellen, dass ich nicht die Richtige bin. Ich bin zu schüchtern! So schüchtern, dass ich es niemals mit jemandem tun würde, der mich auf einer Party anquatscht. Der Blonde wird das schnell herausbekommen und mich nach einem kurzen Gespräch stehen lassen. Und darauf habe ich keine Lust!

»Oh, doch … Pass auf. Gleich kommt er her.« Beth dreht sich schnell wieder um und grinst vor sich hin. Sie hat recht. Der Blonde steht auf und kommt näher.

»Beth, ich will das nicht«, flüstere ich panisch. »Sag irgendetwas. Ich habe keine Lust ihn kennenzulernen. Sagst du das für mich, ja?«

»Nein, Süße«, sie zwinkert nur, greift nach dem Cocktail, den der Bartender gerade vor ihr abstellt, und verlässt ihren Platz an der Bar Richtung Wohnzimmer, kurz bevor mich dieser Blonde erreicht.

Hilfe! Das kann sie mir doch nicht antun!

»Na, gefällt dir die Party?«, fragt er und stellt sich dicht neben mich. Ich kann sein Aftershave riechen. Hastig nehme ich einen Schluck aus meinem Cocktail.

Ich möchte nicht mit ihm reden!

»Sag mal, kennen wir uns?«, fragt er weiter und lächelt mich breit und gutaussehend an. Er trägt ein elegantes, beigefarbenes Hemd, das zu seinen hellbraunen Augen passt. Ja! Er sieht gut aus, aber trotzdem … »Warte mal …« Sein Lächeln wird breiter. »Green, stimmt's?«

Ich nicke stumm. Gott, was bin ich schüchtern! Ich

merke, wie mir langsam die Röte ins Gesicht steigt. *Bloß weg.*

»Ich kenne deinen Vater. Wir haben vor kurzem einen Dreh mit ihm gehabt. In seinem Büro stand ein Foto von dir. Es ist mir sofort aufgefallen und ist mir nicht mehr aus dem Kopf gegangen.«

»Du arbeitest beim Film?«, frage ich und meine Stimme ist viel zu leise. Nervös falte ich meine Hände. *Small Talk! Das sollte ich beherrschen!*

»Beim Fernsehen, ja.« Er zwinkert. »Mein Vater möchte natürlich, dass ich sein Studio übernehme, aber seit diesem Interview mit deinem Dad … Du bist doch seine Tochter, oder nicht?«

»Ja.«

Sein Lächeln erreicht gigantische Ausmaße. Er schaut kurz in sein Glas, dann wieder zu mir auf. »Seit diesem Gespräch jedenfalls überlege ich ernsthaft, ob mich die Geschäftswelt reizen würde.«

»Mhm.« Ich lasse meinen Blick über die Gäste schweifen. Die riesige Dachterrasse ist gut gefüllt. Mir gefällt das Haus. Alles hier ist stil- und geschmackvoll. Nur ein paar Schritte weiter befindet sich der Whirlpool, in dem ein paar Leute sitzen. Dann gibt es noch die Bar, die großzügige Loungeecke und im Wohnzimmer legt ein DJ Musik auf. Plötzlich schreien ein paar Mädchen nur unweit entfernt von uns auf. Ein kleiner Pulk bildet sich, einige beginnen zu klatschen und plötzlich erkenne ich Beth unter ihnen und schließlich –

Mein Herz stockt.

Alles in mir zieht sich auf unangenehme Weise zusammen. Schock, pure Sehnsucht und furchtbares Verlangen wechseln sich mit einem drängenden Fluchtgefühl. *Oh mein Gott.*

Er.

»Ich glaube, ich habe mich noch gar nicht vorgestellt, was?«, fragt der Mann neben mir, hält mir seine Hand hin und zwingt mich so, ihn anzusehen. »Clive.«

Ich nicke kurz, dann muss ich wieder zu den kreischenden Frauen schauen.

»Ich wette, unser werter Gastgeber hat beim Poker gewonnen. Dann ist das immer so ein Theater.« Clives Stimme klingt eine Spur missbilligend.

»Der Gastgeber?«, hake ich nach.

»Liam Harsen. Der Millionär, der diese Partys hier schmeißt und sein Erbe verzockt, als hätte er es von Bäumen gepflückt.«

»Ach so.« Liam Harsen.

Liam.

Wie auf das stille Kommando meiner Gedanken hin taucht er über den anderen Köpfen auf. Er muss auf einen der Loungetische gestiegen sein. Er zieht eine Frau zu sich hoch, presst sie kurz in seinen Arm, drückt ihr einen Kuss auf die Schläfe, dann fasst er nach der nächsten und legt schließlich beide Arme um die Frauen an seiner Seite.

»Na, wer ist der Gewinner?«, ruft er strahlend und die Menge grölt. »Habe ich es euch gesagt, oder was? Mit mir spielt man nicht! Und wenn doch, verliert man!«

»Tse«, macht Clive leise.

Ich sollte mich wieder umdrehen. Ich sollte mich wieder Clive zuwenden und mit ihm über meinen Vater sprechen. Er ist ein netter Typ. Jemand, der an die Zukunft denkt, jemand, der anständig ist. Wohlhabend, gut und anständig.

Aber nicht verboten.

Mir stellt sich eine Gänsehaut auf. Einfach nur, weil Liam dort hinten steht, mit seinen Gästen spricht und *da* ist … Das stellt etwas mit mir an, das ich eigentlich nicht wahr haben will und doch nie zufriedenstellend verdrängen konnte.

Als Beth von heißen Typen sprach, kann sie nur Liam gemeint haben. Liam ist … Sex pur. Alles an ihm ist Feuer, an dem man sich verbrennen wird. Sein Oberkörper ist perfekt trainiert, sodass mich der pure Anblick zurückwirft, mein Herz schneller schlagen lässt.

Oh, bitte, bitte, bitte, können sich diese Arme um meinen Körper legen? Ich möchte ihn spüren! Ich möchte alles von ihm an mir spüren, ich möchte, dass er mich will.

Nur mich.

Nur mich und das für immer.

Meine Phantasien, die ich so oft hatte, sind plötzlich alle wieder da.

Ich habe es mir viel zu häufig ausgemalt, wie er …

Hunderte Male … Und jetzt steht er plötzlich dort. Und ich weiß nicht, was ich tun soll.

Ich bin nur eine von vielen.

Diese Erkenntnis trifft mich so hart, dass ich kurz nach Luft schnappe. Er kennt mich nicht, und wenn, würde er nur das Eine von mir wollen. Und das sehr kurz. Aber wäre es mir das wert? Wenigstens für ein paar Stunden seine Nähe? Ihn?

Ein paar Stunden sind vielleicht besser als keine? Einmal ist besser als niemals?

»Du hast mir deinen Namen noch nicht verraten«, erinnert mich Clive und zerrt mich zurück in die Realität.

Peinlicherweise stelle ich fest, dass ich beinahe vor Lust zergehe. Das ist doch verrückt! Was mache ich mir eigentlich vor?

»Ehem«, stottere ich. Meine Gedanken kreisen. Alles schmerzt und zieht gleichzeitig in mir. Ich bin mit einem Schlag wieder verknallt, als wäre ich das immer gewesen.

Wie ist das möglich? Ich kenne ihn doch kaum! »Stella«, sage ich und versuche zu lächeln.

»Das ist ein schöner Name«, sagt Clive. Er ist freundlich! Er ist eine tolle Partie und nichts an seinem Auftreten deutet darauf hin, dass er seine Worte nicht ernst meint. »Aber ich sehe schon, dass mir deine Aufmerksamkeit nicht vergönnt ist. Also … ich muss noch ein Gespräch führen. Entschuldigst du mich?«

Ich beiße mir auf die Lippe. Wie unhöflich! Das schlechte Gewissen verdrängt den Sturm, den Liam in mir ausgelöst hat.

»Darf ich mitkommen?«, frage ich. Ablenkung tut mir sicherlich gut!

Er hebt überrascht die Brauen. »Wenn du das willst …«

»Ja.« Ich nicke etwas zu überschwänglich.

»Also gut«, sagt Clive und hält mir den Arm hin. Ich hake mich ein. Als wir über die Terrasse Richtung Haus gehen, sehe ich in den Augenwinkeln wie Liam eine Frau küsst. Noch immer auf dem Couchtisch stehend, noch immer so, dass ihm jeder dabei zusehen kann, und zusätzlich auf eine Art, die eigentlich schon über jedes Küssen hinausgeht. Ich sollte mich seit der High School an diesen Anblick gewöhnt haben. Es ist ja nicht so, dass ich mich wirklich für ihn *aufgespart* hätte. Aber das, was er in mir erzeugt, ist purer Wahnsinn. Immer noch und immer wieder? All die Dates, die ich hatte, all die Küsse mit gut aussehenden Kerlen, und nur er muss vor mir auftauchen und ich will sie alle vergessen? Bisher konnte ich mich nicht dazu überwinden, jemanden an mich heranzulassen, der mich nicht so interessiert wie er. Verrückt?

»Jacob!«, ruft Clive plötzlich und reißt mich ein weiteres Mal aus meinen Gedanken. »Darf ich dir Stella Green vorstellen?«

Ich versuche auszumachen, wer von den drei Männern, die am Küchentisch sitzen und sich über einen Laptop gebeugt unterhalten, Jacob ist. Alle drei sehen gleichzeitig zu uns, aber nur Jacob schiebt seinen Stuhl zurück und steht auf. Er ist schlank und groß. Seine Wangen etwas eingefallen, seine Augen wechseln hektisch zwischen Clive und mir hin und her. Seine Haltung wirkt wie getrieben, als würde ihn eine ständige Unruhe beherrschen, geradezu eine Angst vor einem Feind, den nur er kennt.

»Clive«, sagt er und es klingt nicht unbedingt glücklich. Dann betrachtet er mich. Für einen Moment scheint sein Blick durch mich hindurchzugehen. »Hallo«, sagt er nur.

»Das ist Stella«, wiederholt Clive. Ich lasse seinen Arm los. »Stella Green.«

»Tatsache«, sagt Jacob. Er sieht sich zu seinen Freunden um. »Ich komme gleich wieder.« An Clive gewandt fragt er: »Du willst mit mir sprechen, nehme ich an?«

»Ja.«

»Unter vier Augen?«

»Wenn es dich nicht stört, unter sechs.« Clive zwinkert mir zu.

Jacobs Haltung spannt sich weiter an. »Wie du meinst«, sagt er und zeigt auf ein leeres Sofa ein paar Schritte entfernt. »Du willst mit mir über den Film reden, habe ich recht.«

»Richtig.«

Wir setzen uns.

»Und mit deinem Plan vor deiner Freundin angeben.« Kurz huscht ein wissendes Lächeln über sein Gesicht und auch er zwinkert mir zu. Auf eine Art, die mir Angst einjagt. *Worum geht es hier?*

Ertappt fährt Clive zusammen.

»Aaaha«, macht Jacob schief grinsend. »Das ist also der Plan. Es geht dir dabei nur um dein Ego. Die Kinder, die den Mist auseinander löten müssen und reihenweise vergiftet werden, sind dir egal.«

»Ich will nur …«

»Die Welt retten. Ich weiß.« Jacob grinst noch immer und holt aus seiner Hemdtasche eine schmale Metalldose hervor. Mit flinken Fingern klappt er sie auf und steckt sich eine Zigarette zwischen die Lippen.

»Ich bitte dich, Jake …«, sagt Clive tadelnd, doch Jacob zündet die Zigarette trotzdem an. Der Rauch riecht merkwürdig süßlich. »Also gut … Hörst du mir nun zu?«

»Ich mache alles, was du willst, Clive«, sagt Jacob und ascht in eine Blumenvase, die auf dem Tisch steht, ab. »Ich finde deine Idee auch enorm Spitze. Anstatt das Ganze an die große Glocke zu hängen, erpressen wir Universe einfach. Wir könnten dafür sorgen, dass sie wirklich etwas ändern, verstehe. Diese Idee könnte von mir stammen. Aber warum hast du das Mädchen dazu geholt? Glaubst du, du kriegst mich so dazu, dir nicht zu sagen, dass ich dir einen Scheiß vertraue? Ich vertraue dir nicht, hörst du. Da kannst du mir noch so viele Filmchen bringen.«

»Ich –« Doch Clive stockt und schaut beunruhigt zu mir herüber. Ich versuche, unbeteiligt auszusehen – was ich bin. Gerade öffnet sich der Pulk draußen und einige von dort strömen herein in das offene, gigantische Wohnzimmer. »Ich glaube nur, dass dies *unsere* Gelegenheit wäre, den Laden aufzumischen, Jake. Du weißt selbst, dass Enthüllungsjournalismus nicht immer so effizient ist, wie man es gerne hätte …«

Ich höre ihnen nicht weiter zu.

Liam kommt mit einer Frau in seinem Arm herein. Er

hält mitten im Gehen inne, zieht sie an sich und küsst sie wieder. Ich weiß nicht, ob es die von vorhin ist. Auf jeden Fall ist sie sehr hübsch. Sie trägt nur einen Bikini, ihre Haare sind vom Whirlpool noch feucht. Ich seufze auf, doch niemand scheint es zu bemerken. Sicherlich bin ich nicht die Einzige, die Liam wie ein verliebter Teenie anschmachtet.

Das ist doch verrückt! Ich versuche, wegzusehen. Versuche mich abzulenken. In der Nähe auf dem Hocker, der zu einem breiten Sessel gehört, liegen Sportzeitschriften. Sie sind das Einzige in dem Raum, das an eine gewisse Persönlichkeit erinnert. Alles andere sieht aus wie aus einem stilvollen Katalog.

»Kiffst du schon wieder hier drinnen, Jake?«

Ich zucke zusammen. Liam. Er steht plötzlich direkt neben uns und schaut Jacob an. Die Frau an seiner Seite klebt in seinem Arm, als sei sie dort festgetackert – nein! Wie gerne würde ich mit ihr tauschen!

Ich sehe zu Liam auf, doch der hat nur Augen für Jacob, der ungerührt weiterraucht.

Clive neben mir ist still geworden.

»Kleiner Bruder«, sagt Jacob und ascht noch einmal ab. »Der Geruch von Marihuana verzieht besser, als du glaubst.«

»Das ist mir scheißegal, wann der Rauch verzieht, er stinkt *jetzt.*«

»Ach, lass ihn doch …«, säuselt die Frau neben ihm.

Liam flüstert ihr kurz etwas ins Ohr. Seine Lippen sind ihrem Ohrläppchen so nahe. Sein Atem streicht über ihre Haut … *ihre* Haut. Hilfe! Ich bin nicht nur neidisch, ich sterbe vor Eifersucht. Auf einen Mann, den ich nicht einmal kenne! Die Frau kichert. Sie hat gewellte, dunkelbraune Haare, ist schlank und groß und hat ihre Augen kräftig nachgemalt.

»Also, Jake«, sagt Liam nun wieder lauter. »Mach sofort den Scheiß aus oder verpiss dich nach draußen.«

Clive steht auf. »Okay, komm Jake, gehen wir einfach …«

»Ach und wer zur Hölle bist du?«, fragt Liam Clive.

»Ich?«

»Redest mit meinem Bruder, als wärest du sein verfickter Dad.«

»Erkennst du mich denn nicht?«, fragt Clive verblüfft.

Liams Blick wandert an Clives Körper hinunter. »Sollte ich solche Leute wie dich kennen?«

Auch wenn sein Gesichtsausdruck abfällig ist, seine Züge rufen dennoch ein unfassbares Feuer in mir hervor. Ich muss mich leicht vorbeugen, um hinter Clive verstohlen hervorschauen zu können. Ich *muss* ihn ansehen! Liams Gesicht wird meine nächsten Träume begleiten – und ich weiß nicht einmal wieso! Nicht wirklich jedenfalls … Seine dunklen Augen werden von diesen perfekten Augenbrauen gerahmt, die er jetzt etwas anhebt, bevor er breit feixt. Sein Lächeln wirft mich um. Man möchte für immer von ihm angelächelt werden! Ich will für immer von ihm angelächelt werden!

Er soll mich anlächeln … Er soll mich ansehen, mit mir reden, er soll lächeln, die ganze Zeit, und dann soll er sich langsam mit seinen schönen, perfekten Lippen vorbeugen und mich …

»Alles klar, macht einfach, was ihr wollt«, sagt er und ich bin mir sicher, dass ich Clives Erwiderung zuvor überhört habe.

Liam geht mit seiner Freundin und noch ein paar anderen weiter in Richtung Küche. Er hat mich nicht angesehen. Er weiß nicht, dass es mich gibt.

Und wahrscheinlich wird er es niemals erfahren.

Denn selbst, wenn er mich für einen Moment mitnehmen würde, wie die Brünette an seiner Seite, so hätte er mich nach ein paar Stunden wieder vergessen.

Ich beobachte noch, wie er seine Eroberung in einen Raum zieht, der vom Wohnzimmer abgeht, dann verschwindet er dahinter, und ich ahne, was er jetzt tun wird. Was er jetzt *mit ihr* tun wird. Mit ihr und nicht mit mir und für den restlichen Abend kann ich mir nicht helfen und lasse meine Gedanken einzig und allein darum kreisen, wie es wohl wäre, wenn ich diejenige wäre, die Liam dort hinten in den Raum gefolgt ist, wenn ich diejenige wäre, die Liam gerade auszieht, berührt, küsst und … liebt.

Ich will nichts anderes sein.

41
LIAM

Alles auf Anfang.

Ich bin meinen Job los.

Ich bin das Mädchen los.

Ich habe kein Geld.

Ich werde niemals welches haben. Das Einzige, das mir geblieben ist, ist mein Schwanz, den noch immer alle wollen. Ich greife ans Ende meines T-Shirts und ziehe es hoch. Lindsay sieht mir mit Hundebabyaugen dabei zu. *Wow*, machen ihre Lippen, als sie meinen Körper betrachtet. Sie rutscht zur Bettkante und ich stelle mich vor sie.

Den Rest kann sehr gerne sie erledigen.

Sie streichelt voller Erstaunen über meinen Sixpack, dann fasst sie gierig an meinen Gürtel und reißt ihn auf. Ich sehe ihr dabei zu, so, wie ich bereits hunderten Frauen dabei zugesehen habe. Ich muss mich heute auf die Mechanik verlassen, denn von alleine stellt sich da nichts auf.

Trotzdem zwinge ich mich, Lindsays kleinen Mund zu genießen und ihn einfach zu ficken, wie sonst auch. Wie die 10 Jahre meines Lebens, in denen ich keine Stella kannte. Meine noch immer nicht ganz pralle Spitze verschwindet gerade zum dritten Mal zwischen Lindsays Lippen, da klingelt das Telefon im Hotelzimmer.

Die Rezeption? Oder schlimmer noch Green, der mich zurückordern will, um noch mehr über meine Sacharbeiter-Position zu labern.

Genervt greife ich rüber zum Hörer. Ich kann ihn fassen, ohne dass Lindsay aufhören muss. Gut sieht es ja aus. Ihr Mund, ihre freigelegten Titten, ihre Lippen, die sich über meinen Schaft schieben. Die Rezeptionistin und der Hotelgast. Sie, die mir nicht widerstehen kann und ihren Job nur meinetwegen riskiert.

»Ja«, sage ich gelangweilt ins Telefon. Was immer Green oder Clive oder die Welt von mir will: Sie wird warten müssen, bis ich Lindsay gevögelt habe.

»Schlaf nicht mit ihr.«

»Was?« Ich glaube nicht, wer da anruft. »Stella?«

»Ja, bitte. Bitte, schlaf nicht mit ihr, Okay? Wir … ich …«

Für eine Sekunde bin ich sprachlos. Lindsay beginnt zu stöhnen. Mein Schwanz ist jetzt groß und prall und verschwindet der halben Länge nach in ihrem Mund. Verzückt schließt sie die Augen, gierig leckt sie über meine Eichel.

»Können wir noch einmal reden?«, fragt Stella am anderen Ende der Leitung.

»Worüber.«

»Ich kann jetzt gerade nicht … in vier Stunden? Vor dem Abendessen? Bitte! Ich komme zu dir ins Zimmer, ja?«

Ich weiß überhaupt nicht, was ich erwidern soll. Und schon wieder ist sie mir entkommen.

Meine Kontrolle.

»Du kannst mich mal, Stel. Wehe, du bist nachher nicht hier!« Damit lege ich auf.

Für eine kurze Weile lasse ich meinen Schwanz weiter massieren und lausche den bekannten Geräuschen, die so ein Blowjob eben verursacht. Das Seufzen, das Schmatzen, das Stöhnen.

Ich soll also – nachdem ich fast zwei Tage gewartet und peinlich vor mich hin gelitten habe, noch einmal ganze vier Stunden damit zubringen, in meinem Zimmer im Karree zu laufen. Ich soll also auf einen Aufmunterungsfick verzichten für eine, die sich mit jemandem wie Clive Brookstone verlobt und mich belügt.

Das soll ich also tun.

Und werde ich das auch?

42
LIAM

Fünf Minuten zu früh klopft es an meiner Tür. Ich steige gerade aus der Dusche. Mein Scheißherz klopft. Verficktes Scheißherz! Es macht sich verdammte Hoffnungen! Es macht sich Hoffnungen, es will, dass Stella mit der besten Erklärung des Jahrtausends um die Ecke kommt, es will Feuerwerk, es will, dass es meine Hand ist, die ihr einen verfickten Ring überzieht – Mir ist schon klar, warum so ein nerviges Ding wie das Herz normalerweise nur für den Blutkreislauf gut ist. Für nichts anderes ist es gut!

Ich ziehe mir hastig eine Shorts an und stürme zur Tür.

Ich will jetzt, dass nie etwas geschehen ist.

Ich drücke die Klinke. Ich atme ein.

Die Tür schwingt auf und sie steht tatsächlich da. Ich atme wieder aus. Wenigstens steht sie wirklich da.

»Darf ich reinkommen?«, fragt sie schüchtern und schielt beunruhigt zu beiden Seiten des Flurs.

»Darf dich keiner sehen, oder was«, frage ich barsch und trete zur Seite.

»Hm …«, macht sie nur, dann steht sie vor mir.

Die Tür in meinem Rücken schließe ich.

Sie beginnt unwillkürlich zu zittern, ein richtiger Schüttelfrost ergreift sie. Dabei trägt sie ein langärmliges Sweatshirt zu normaler Jeans. Ihre langen, blonden Haare fallen ihr auf die Schultern. Wieder zu schön. Wieder zu perfekt. Wieder zu nah.

»Was willst du jetzt hier?«

»Hast du mit ihr geschlafen?«, fragt sie fast panisch. Sie sucht das Bett mit ihren Augen nach Spuren ab.

»Und wenn schon.« Ich hebe die Schultern. »Fickt dich dein Verlobter nicht, oder was?«

»Wir ha-aben ...« Sie beendet den Satz nicht, schüttelt nur den Kopf. Wie ein zartes, verletzliches Reh steht sie vor mir, und ich würde sie gerne anschreien. Sie anschreien oder irgendjemanden sonst anschreien, auf dass er mir die Welt erklärt! Wie passt Samstagabend mit dem hier zusammen? Wieso sagt sie erst diese ultraschrägen Dinge, verpasst mir die Abfuhr meines Lebens und kommt nun zu mir heulen? *Versteh einer diese verfickten Weiber!*

»Willst du mir in diesem Leben noch erklären, was das alles soll?«

Sie schweigt. Noch immer stehen wir im Eingang meines kleinen Hotelzimmers. Hinter mir brummt die Lüftung des Bads. Sie ist das einzige Geräusch in der beklemmenden Stille.

Plötzlich macht Stella einen Schritt auf mich zu. Ihre Hände legt sie auf meine nackte Brust, ihren Körper schiebt sie gegen meinen. Flehend schaut sie zu mir hoch.

»Was zur Hölle ist los mit dir.«

Sie gleitet wortlos mit ihren Händen höher, in meinen Nacken, drückt meinen Kopf leicht zu sich hinunter. Mit ihrer Mitte presst sie sich fast sehnsüchtig gegen meinen Schwanz.

»Du willst mich jetzt echt ficken?«, stelle ich halbwegs überrascht fest, halbwegs vollkommen durchschossen.

»Ja«, sagt sie einfach. Sie drückt meinen Kopf noch tiefer zu sich und ich schaffe es nicht ganz, mich gegen diese Aufforderung zu wehren.

»Einfach so«, rate ich.

»Ja, bitte.«

»Ich soll noch vor deiner verschissenen Hochzeit mit Mr. Stock-Im-Hirn deine Affäre werden?«

Sie reißt die Augen auf, dann kichert sie kurz. »Mr. Wer?«

»Dein Lachen ist jetzt nicht angebracht«, erinnere ich sie. Mein Atem beginnt schwerer zu werden. Fuck. Sie. Ist. So. Nah. Und ich wäre beinahe nach Hause geflogen.

Stella wird wieder ernst. »Erinnerst du dich noch an die Party vor zwei Jahren?«

»Wie bitte?«

»Vor zwei Jahren …«

»Babe, vor zwei Jahren habe ich jeden Tag eine Party geschmissen. Warum?«

»Weil …« Sie beginnt mit einem Finger meine Schlüsselbeine nachzuziehen. Meine Hände behalte ich, wo sie sind: an meinen Seiten. »Ich war da, weißt du …«

»Echt?« Auf einer meiner Partys? Ach was.

»Jaa … Aber du hast mich gar nicht wahrgenommen.«

Ich schlucke. Ist das jetzt der Grund? Soll das der Grund sein, weshalb sie einen wie Clive mir vorzieht? Weil ich sie nicht von Anfang an *wahr*genommen habe? Weil ich vor zwei Jahren wie der allerletzte Blindfisch mit den falschen Girls im Arm an ihr vorbeigezogen bin?

»Ich nehme dich aber verdammt noch mal jetzt wahr, Stel.«

»Ja-a …« Ihre Stimme bebt. Alles an ihr bebt. Und endlich beuge ich mich das letzte Stück zu ihr hinunter und küsse sie.

Vergessen.

Nur sie. Nur sie, ihr Geschmack, ihre Lippen, ihre Zunge, ihre Haut, ihr Atem. Kraftvoll schließe ich sie so fest in meine Arme, dass sie kurz den Boden unter den Füßen verliert. Zwei Tage habe ich glauben müssen, sie nie wieder spüren zu dürfen. Zwei Tage Horror, Folter und absolute Qual. Aber jetzt ist es vorbei.

»Fuck, ich weiß nicht, ob wir es bis zum Bett schaffen«, stöhne ich und reiße ihren Pullover hoch. Immer wieder finden unsere Münder zueinander, während wir erst sie, dann mich ausziehen, bis wir schließlich nackt zu Boden sinken und sie über den Teppich in Richtung des Einbaukleiderschrankes rutscht. Ich drücke sie dagegen, während ich meine Spitze durch ihre Spalte gleiten lasse, hoch, runter, bis ich sie vor Stellas feucht glänzender Öffnung positioniere und darin eintauche. Tief.

Furchtbar tief in sie hinein. Ich stütze mich mit einer Hand am Holz in ihrem Rücken ab, mit der anderen umfasse ich ihre Hüfte, um weiter in sie einzudringen. Wir schauen uns in die Augen. Das ist das Geilste an diesem verfickten Sex mit Stella. Diese Augen. Diese Blicke. Dieses sich ineinander Verlieren. Sanft sind meine Stöße. Langsam wird mein Spiel. Ich habe die Nächte wach gelegen und nur an sie gedacht. Dass wir es jetzt hier tun, scheint mir wie ein Traum. Noch langsamer werden meine Bewegungen. Jeden Millimeter, den ich hineingleite, wieder herausgleite, muss ich auskosten, jede Sekunde, in der ich sie ausfüllen darf, auch.

»Komm, setz dich auf mich«, bitte ich ruhig, lehne mich nach hinten und ziehe sie am Arm mit. Jetzt liege ich auf dem Teppich, ihre Hüfte in meinen Händen. Ihre Klit an meinem Bauch. Aber anstatt sich auf mir zu bewegen, wirft sie sich nach vorne auf meinen Oberkörper und schmiegt sich eng an mich. Mein Schwanz pocht in ihrem Gang und es fühlt sich unbeschreiblich gut an, einfach so in ihr zu sein. Einfach so in ihr, bei ihr, mit ihr zusammen.

Für eine Weile lauschen wir unserem Atem. Ich beginne, sie zu streicheln. Über ihren Rücken, an ihrer Taille entlang, die Oberarme hinunter, ihren Nacken. Lange verharre ich an ihrem Po, knete ihn ewig durch, massiere ihre Hälften. Immer wieder pulsiert mein Schwanz gegen ihre Innenwände, richtet sich dort drinnen auf, sehnt sich nach mehr und ist doch ganz zufrieden mit dem, was wir gerade tun. Mit der Pause, die wir uns gönnen. Mit dem Beisammensein, bevor es wieder kompliziert wird.

Aber muss es das? Muss es kompliziert werden?

Ich suche ihre Hand, nehme sie zwischen Daumen und Zeigefinger und halte sie vor mein Gesicht. Stellas Kopf ruht auf meiner Schulter. An ihrem Ringfinger steckt der Klunker. Wir betrachten ihn eine Weile.

Dann ziehe ich ihn mit einer zügigen Bewegung ab.

»Gib ihn zurück.«

»Was?«, fragt sie.

»Gib ihn zurück. Du gehörst nicht zu ihm.«

»Woher willst du das wissen?«

»Das weiß ich nicht, das bestimme ich. Ich will dich für mich. Für immer.«

Sie richtet sich etwas auf und sieht mir in die Augen.

»Was heißt das, für immer?«, fragt Stella.

Ich nehme meine Hand und streichle ihr damit durch das blonde Haar.

»Das weiß ich nicht genau«, gebe ich zu. »Aber ich glaube, für immer ist eine verdammt lange Zeit. Und ich will eine verdammt lange Zeit nur mit dir und mit niemandem sonst zusammen sein.«

Meine Hand wandert vor zu ihrem Gesicht, berührt

ihre Wange. Mit einem Daumen fahre ich erst an ihrem Kiefer entlang, streichle dann über ihre Lippen. Jedes Detail ihres Körpers fühlt sich unvergesslich an. Jeder Bereich ihrer Haut ist perfekt.

Ich halte mit meiner Hand inne und versinke noch tiefer in ihrem Blick.

»Stella«, flüstere ich.

»Liam«, haucht sie.

»Möchtest du mich heiraten?«

TEIL V

Mein neues Leben besteht aus Scheiße. Zum ersten Mal überhaupt spüre ich am eigenen Leib, was es bedeutet, zu arbeiten. Neun Stunden am Stück. Für einen Hungerlohn. Das halte ich genau vier Tage aus. Dann schlafe ich mit der Barista-Queen, die mich dafür bei sich zu Hause wohnen lässt, während sie weiter bei Starbucks buckelt. Mein neuer Plan: Hochficken. Funktioniert einwandfrei, wenn man nicht zu viel dabei nachdenkt. Ich taste mich langsam heran. Erst die Jüngeren, dann die Hübscheren, dann die Älteren, dann die Reicheren. Nach wenigen Monaten bin ich wieder ganz oben in der Evolutionskette angekommen und sehe darin kein Problem.

Ein Problem sind natürlich die Frauen, die erwarten, dass ich ihnen treu bin. Aber what the fuck, da glauben die doch nicht wirklich dran?! Ich ziehe jedes Girl mit einem Blick aus und bringe sie ohne ein weiteres Wort, ohne das Klären der Tatsache, ohne den Austausch der Namen dazu, mir einen zu blasen. Niemand kann erwarten, dass ich auch nur einer von ihnen treu bleibe.

Das nenne ich süßes Leben.

Genauso wie früher.

Nur, dass mich mein Bruder verraten und hintergangen hat und abgehauen ist, in ein Land, in das ich ihm nicht folgen werde.

Bis auf diesen jämmerlichen Umstand ist alles perfekt.

Rede ich mir ein.

43
LIAM

Es gibt dreckigen, harten, wilden Sex.

Und es gibt das hier.

Den Sinn füreinander.

Den Sinn für sie, den ich niemals zu verlieren gedenke.

»Halt mich fester«, flüstert Stella, obwohl ich bereits mit all meinem Gewicht auf ihr liege, sie beinahe erdrücke. »Ich will nicht wissen, wo du aufhörst und wo ich beginne.«

»Es gibt keinen Anfang und kein Ende zwischen uns«, hauche ich in ihr Ohr und bringe sie damit zum Erschaudern. *Fuck, ich bin so derbe kitschig, dass sie eigentlich davonlaufen müsste!*

Aber sie seufzt nur und ich verliere mich ganz in diesem süßen Geräusch. Wieder küsse ich sie. Immer wieder und wieder und wieder, während ich mich ruhig, langsam und zärtlich in ihr bewege. Ich bin einerseits derbe geil auf Sex, andererseits will ich mich einzig und allein auf dieses Gefühl konzentrieren, das ihre unglaubliche Nähe in mir auslöst. Dieses Gefühl, das sich in mir ausbreitet wie warme Lava, wie etwas, das mir den klaren Verstand raubt, das mein Herz schneller pumpen lässt, meinen Atem beschleunigt. Während mein Schwanz also gierig in ihrer Enge pocht und nur darauf wartet, endlich loszulegen, könnte ich eigentlich bereits abspritzen vor Glück.

Stellas Finger streicheln zärtlich über meinen Rücken und über meine Oberarme.

»Ich liebe deinen schönen Körper«, sagt sie sanft, während ich ihren Hals küsse und ihren Duft einatme. »Außerdem macht er mich so sehr an.« Sie atmet tief ein. »Sobald ich dich sehe, könnte ich …«

Ich halte inne und muss lächeln. »Ja, was, Miss Green. Was genau tue ich mit Ihnen?«

»Ich könnte zerlaufen.«

Ich lache und richte mich leicht auf.

Ihre Augen blicken schüchtern zu mir hoch. Ich kenne sie gar nicht so schüchtern. »Bist du sauer auf mich?«

»Sollte ich?«

Sie beißt sich auf die Unterlippe. *Fuck, heiß*! Ich weiß nicht, wie genau sie das schafft, aber den Spagat zwischen dem heißen, sexverrückten Luder und der unschuldigen Jungfrau bekommt sie gut hin. Ich beuge mich vor und nehme ihre Lippe selbst zwischen die Zähne. Wir vergessen uns in dem Kuss, in diesem sanften Austausch unserer Zungen.

Irgendwann haucht sie: »Ein letztes Mal.«

Wieder muss ich Abstand nehmen. »Ein letztes Mal was«, frage ich dümmlich.

Ihre Augen funkeln vor Lust. Aber was meint sie mit *ein letztes Mal?*

»Ein letztes Mal das hier«, sagt sie so leise, dass ich es kaum verstehe.

»Was hier?« Ich richte mich weiter auf. Meine rechte Hand liegt unter ihrem Rücken, die andere in ihrem Nacken. Alles fühlt sich gut an. Alles ist perfekt. Nichts davon will ich ein *letztes Mal* tun. Es soll erst der Anfang einer verdammten Ewigkeit sein!

»Du und ich«, sagt Stella. Ihre Lippen beginnen, zu zittern.

»Ein letztes Mal du und ich?«, setze ich den Satz zusammen und werde mir erst, nachdem die Wörter meinen Mund verlassen, darüber bewusst, was sie bedeuten. »Scheiße!«, entweicht es mir. »Dein Ernst jetzt?«

Für ein paar Sekunden reagiert sie nicht. Da ist nur ihr Gesicht, die geschwungene Form ihrer Augenbrauen, das tiefe Blau ihrer verlangenden Pupillen und die leichte Stupsnase über dem saftig roten, perfekt geformten Mund. Meine Stella. Meine Göttin. Meins.

Meins verdammt!

Dann nickt sie. Ihr Kinn senkt sich leicht in Richtung ihres Halses, ihre Lippen öffnen sich. Erst entweicht kein Ton, dann aber wiederholt sie: »Ein letztes Mal.«

Fassungslos starre ich sie an. Diese Frau hat mich. Die hat alles von mir. Meinen Scheißbody, meine abgefuckte Seele, meinen unbrauchbaren Schädel. Ich würde ihr alles geben, zu jeder Sekunde, in jedem Moment. Ich würde ihr den ganzen Kram in den Arsch schieben, sollte sie darauf bestehen. Aber sie will es nicht.

Sie will es nur ein verficktes, letztes Mal. Sie will mich nicht heiraten.

Mich!

Mich nicht!

»Scheiße Baby.« Mehr bringe ich nicht hervor. Mein Schwanz jault leise und eingezogen in ihrer Fotze. Plötzlich ist da sehr viel mehr als nur der Schmerz von Zurückweisung in meinem Magen. Da ist reine Wut. Ich bin ihr verschissener Spielball. Ich! Wie bin ich zu diesem Punkt gekommen? Wann habe ich Gefühle zugelassen, wann mein egoistisches Badass-Verhalten abgestellt?

Sie will mich nicht?!

Sie bekommt mich nicht!

Ich löse mich von ihr und springe auf. Erschrocken sieht sie mir hinterher. Ihr sinnlicher Körper auf der Decke meines Hotelbettes ist und bleibt ein Bild für die Götter.

Aber mal ehrlich – da draußen laufen hunderte Frauen herum, die das Zeug zur Miss Universe hätten. Wird ja schließlich jedes Jahr eine gekürt. Warum also dieser Stress? Warum dieses Rumgeheule? Nein.

Nein, das hat jetzt ein Ende.

Neben der Badezimmertür auf dem Boden liegt Stellas Verlobungsring. Nackt, wie ich bin, hebe ich ihn auf, laufe zurück zum Bett und lege mich wieder neben sie.

Ihre Augen sind vor Erstaunen geweitet, als ich grob nach ihrer Hand greife und ihn ihr anstecke.

»Das ist es, was du willst?«, frage ich ein letztes Mal, um jeden übrig gebliebenen Zweifel auszuräumen.

Sie erwidert nichts. Weder nickt sie, noch schüttelt sie den Kopf. Sie schweigt und starrt mich an. Auf ihrer Haut entsteht eine leichte Gänsehaut, und für einen kurzen Moment streichle ich über ihren Arm, hoch zu ihrem Nacken, nur mit einem Finger. Ich lege jede Zärtlichkeit in diese Berührung und meine es doch überhaupt nicht so. An ihrem Kinn halte ich inne und ziehe es zu mir heran.

»Also zukünftige Mrs. Brookstone«, sage ich und kann mir ein schäbiges Grinsen nicht verkneifen. Sie zieht scharf die Luft ein, als der Name ihres Verlobten fällt. »Ich werde Sie jetzt ficken.«

Ich packe an ihre Oberschenkel und ziehe sie zu mir herum. Sie ist so schwach. In meinem harten Griff zerfließt sie wie Seide. Ich richte mich wieder auf und stelle mich an die Bettkante. Das Boxspringbett ist hoch genug, sodass ihr Arsch nun auf der Höhe meines Schwanzes liegt.

»Ich werde dich jetzt so ficken, dass du dich dein ganzes Leben lang danach zurücksehnen wirst. Für immer.« *Das verspreche ich dir.*

»Liam, ich meine …«, fängt sie an, doch es ist zu spät.

Ich fasse unter ihren Arsch und schiebe mit der anderen Hand ihre Beine auseinander. Ich könnte sie lecken. Vielleicht würde das die brennende Sehnsucht nach mir für alle Zeit verstärken. Aber ich fürchte, dafür fehlt mir gerade die Geduld. Ich streiche mit einem Daumen über ihren Venushügel und bringe sie zum Wimmern, als ich erst über ihre Perle fahre und dann in sie hineingleite. Zwei meiner Finger suchen nach dem Ort, der dieses unbeschreibliche Gefühl in ihr auslöst. Sie keucht auf und krallt sich mit ihren Händen ins Bettlaken. Ein verdammter Anblick für die Götter, aber egal!

Ich treibe weiter das Spiel meiner Hände in ihr, beuge mich vor, um ihre Titten zu küssen und ihre Nippel zwischen meine Zähne zu nehmen. Ich verdränge den Scheißgedanken an *das letzte Mal.* Auch, wenn es mir schwerfällt. Das hier soll mein Abschiedsgruß werden. Schwanz: ein. Jedes noch so dumme, nervige, unnötige, verschissene Gefühl: aus.

Ich bearbeite sie also auf die Art, wie ich bereits einige Frauen zu ihrem Glück gezwungen habe: Immer mit dem Hintergedanken, dafür etwas zu erhalten. Einen Job, ein Haus, Ruhe, Luxus. Und in diesem Fall: Der alles verzehrende, immerwährende Gedanke in Stellas viel zu hübschem Schädel, ich sei der eigentlich Richtige.

Ich kenne sie. Es ist ein Leichtes für mich, sie mit ein

paar gezielten Berührungen meiner Zunge um ihre heißen, harten Nippel und meinen spielenden Fingern in ihrem Gang zum Orgasmus zu treiben.

»Hör auf!«, kreischt sie, als sie kurz davor ist, viel zu kurz. »Ich will dich in mir spüren!«

Ich muss lächeln. Sie ist zu geil, als dass sie die Kälte in meinem Blick bemerken könnte, die meine Empfindungen kühlt. Ich ziehe mich mit meinem Finger aus ihr zurück, nur um dann fast sofort mit einem kräftigen, tiefen Stoß in sie einzutauchen. Ich nehme sie ein paar Mal von vorne und ihr Körper zuckt, leicht und fügsam wie er ist, hin und her, so sehr genießt sie meinen Schwanz in sich. Als ich mich wieder von ihr löse, schreit sie spitz auf.

»Nicht!«, fleht sie und versucht, mir hinterherzurutschen. Aber ich fasse sie um ihre Hüften und werfe sie kraftvoll herum. Ihre Füße berühren nun den Teppichboden, während ihr Bauch noch immer auf der Bettkante ruht. Ihr Arsch ist der Hammer. Aber letztendlich ist es eben nur ein Arsch.

Ein Arsch, den ich knete und ficke.

Bei jedem Stoß stöhnt Stella süßlich auf und ich spüre, wie sie sich wieder und wieder um meinen Schwanz herum zusammenzieht. Um wieder loszulassen … um wieder anzuspannen … Ewig. Eine ganze Scheißweile tue ich nichts anderes, als mich in sie zu rammen. Immer. Und immer wieder.

Ich weiß, dass ihr genau das besonders gut gefällt. Ich weiß, dass sie jede Sekunde hiervon genießt. Sie genießt jeden Moment mit mir. Sie genießt jeden Moment, in dem mein Schwanz sie ausfüllt. Ja, sie tut das, wie alle anderen Frauen auch. Sie lässt sich von mir ficken, wie alle anderen Frauen vor ihr. Sie ist also eigentlich nichts Besonderes.

Sie ist nur irgendeine.

Mit dieser neuen, schmucklosen Erkenntnis, die sich in meinem Gehirn und den damit verbundenen, gefühlstoten Gliedmaßen ausbreitet, bringe ich Stella erst zum Schreien und dann zum Höhepunkt.

Ein Leichtes.

Weil ich's nun mal kann.

Weil ich Liam Harsen bin.

Ich lasse von ihr ab, bevor der Orgasmus sie ganz verlassen hat, und beuge mich vor an ihr Ohr. »Na, wie war der letzte Fick deines Lebens mit mir, hm?«

Sie keucht auf, ihr Gesicht liegt weiterhin halb auf der Decke und ich hindere sie für einen Moment daran, sich aufzurichten, indem ich meine rechte Hand fest auf ihren Rücken drücke.

»Merk dir gut, wie es war«, raune ich mit tiefer Stimme.

Ihr Körper versteift unter meiner Berührung und ich meine, zu spüren, wie jede ihrer Fasern nach mehr schreit. Nach mehr von mir in ihr, viel länger und häufiger als *ein verficktes letztes Mal.*

»Denn es wird nie wieder passieren.«

Mit diesen Worten richte ich mich auf und lasse sie los. Sie liegt wie erstarrt da.

Den Impuls, sie auf ihren grazilen, wunderschönen Rücken zu küssen und ihre blonden Haare zur Seite zu streichen, verdränge ich schnell und schmerzhaft.

Ich wende mich ab, ziehe mich so schnell es geht an, hole meine Tasche und werfe meine Sachen hinein.

»Was hast du vor?«, fragt Stella schließlich, während sie mir nackt auf dem Bett sitzend zusieht.

Ich werfe ihr kaum einen Blick zu und schnaube nur. Es gibt ein paar wenige dumme Fragen auf der Welt. Das hier ist eine.

»Liam …«, beginnt sie wieder, doch da bin ich bereits fertig und schlüpfe in meine Nikes.

»Schönes Leben, Babe«, sage ich zum Abschied und verlasse das Hotelzimmer, ohne mich noch einmal umzusehen.

44
LIAM

Eine wichtige Sache muss ich noch erledigen, bevor ich dem Hause Green auf ewig den Rücken kehre.

Ich suche Stellas Vater und finde ihn in der Hotel-Bar sitzend. Er unterhält sich mit den MyTec Universe Leuten. Als ich zu ihnen herantrete, sehen sie überrascht zu mir auf.

»Kann ich kurz mit Ihnen sprechen, Sir?«, bitte ich ihn ruhig.

»Aber ja, Junge. Was gibt es?«

»Unter vier Augen.«

»Oh.« Das hätte er nicht erwartet. »Nun gut.« Er dreht sich zu seinen Verhandlungspartnern und nickt ihnen zu. Sie nicken nicht, sondern sehen sich beunruhigt an. Vielleicht erkennen sie mich. Ich erkenne niemanden.

Green folgt mir in den anderen Teil des Raumes an einen leeren Tisch. Die Hotel-Bar ist modern gehalten, die Sitzbänke nicht sonderlich bequem, das Licht dafür angenehm dämmrig, die Bilder an der Wand ausgefallen.

»Wissen Sie, warum wir vor zwei Jahren unser Vermögen verloren haben?«, frage ich geradeheraus. Keine

Zeit, groß um den Brei herumzureden. Mir ist nämlich extrem schlecht.

»Ich bin nicht sicher, ob …«, beginnt Green zögernd. Vielleicht mag ich ihn doch. Er will ja nur das Beste für seine Tochter. Er denkt, Clive sei das Beste. Tja. Kann man nichts machen.

»Mein Bruder stand vor Gericht, weil er eben diese Firma hier, früher hieß sie noch U-Universe, erpresst hat. Es ging dabei … um irgendwelche Kinder in Afrika. Müll, der dorthin verschifft wird, Geld, das hier damit verdient wird, was weiß ich.« Nicht mein Lieblingsthema. »Ihm wurde eine saftige Geldstrafe aufgebrummt. Und zusätzlich Schadensersatzleistungen. Durch seine Erpressung und die anschließende negative Publicity um U-Universe während der Gerichtsverhandlung kam wohl ein ordentlicher Schaden zusammen. Hören Sie, Mr. Green. Das ist absolut nicht meine Welt. Mir sind geschäftliche Dinge wirklich egal. Ich mache mein Zeug an meinem PC und bin damit zufrieden. Ich will Ihnen nur sagen, dass ich eine Sache sicher weiß. Mein Bruder ist ein verdammter Öko. Ein richtiger Spinner. Von ihm habe ich diesen ganzen Gesundheitsscheiß, seinetwegen esse ich fast nur grünes Zeug und mache immer diese Smoothies.«

Green nickt verwundert.

»Egal. Ich weiß eines sicher. Er ist niemand, der ein riesiges Unternehmen erpresst, aus Spaß an der Sache. Es war ihm wichtig, er wollte da vielleicht wirklich irgendwelche Kinder retten, mitbestimmen, wissen Sie?«

Er nickt noch einmal. Seine Stirn kräuselt sich merkwürdig.

»Ich habe keine Ahnung, ob die Beweise nun irgendjemand absichtlich weggeschafft hat oder ob es niemals welche gab. Ich will nur, dass Sie sich MyTec Universe vielleicht noch einmal genauer anschauen, bevor Sie fusionieren oder Sie aufkaufen oder was auch immer Sie vorhaben. Gehen Sie sicher, dass in diesem Laden alles seriös läuft. Das … wollte ich Ihnen nur sagen.«

Seine Augen erinnern mich trotz des Halbdunkels an Stellas. Blau und aufmerksam. »Danke«, sagt er schlicht.

»Gern.« Und dann stehe ich auf. Lasse ihn sitzen. Verlasse die Hotel-Bar. Das Hotel, Stella, die Greens, Seattle.

Irgendwie … würde ich vielleicht Mary am meisten vermissen, sollte ich sie wirklich niemals wiedersehen.

45
LIAM

Am Los Angeles Airport angekommen fehlt mir fürs Taxi die Kohle. Ich checke halbherzig ein paar Weiber ab, die danach aussehen, als ob sie nur darauf warteten, einen Typen wie mich nach Downtown zu fahren, rufe dann aber doch Phil an.

Dreißig Minuten später laufe ich vor zum Kurzzeit-Parkplatz und dort fallen mir die Augen aus dem Kopf.

Jacob wartet am Ausgang von Terminal B an einen Saleen gelehnt.

Und was für einer.

Wenn ich meinen Bruder, sein zerfallenes Gesicht und seine getriebene Haltung nicht auf eine Meile erkennen würde, hätte ich einen großen Bogen um das Gefährt und seinen Besitzer gemacht. Aber nein. Er steht da, die Hände vor der Brust verschränkt, eine riesige Sonnenbrille auf der Nase und ein starrer Blick stur an mir vorbei nach geradeaus.

Ich habe mir noch nie etwas aus Autos gemacht. Keine Ahnung, was man sich davon kaufen soll. Die Schwanzverlängerung brauche ich echt nicht und sonst machen sie halt Lärm und saufen zu viel Öl. Aber trotzdem springt auch in meinem Hirn eine Sicherung heraus, die dafür sorgt, dass ich dieses Teil von einer geballten Ladung Pferdestärke besitzen und zähmen will.

Ich nähere mich dem Wagen und lasse – ohne Scheiß – andächtig meine Hand über das gelbe Metall gleiten. Darunter wartet ein Motor, der es in sich hat, so viel ist klar.

»Nimm deine dreckigen …! Oh, Liam.« Jacob, der mich aufbrausend angesprungen hat, fährt sich schnell entschuldigend mit der Hand über den Mund. »Hab dich gar nicht kommen sehen.«

»Weil du dir in Asien dein Hirn weggeknallt hast und seitdem viel zu häufig in der Gegend rumstierst«, begrüße ich ihn freundlich. »Und wahrscheinlich ist das auch der Grund, weshalb du seit Neuestem Autos klaust, was? Hat Phil dich geschickt? Und wessen Auto ist das?«

Er hebt die Schultern und schweigt. Durch die fette Brille – es ist acht Uhr abends – kann ich nicht genau erkennen, was in seinem Kopf vorgeht. »Also steig ein«, sagt er nur und geht um den Saleen herum zur Fahrerseite.

Noch ein wenig ungläubig öffne ich die Beifahrertür und lasse mich auf den Vordersitz fallen. Alles an diesem Teil ist Luxus. Wo auch immer Jacob diesen Wagen herhat, es ist nicht mit rechten Dingen zugegangen.

Der Gefahr bewusst, dass er mich bei einem falschen Wort meinerseits am High Way absetzen wird, halte ich meine Klappe und lausche seiner Reggae Musik.

Er pfeift mit und tut so, als wäre es völlig harsenlike in so einem verdammten Wagen über den Asphalt zu gleiten.

Ich presse die Luft durch die Zähne. *Soll er doch.*

»Was ist los, kleiner Bruder, schlechte Laune?«, grinst er frech und dreht die Musik etwas leiser.

»Wo fährst du uns eigentlich hin?«

»Nach Hause.«

»Du hättest da eben rausfahren müssen.«

Er zwinkert affig. »Ich fahr uns nicht zu Phil.«

»Hell …«

Er holt sich aus irgendeinem extravaganten Fach neben seinem Sitz eine Schachtel Zigaretten hervor und steckt sich eine Kippe in den Mund. Mit ihr zwischen den Zähnen grinst er noch breiter und wirft mir einen vielsagenden Blick zu, bevor er ein Feuerzeug aufschnappen lässt und für penetranten Gestank sorgt. Ich kurble das Fenster noch tiefer hinunter. LA glitzert ruhig in der Abendsonne neben mir. Ich bin zurück.

Ganz plötzlich durchfährt mich diese Erkenntnis wie ein schmerzhafter Stoß zwischen die Rippen.

Ich bin zurück. LA hat mich wieder. Und das vor allem im übertragenden Sinne.

46

LIAM

Mein Kiefer hängt mir bis zu den Knien, als Jacob uns nach Beverly Hills hochkurvt und in eine Straße einbiegt, deren Details sich für immer in mein Gedächtnis eingebrannt haben. Ich weiß, wie viele Bäume neben den knappen Bürgersteigen stehen, bevor es um die nächste Kurve geht. Ich weiß, dass die Hausnummer 378 einen hässlich-roten Briefkasten besitzt und die daneben einen schniekweißen. Ich weiß, wer seine Blumen von irgendeinem Gärtner machen lässt und wer sich lieber hinter dicken Zierbüschen abschirmt. Ich kann sagen, wie viele Gullideckel die Straße hoch liegen, bevor man das Haus erreicht, neben dem Jacob nun hält.

»Was willst du hier«, frage ich tonlos. Ich liebe diese Villa. Es versetzt mir einen weiteren Scheißstich, sie einfach nur anzusehen. Es – tut weh. Ja, verdammt! Als würde man ein altes Haustier betrachten, das einem von den falschen Leuten weggenommen wurde. Wie so ein kleiner, trauriger Pisser sitze ich hier und könnte anfangen zu heulen, nur weil ich das Haus ansehen muss, in dem ich aufgewachsen bin. Ich schlucke schnell. Nah am Scheißwasser gebaut! *Was ist nur aus mir geworden?*

Das alte Eisentor zu meiner Rechten gleitet wie von

Geisterhand auf. Jacob biegt auf die Einfahrt. Er bremst scharf, steigt aus, wirft seine zweite Kippe irgendwo in die Büsche und macht zielsichere Schritte auf die Haustür zu.

Die Haustür.

Mein Herz jammert. *Meine* Haustür.

Als er einen Schlüssel zieht, will ich meinen Augen noch weniger trauen. Aber *what the fuck* tatsächlich: Er schließt die Villa auf. Er verschwindet in der Tür dahinter. Er tut so, als hätte er gerade 'ne Zeitreise gemacht.

Irgendetwas ist geschehen, das ich nicht begreife und niemals begreifen werde. Außer natürlich, ich zwinge Jacob, es mir zu erklären.

Das Adrenalin durchzuckt meine Adern, noch bevor ich die Tür des Saleens zuknalle. Ich folge Jacob ins Haus, in den Flur – in den Flur, den ich so gut kenne, durch die Haustür hindurch, die ich so gut kenne – und packe ihn hart am Arm.

Überrascht fährt er herum und die ganze Wut, die ganze Enttäuschung, jeder Schmerz übermannt mich. Ich werfe seinen eingefallenen, schwächlichen Körper gegen die Wand, mache einen weiteren kräftigen Schritt auf ihn zu und presse ihn dagegen. Den linken Unterarm auf seiner Brust, die rechte Hand auf seiner Kehle.

»Was soll der Scheiß«, presse ich hervor und suche in seinen verwaschenen, glasigen Augen nach der Antwort. »Wieso hast du einen Schlüssel. *Von wem* ist das Auto. Sag es mir sofort.«

»Beruhig dich«, würgt er, doch mein Griff wird nur fester. »Alter, was hast du vor?«

Der Druck auf seinem Hals sorgt dafür, dass ihm beinahe die Augen herausspringen. Sie sitzen fett in seinem Gesicht, das ansonsten aus kahlen Wangenknochen besteht.

»*Was hast du getan*, Jake.« Neben allem anderen entsteht nun auch panische Angst in mir. Angst davor, dass Jacob sich wieder mit den falschen Leuten eingelassen hat. Angst, weil er mich mit reinzieht in Dinge, von denen ich nichts wissen will. Kurz sehe ich mich zu beiden Seiten um. Von hier aus kann man bis ins Wohnzimmer sehen, alles scheint totenstill und kaum verändert. »Was läuft hier, Jake!?«, brülle ich und es fällt mir schwer, meine Stimme nicht zittern zu lassen.

»Ich … Mann! Ich habe einen Deal gemacht, ja? Lass mich los, verdammt.«

»Einen *Scheißdeal*?« Ich denke gar nicht daran, ihn loszulassen. »Wieso gehst du nicht einfach arbeiten wie jedes andere Arschloch auch, ja? Warum kannst du es nicht lassen, deine Finger in Scheiße zu stecken, die dich nichts angeht, he?«

»Lass mich los und ich erklär's dir«, keucht er.

Sekunden vergehen. Ich war schon einmal kurz davor, Jacob zu Brei zu schlagen, und das war noch, bevor er nach Asien abgehauen ist. Wie gut es tun würde, ihm jetzt zu zeigen, was *er mir* angetan hat. Ja, das klingt vielleicht peinlich, und es bezeugt nur, dass tief in mir drin das Weichei steckt, das Stella hervorlocken konnte, aber es ist riesiger Shit, wenn die Eltern verrecken und dann zusätzlich der letzte enge Verwandte über den Pazifik flüchtet und einen zurücklässt.

Ohne Geld. Ohne Hoffnung. Ohne Ziel.

»Liam, hör zu, es tut mir leid, ja?« Als ob er wissen würde, was in mir vorgeht, versucht er mich zu beruhigen.

Ich lasse von ihm ab. Erleichtert atmet er aus und lächelt wieder. »Geht doch«, sagt er und richtet seinen Kragen.

»Verflucht!« Ich packe ihn genau daran und drücke ihn noch einmal so heftig gegen die Wand, dass sein Kopf aufschlägt und hoffentlich eine tiefe Beule davonträgt. »Hör zu, großer Bruder aka enormer Pisser! Was auch immer du mir zu erzählen hast, merk dir eines: Wenn du dich das nächste Mal ins Exil verscheißt und mich im Stich lässt, folge ich dir und mache dich kalt! Niemand braucht so einen Bruder wie dich! Niemand!«

Befriedigt stelle ich fest, dass mein erneuter Angriff ihn überrascht hat.

Noch bevor irgendwelche gestammelten Worte über seine lügnerischen Lippen kommen, lasse ich ihn los und gehe vor in Richtung Wohnzimmer.

Alles wie früher.

Nichts hat sich verändert. Die Möbel stehen so wie damals. Die extravaganten, überteuerten Bilder hängen an den Wänden, als wäre nie etwas gewesen, als wäre heute ein Tag wie vor zwei Jahren. Eine Gänsehaut stellt sich auf meinem Nacken auf. Nur der Fernseher wurde ausgetauscht und in der Küche steht auf dem Tresen eine riesige Kaffeemaschine – ansonsten: Ist alles gleich.

»Also, erzähl mir mal kleiner Bruder, wie du an diese Carmen gekommen bist.« Jacob taucht hinter mir auf, betätigt die Kaffeemaschine, läuft dann an den bodentiefen Fenstern entlang auf die Sofa-Ecke zu und lässt sich auf eines davon fallen.

»Was hat das alles hier mit Cam zu tun?« Ich versuche, den Strom aus Erinnerungen loszuwerden, der in meinem Kopf entsteht. Ich verdränge die Bilder von den vielen Partys, von den Orgien, von dem Kokain auf dem Wohnzimmertisch. Ich verdränge Mom's Gesicht, die in diesem Raum hier ihre Bilder gemalt hat. Ich verdränge Dad's Gesicht, der danebensaß und seine schlechten Witze über ihre Kunst gemacht hat. Dort. An dem Küchentisch. An dem Küchentisch, auf dem ich Jahre später eine Schlampe nach der nächsten durchgevögelt habe, nur um dieses Bild zu vertreiben. Um den Küchentisch zu entweihen. Um den abgefuckten Schmerz in mir loszuwerden. Nichts davon hat geklappt.

Er ist wieder da.

Er nervt mich.

Mein Leben ist die Hölle.

»Wir hätten viel eher darüber quatschen sollen, Liam«, sagt Jacob fröhlich und lächelt mir auf dem Sofa liegend zu. Wieder steckt er sich eine Kippe zwischen die Zähne, wieder zündet er sie an. Das Feuerzeug klickt in der Stille. »Aber du wolltest ja die letzten Wochen nicht mit mir reden.«

»Aus gutem Grund.«

Er inhaliert den Rauch und betrachtet mich eine Weile nachdenklich. Ich stehe noch immer mitten im Raum. Als wäre ich in einen alten Film zurückgekehrt, den ich niemals wieder anschauen wollte.

»Wie bist du an Carmen Brown gekommen?«, wiederholt er mit ernstem Ton.

»Mein Gott. Die hat sich eben angeboten und eine Villa in Beverly Hills. Und?«

»Du bist bei ihr eingezogen?«

»Nein, ich habe in ihrer Einfahrt geschlafen … Was soll das jetzt, he?« Nicht, dass *er* mir noch erklären will, dass man genau so etwas eigentlich nicht tut. Wegen der Moral und so. Wegen der Gefühle anderer Menschen, auf die er scheißt.

»Sie hat dich einfach so bei sich wohnen lassen? Und was wollte sie dafür?«

»Fuck! Was wohl!«

»Sex?«, fragt er ungläubig und richtet sich leicht auf. Als ob es ihn überraschen würde, dass das ein guter Grund ist, mich bei sich wohnen zu lassen. »Nur Sex?«

»Ich verliere gleich die Geduld«, erkenne ich drohend und mache ein paar Schritte auf ihn zu.

Jacob hebt entschuldigend die Arme. Seine Kippe stinkt. »Sorry. Also ich schätze mal, es war ziemlich einfach, bei ihr einzuziehen, oder? Sie hat dich bereitwillig hereingelassen?«

»Kann schon sein …« Ich zucke mit den Achseln. Sie hat sich ganz offenbar in mich verguckt. Vielleicht hatte sie von Anfang an die Idee …

»Und sie hat dich nie über mich ausgefragt?«

»Wieso denn über *dich*?«

»Sie steckt mit Clive unter einer Decke. Sie hat ihn damals – inoffiziell – aus dem Mist geritten. Die sind miteinander verwandt. Cousins oder so.«

»Hä?«

»Damals, Liam! Clive! Erinnerst du dich an gar nichts mehr?«

»Ich erinnere mich daran, dass mein Bruder das letzte bisschen Cash geklaut hat, um damit nach Asien abzuhauen. Daran erinnere ich mich.«

»Ich wurde damals von Clive verarscht, Liam«, sagt er, ohne auf meinen Vorwurf einzugehen.

»Klar.«

»Ja!«, behauptet er. »Was glaubst du, wo plötzlich die Beweise hin waren, die ich gegen Universe in der Hand hatte?«

»Ich habe keine Ahnung von irgendwelchen Beweisen, Jake! Warum hast du mir damals nichts davon erzählt?«

Sein Gesicht verliert plötzlich alle Farbe. »Ich dachte, ich regle das besser alleine …«

»Toll geregelt!« *Was zur Hölle denkt der sich.*

»Ich hätte nicht abhauen sollen …«

»Erraten.«

»Mit dem Geld.«

»Genau.«

»Ich wollte dich nicht mit reinziehen.«

»Du hast mich so was von mit reingezogen.«

»Ich weiß.«

Wir schweigen. Die Kippe verglüht in seiner Hand. Endlich lässt dieser Gestank nach.

»Clive hat …«, beginnt Jacob langsam. Ich fasse es nicht, dass es um diesen Typen geht. Wieso ausgerechnet Clive? Wieso er? Wieso nicht irgendjemand anderes? »Damals …«

»Schieß los.« Ich gebe ihm seine zehn Minuten Erklär-Bär-Zeit und setze mich auf die Lehne des Sofas. *Mein* Sofa … Mein Zuhause.

»… über den Sender seines Vaters ein Gespräch zwischen den Vorstandsmitgliedern von Universe aufgenommen. Darin ging es vor allem um Müll. Der von hier nach Afrika und Asien verschifft wird, damit die Menschen dort zum Beispiel Platinen auseinanderlöten … Nichts, was die Welt nicht bereits wüsste. Allerdings wurde in dem Gespräch klar, dass gewisse Konflikte nur aus eben diesen Gründen verschärft wurden, um die Bevölkerung … Ach, das geht zu weit, habe ich recht.«

Ich zucke die Schultern. »Vielleicht, ja.«

»Clive hat mich dazu überredet, Universe im großen Stile zu erpressen. Das hätte auch geklappt, ja, ich glaube, wir hätten ein paar Dinge durchsetzen können, die die Mediengewalt niemals hätte durchsetzen können, da die ja auch nur alle gekauft sind … Es hätte klappen können, wenn Clive nicht so ein kleiner, dreckiger Feigling wäre. Es ging ihm nicht um Geld, das glaube ich nicht. Der Typ hat einfach Schiss gekriegt und sich auf das Angebot eingelassen, das von Universe kam. *Vernichte die Beweise vollständig und wir machen Harsen zum Alleinschuldigen vor Gericht. Dann passiert dir nichts weiter, Brookstone.*« Er äfft eine Stimme nach. Sein Blick geht in die Ferne. »Jedenfalls … Bekam ich vor ein paar Wochen einen Anruf. Das warst nicht du, ne?«

»Als ich angerufen habe, war besetzt. Hat mich echt gewundert, weil ich dachte, du seist tot.«

»Wann?«

»Was weiß ich schon!«

»Nur du hast meine Nummer, Liam. Niemand sonst.«

»Und?«

»Ich bin mir sicher, dass Clive angerufen hat …«

»Wart mal …« Ich erinnere mich an den Abend, nachdem Amie zu Besuch war. Auf meinem kaputten Smartphone hat jemand das Telefonbuch geöffnet. Und Carmen war nicht duschen, sie hat mich belauscht. Sie steckt mit Clive unter einer Decke … »Fuck!«

»Fällt's dir ein?«, fragt Jacob geradezu befriedigt und feixt wieder.

»Shit, das gibt's doch nicht!« Scheiße aber auch! Die Frau hat mich also echt betrogen? Sie hat mich ausgenutzt, nur um an Infos über Jacob heranzukommen? Deswegen ist es mir so ausgesprochen leicht gefallen, bei ihr einzuziehen. Aber warum? »Warum zur Hölle wollte sie deine Telefonnummer?«

»Liam«, tadelt Jacob mich und ist wieder ganz der alte. »Clive wollte nicht nur den Green-Universe-Deal über die Bühne bringen, sondern vor allem auch Stella heiraten. Er will die Kleine, seitdem er sie kennt! Und er wollte auf keinen Fall, dass ich plötzlich auftauche und ihm in die Quere komme. Als er angerufen hat, ist … eine Freundin ans Telefon gegangen. Sie spricht kein Englisch und er dachte sicherlich, ich sei weit weg. In Asien. Würde ihm nicht in die Quere kommen. Das hat ihm als Info gereicht.«

»Wieso bist du zurückgekehrt?«, frage ich dumpf.

»Weil es halt Zeit war.«

»Du hast Clive erpresst.«

»Na ja …«

»Ihn gezwungen, dir seinen Wagen zu geben, die Villa zurückzukaufen.«

»Die Villa ist wohl damals schon direkt nach der Pfändung in seinen Besitz gewandert. Deswegen ist hier drinnen kaum etwas verändert –«

»Er hat hier drin gewohnt?«, frage ich bestürzt und springe auf. *Meine Villa? Entweiht?*

»Nur vermietet.«

»Sicher?«

»Selbst wenn …« Jacob runzelt die Stirn. »Ich fahre auch seinen Wagen. Gibt Schlimmeres.«

Ich schlucke. *Mag sein.* »Was hattest du gegen ihn in der Hand? War es nur, weil er Green überreden wollte, mit Universe zu fusionieren?«

»Stella.«

»He?«

»Greens Tochter. Sie war damals bei der kurzen Unterredung dabei. Sie *weiß*, dass Clive mich überredet hat. Sie hat es mitbekommen. Sie war dabei. Stell dir vor, was sie dazu sagen würde, wenn sie erführe, was ihr Verlobter für Spielchen treibt …« Er grinst diabolisch.

»Halt die Klappe!«, fahre ich ihn plötzlich an. Mein Schädel brennt durch. Was zur Hölle? Er will mir allen Ernstes sagen, Stella heiratet zu allem Übel einen Verbrecher? Und sie soll als Einzige die Wahrheit wissen? Aber niemand klärt sie auf?

»Was hast du?«, fragt Jacob verwundert.

Doch ich höre nicht mehr hin und bin schon auf halbem Wege nach draußen.

»Wo willst du denn jetzt hin?«, ruft er mir hinterher.

»Zum Glück geht dich das einen Scheißdreck an«,

murmle ich und verlasse fluchtartig das Haus. Das Grundstück. Die Straße.

Erst nach einer guten halben Stunde komme ich zum Stehen. Der Schweiß rinnt mir von der Stirn.

Ich weiß überhaupt nicht, was ich tun soll. Nicht entfernt. Der Rodeo-Drive liegt ruhig da, nur ein paar Touristen streifen mich, der statuengleich auf dem Gehweg steht.

Es gibt nur einen einzigen, brennenden, alles verzehrenden Wunsch in mir: nach Stellas Nähe.

Und die kann ich mir lange wünschen.

47
LIAM

»Was ist denn los mit dir?«

»Was soll sein«, entgegne ich genervt. Aber es ist natürlich offensichtlich, was los ist.

Oder viel eher:

Was nicht los ist. Ich habe keinen Bock aufs Ficken. Ganz einfach. Ganz schlicht. Fünfundzwanzig Jahre jung, durchtrainiert, Sixpack, Frauen am Hals und keinen Bock aufs Knallen.

Genial.

»Vielleicht bringst du's auch einfach nicht?«, schlage ich halbherzig vor und weiß doch, dass es nicht an der Kleinen liegt. Ich kann ja nicht einmal sagen, ob die nun heiß ist oder nicht. Mit ihren Tattoos. Mit ihren gefärbten Haaren, mit ihrem kurzen Outfit, das einem bereits alles zeigt, was Mann wissen muss. Kann ich nicht. Weil's mich nicht interessiert. Scheiße! So geht das doch nicht! So geht es einfach nicht, Himmel noch mal!

Sie richtet sich auf. Mein Schwanz hängt schlaff in ihrem Griff und dann lässt sie mich auch schon los. »Aha«, sagt sie schnippisch. *Na, dann nicht Junge,* verschweigt sie wohl.

Fuck. This. Shit!

Mein Ruf? Und so? Wie wäre es mal damit, ihn mir zu erhalten? Sollte ich mich jetzt vielleicht rausreden? Nervös fahre ich mir durch die Haare. Sie steht noch immer da und mustert mich ungläubig, wenn nicht gar abfällig. Sorry, bin krank? Hatte drei Wochen 'ne dumme Grippe? Hab zu viel gekokst und kann nun nicht mehr? Ehm … Geldsorgen? Sorgen allgemein? Psychoprobleme? Auch nicht. Ich liebe 'ne bessere Frau. Schön. Das brauch ich *der* nicht auf die Nase binden.

»Vielleicht läuft's einfach nicht bei uns, was«, sage ich betont gelangweilt und schließe meine Levis Jeans wieder. »Aber willst du sonst vielleicht mit auf die Party meines Bruders?« Als Entschädigung sozusagen. Ich stehe am Auto gelehnt. Na na na, ich stehe am Saleen gelehnt, die Bezeichnung ›Auto‹ trifft es wohl nicht. Ich habe das Mädel aufgerissen und nun nicht einmal angebissen, ich bin kein Arsch, nur ein Loser.

»Ist gut«, sagt sie und geht um den Wagen – Saleen – herum zur Beifahrertür. »Ist es denn cool auf der Party deines Bruders?«

»Könnte dir sogar gefallen«, überlege ich matt. Punk. Nackte Haut. Tattoos. Könnte Jacob gefallen. Nur ihr äußerst hübsches, unverbrauchtes Gesicht wird ihn stören – er steht auf diese schäbigen, überschminkten Weiberfressen – ich will nicht wissen, warum.

Ich steige also selbst ein, starte den Motor, drehe die Musik laut auf, um mich von mir und meinem dicken Problem abzulenken, das in meiner Hose sitzt und rummault. Danke! Ich kündige dir hiermit die Freundschaft, Wichser!

Interessiert meinen Schwanz nicht, das mit der Freundschaft. Er mault weiter. Er will nur eine. Eine Einzige. Nur sie. Immer und sofort.

»Also liegt es echt nicht an mir?«, fragt das Punk-Mädel plötzlich. Sie heißt Lil, nur Lil.

An wem sonst, wäre die Harsen-Antwort. Aber der Satz kommt nicht über meine Lippen.

»Bist du krank?«

Am liebsten würde ich die Musik noch lauter drehen.

»Manchmal, wenn man lange eine Grippe hatte …«, philosophiert sie weiter.

»Fuck!« Straße. Gaspedal, Lenkrad. Konzentration.

»Oder zu ausgiebig gefeiert, vielleicht?«, bohrt sie, unfähig, gewisse Signale zu deuten. »Oder hast du andere Sorgen? Willst du darüber sprechen?«

Ich bremse abrupt. Nicht zu fassen, wen ich hier mit mir schleppe. Ich meine, Stella würde vermutlich genau dasselbe fragen. Ja, würde sie. Und ihr würde ich antworten wollen. Warum? Warum, warum, warum nur hat sie mich so krass verändert?

»Hör zu«, sage ich dem Lenkrad. »Ich ficke auch nicht jede. Das ist alles. Du kannst trotzdem mit uns feiern, aber da läuft nichts mehr, kapiert?«

Das Lenkrad nickt. Sehr gut gemacht, Bruder!

Ich muss unwillkürlich über mich selbst schmunzeln und werfe dieser Lil dann doch ein nettes Lächeln zu. »Sorry«, entschuldige ich mich, meine es so und fahre uns zu mir *nach Hause.*

48
LIAM

Dass ich es *Brookstone* zu verdanken habe, nun in diese Einfahrt biegen zu können, ist der Gipfel jeder Ironie, und dass sein Arsch auf dem Stoffsitz dieser Kiste hier saß, auch.

Die Gäste fallen in meine Villa ein wie gefräßige Maden, bringen Alkohol, Drogen und eine gigantische Anlage mit und feiern meinen Bruder. Er hat Geburtstag. Er ist wieder zurück. Er ist wieder stinkreich. Nur haben Jacobs Partys mit meinen kaum etwas gemeinsam: Sie sind stillos, da definitiv die falschen Leute kommen, und sinnlos, da man nach dem Konsum der meisten Substanzen sowieso alles wieder vergisst.

In der Einfahrt hocken sie bereits und sauen alles zu.

»Hey, Liam!«, rufen einige von ihnen. Ich erkenne keinen.

»Hey«, grüße ich knapp zurück, bevor ich Lil die Tür öffne und ihr heraushelfe. »So. Versuch dich zu amüsieren oder lass es bleiben, ja?«

Sie nickt, schaut sich um und ich lasse sie stehen. Keine Ahnung, was genau ich jetzt tun soll. Etwas in mir drängt mich dazu, es noch einmal mit einer anderen auszuprobieren. Einer, die mehr meinem Beuteschema entspricht. Aber das ist gar nicht so leicht, denn ständig erinnert mich alles an *sie!* Blondinen? No-Go. Blaue Augen? Sowieso nicht. Schlank und nicht gerade klein? Auf keinen Fall. Wunderschöne, handfüllende Brüste? Ein perfekter, runder Arsch? Rote, saftige, geile Lippen? Weiche, samtene Haut?

Geht alles nicht. Deswegen ist es Lil geworden, weil sie so gut wie kein Stella-Attribut erfüllt. Armselig!

Egal!

Ich suche Jacob und finde ihn auf dem Sofa sitzend. Die Musik wummert durch den Raum, eine Etage höher, die offen liegt, tanzen sie hinter der Balustrade. Ich setze mich direkt vor ihn, irgendeiner rückt.

»Hi, Jake.«

»Hi, Liam!«, sagt er fröhlich. Er hat zwei Weiber im Arm. Die sind auf sein Geld aus, auf sonst nichts.

»Hast du was hier?«

Er versteht mich sofort, hebt aber trotzdem die Brauen. Ohne ein weiteres Wort schiebt er mir einen Drink zu, der auf dem Tisch steht. Und ohne einen weiteren Gedanken greife ich danach und kippe ihn. Trinkbares Abfuck-Zeug. Mein Bruder ist noch schlimmer drauf als ich.

Ich stelle das leere Glas zurück, stehe wieder auf und sehe mich um. Ich entscheide mich für eine Clique aus drei Frauen, leider blond, leider … unter normalen Umständen betrachtet heiß und vielleicht geeignet.

Als hätten sie nur auf mich gewartet, gehen sie auf meine Anmachen ein und – tadaa! – folgen mir in mein Schlafzimmer. Gut, sie sind bereits übelst dicht. Nur ein paar Minuten verstreichen, da fallen sie übereinander her, küssen und lecken sich, ziehen mich aus, mich, der unbeteiligt wie eine Puppe auf seiner Matratze rumliegt. *Wann wirkt dieses Zeug? Wie lange dauert es noch, bis ich mein Leben vergessen kann?*

Meine Gedanken driften ab …

Es war ein Dienstag Nachmittag, der Tag, bevor ich das erste Mal bei ihr zu Hause gewesen war. Wir trafen uns in der Mall, Shopping. Wie ich darauf abgegangen war, wie ich mich darauf gefreut hatte! Ich brauchte endlich mal ein paar anständige neue Hemden und Stella half mir beim Suchen. Gott! Das war heiß! Als sie in die Umkleide gekommen ist, über meine Haut gestreichelt hat, wie sie mich ansah, wie ich sie zum Lächeln bringen konnte! Ich schmecke ihre Küsse noch jetzt auf meinen Lippen, spüre, wie mein Schwanz sich voller Begierde aufstellt, wünsche mir, ich könnte noch einmal in ihre Shorts fassen, noch einmal ihre Nässe spüren …

Aber der Laden ist erst der Auftakt gewesen – zu viel Betrieb, selbst für mich.

»Weißt du was, Babe«, hatte ich gesagt und sie fest an mich gezogen, die Tüten in meiner freien Hand. »Ich war noch niemals mit einer Frau shoppen«, grinste ich. »Außer mit Amie vielleicht, aber das gilt nicht, okay?«

»Mit Amie?«, fragte sie und hob eine Braue. »Habt ihr auch …«

Shit, ja! Das hatten wir. »Oh, Fuck, Baby …« Mich plagte sofort das schlechte Gewissen. »Das mit mir und Amie ist … 'ne bedeutungslose Freundschaft, hörst du? Sie treibt es mit ganz Kalifornien, das ist also nichts Besonderes … war …«

Sie lachte herzhaft. »Schon gut.«

»Wirklich?« Ich nahm ihren viel zu schönen Kopf zwischen meine Hände und suchte in ihren Augen nach Schmerz. »Ich liebe nur dich und … ich möchte nur mit dir jetzt in ein Dessousgeschäft gehen.« Ich grinste. »*Das* habe ich nämlich tatsächlich noch niemals getan.«

Sie musste schmunzeln, biss sich etwas auf die Lippe und hauchte ein: »Okay.«

»Perfekt.« Ich legte meinen Arm um ihre Taille und führte sie an Starbucks und Lush vorbei zu Victoria's Secret. »Was gefällt dir?«, fragte ich ehrlich interessiert, als ich die Schaufensterpuppen betrachtete.

»Liam!«, lachte sie, zog mich plötzlich an sich und küsste mich. »Ist das nicht egal?«, hauchte sie an meinen Lippen. »Ich ziehe irgendetwas an … und du ziehst es mir ganz schnell wieder aus.«

»Baby, du hast mich einfach!«, staunte ich und folgte ihr in den Laden. *Was* sie sich dann allerdings zum Wiederausziehen aussuchte, war eine Wucht.

Schwarz, düster, verspielt, so wie ich sie gar nicht kenne, stand sie plötzlich vor mir in der engen Kabine und raubte mir für ein paar Sekunden den Atem.

»Fuck«, entfuhr es mir, weil ›Fuck‹ nun mal der einzig richtige Ausdruck in solchen Momenten ist. Langsam begann ich den Spitzenstoff, der ihre Haut so gut umschmeichelte, zu berühren. »Der pure Wahnsinn.«

Während ich auf diesem Hocker saß, zog ich sie an mich und küsste ihren Bauch. Ihre Hüfte, ihre Taille, ihren unteren Rücken. Drehte sie vor mir her, um jede Stelle zu erreichen, genoss ganz die Wärme ihrer Haut unter meinen Lippen … Ich griff, langsam, mit tanzenden Fingern, an den Spitzenbund des schwarzen Slips und zog ihn behutsam hinunter. Darunter trug sie noch ihren eigenen, auch ihn streifte ich immer tiefer, hinab über ihren Po, hinab zu ihren Beinen, bis sie einen Fuß anhob, um sich davon zu befreien. Sie legte ihre schlanken Hände auf meine Schultern und lächelte mich lasziv an, während ich mit einer Hand meinen Gürtel öffnete, dann den Reißverschluss der Jeans. Ich legte meinen Schwanz frei. Während ich ihr ins Gesicht sah, starrte sie auf meine Stange, die ich mit meiner Hand zu ihrer vollen Größe hocharbeitete.

»Darauf stehst du, ne«, raunte ich leise. Uns konnte keiner hören, da die Musik in dem Laden so geeignet laut durch die Umkleide wummerte. Irgendetwas mit viel Bass, perfekt, um die Geräusche zu übertönen, die ich ihr gleich hervorlocken würde. Klar, jeder, der wollte, hätte uns beobachten können, hätte wissen können, was wir trieben. »Wenn ich mich selbst anfasse, was.«

Sie nickte stumm, sah mir weiter dabei zu, wie mein Schwanz in meiner Faust gemächlich wuchs, dann hielt sie es nicht mehr aus. Sie griff selbst danach und ließ sich in die Hocke fallen.

»Oh, Baby …« Ein Traum war das. Ein verfickter Traum. Sie strich andächtig über meinen Schaft und drückte ihn dann in Richtung ihres Mundes. Wie geil! Ihr verruchtes Spitzenoberteil, ihre fantastischen Lippen, die sich um meine Spitze legten und immer heftiger begannen, sie sich hinein und wieder hinauszuschieben. Immer gieriger wurden ihre Bewegungen, immer heftiger das Kreisen ihrer Zunge und mein Blick haftete an ihr, wie gebannt, weil sie so verboten geil aussah, so durchtrieben und verrucht. Ich strich ihr durch die langen, blonden Haare und lenkte ihren Kopf leicht, hinauf, hinunter, immer mehr, schneller, zügiger, bis ich sie plötzlich von mir stieß – nicht unbedingt brachial, aber schon heftig, da ich sonst bereits abgespritzt hätte. Und sorry, so genüsslich, wie es wäre, in ihrem kleinen Mund zu kommen, so dringend wollte ich ihren engen Gang um meinen Schwanz fühlen, so dringend wollte ich sie ausfüllen, sie zum Stöhnen bringen.

»Komm, dreh dich um«, befahl ich leise, umfasste ihre Schultern, zog sie zu mir herauf und drehte sie herum.

Mit einer Hand um ihren Bauch drückte ich sie auf meinen Schoß, die andere Hand führte meinen Schwanz an ihrem Arsch vorbei in ihre feuchte Spalte. »Fuck, Baby …«

Sie keuchte auf, während sie sich auf mich setzte, ich sie immer weiter eroberte. Ich legte meine Lippen auf ihren Rücken und meine Hände auf diesen Spitzen-BH nach vorne, knetete genüsslich ihre saftigen Brüste, während sie mich begann zu ficken.

Irgendwo fand sie Halt, irgendwie schaffte sie es, sich immer wieder aufzurichten, um wieder auf mich hinabzugleiten, und irgendwie schaffte sie es, dabei so leise wie möglich zu sein. Niemand konnte sie hören, aber ich hörte alles. Eine perfekte Weile trieb sie dieses Spiel auf meinem Schwanz, eine perfekte Weile stieß ich immer wieder in sie hinein, glitt heraus, hinein … Bis ich meine Hände zur Unterstützung hinzunahm, ihre Hüften packte und sie dadurch noch heftiger, noch härter hoch und runter schob.

»Baby, wieso fühlt sich das so unfassbar gut an mit dir?«, keuchte ich erstickt. Sie machte mich einfach fertig. Und ich genoss es durch und durch.

»Komm für mich, Stel, los, jetzt, hier«, befahl ich drängend, und als hätte sie darauf gewartet, ließ sie los. Ihre Arschbacken krampften sich auf meinem Schoß zusammen, ihr Gang zuckte um meinen Schwanz herum, quetschte ihn geradezu und ich genoss, ich genoss so sehr, dass ich es war, der ihr diese verfickten Höhepunkte schenkte. Ich. Allein. Nur ich.

Sie schrie nicht, sie kann sich gut beherrschen, ließ den Orgasmus still über sich rollen und kaum war er versiegt, hielt sie plötzlich inne. Sie brauchte die kurze Ruhe nach dem Fick. Sie richtete sich auf, drehte sich herum und setzte sich auf mein rechtes

Bein. Stella lächelte, so, wie sie immer lächelt nach einem Quickie, so ein bisschen strahlender, ein bisschen gewitzter. Da saß sie also, legte ihre Hände wieder an meinen Schwanz und begann ihn zu massieren.

»Es macht mich an, dass du meinetwegen so geil bist«, säuselte sie. Ihre Stimme ganz leise, ihre Lippen dicht an meinem Ohr.

»Nur du«, raunte ich, obwohl ich mich kaum noch konzentrieren konnte. Ihre Hände waren so unglaublich geschickt, sie wusste genau, *wie* sie es machen musste, wusste, *was* ich brauchte. »Ich könnte dich den ganzen Tag ficken. Ein Gedanke an dich im Büro und mein Schwanz wird hart. Immer.«

»Mhhhmmm«, machte sie an meinem Ohr. »Und macht es dich geil, wenn ich dir erzähle, dass ich mich schon so häufig nur deinetwegen befriedigt habe?«

»Ja, Gott, ja …«

»Du warst derjenige, an den ich dachte, als ich es mir das erste Mal gemacht habe …«

»Scheiße.«

»Ich konnte in meinen Gedanken nie genug von dir bekommen …«

»Stel …«

»Ich wollte dich so sehr. Ich wollte so sehr, dass du deinen harten Schwanz in mich steckst.« Ihre Stimme wurde noch leiser, ihre Bewegungen geradeso, dass es mich anheizte, aber auch quälte. »Jedes Mal, wenn ich ahnte, dass du die nächste Cheerleaderin aus deiner Stufe vögelst, habe ich mir gewünscht, dass ich es bin. Ich habe es mir ausgemalt, wie du mich nach dem Sport abfängst, du mich in die nächste Ecke drückst und meinen Slip hinunter ziehst, und wie du mich … *leckst*. Gott, davon habe ich so oft geträumt.«

»Sie waren alle nichts gegen dich …«, brachte ich hervor.

»Und dann habe ich mir ausgemalt, wie du meine Beine spreizt, mich gegen die Wand drückst, und tief, unglaublich tief in mich eindringst, meine süße Perle mit deiner Hand stimulierst, während du es mir gibst … So richtig schnell. So richtig hart …«

»So fucking geil«, beendete ich den Satz.

»Und ich wollte, dass du meinetwegen kommst, dass du meinetwegen abspritzen musst … In meiner Hand oder noch besser in meinem Mund …«

»Fuck!« Mein Sperma entwich endlich meinem Schwanz, spritzte über ihre Hand, eine ganze Fontäne, und ich kam und kam und kam zwischen ihren Fingern. Diesen wunderschönen, perfekten Händen, die zu ihrem perfekten Körper gehören, die zu ihr gehören …

Leider nimmt die Realität um mich herum wieder Gestalt an. Diese drei blonden Chics hocken über mir, küssen meinen Körper, saugen an meinem Schwanz und es widert mich nur noch an!

»Los, verzieht euch!«

Schockiert richten sie sich auf, nicht sicher, ob ich vielleicht dirty talke.

»Raus!«, brülle ich und weise mit meinem rechten Arm deutlich Richtung Zimmertür.

»Was?«

»Wieso denn?«

»Ist alles Okay bei dir, Liam?«

Und das habe ich mein halbes Leben lang gevögelt? Solche dusseligen Hühner?

Ich stehe auf, mit geöffnetem Hemd und geöffneter Hose. Sie checken nicht, dass ich es ernst meine, bis ich sie an den Armen fasse und relativ sanft, dafür, dass sie so unfassbar begriffsstutzig sind, nach draußen führe. Ich knalle die Tür hinter ihren perplexen Gesichtern zu und verriegle sie. Erst danach fällt mir ein, dass die Hälfte ihrer Klamotten auf meinem Schlafzimmerboden herumliegt. Who cares? Die Gäste wird es freuen.

Ich werfe mich zurück aufs Bett. Und versinke wieder in Gedanken.

49
LIAM

»Baby.«

»Wer ist da? Liam?«

»Ja.« Ich atme tief ein. »Ich will dich spüren, Baby. Ich vermisse dich. Das weißt du doch?«

»Ja ...«

»Ich weiß, ich bin ein abscheuliches Nichts gegen einen Typen, der sich 'ne 100.000 Dollar Uhr ums Handgelenk schnallt, aber ich liebe dich. Das meine ich ernst!«

»Ich weiß ...«

»Sag mir, warum ich nicht der Richtige für dich bin! Denn ich will verdammt noch mal nichts anderes sein, hörst du? Hörst du das?! Ich gehe so drauf ab, wenn du einfach nur vor mir stehst und mich anlächelst. Oder wenn du mir beim Joggen von deiner Uni erzählst. Oder wenn wir uns gemeinsam 'ne fucking Sorbet-Eistüte teilen, egal! Alles fühlt sich so richtig an mit dir. Ich weiß ... in unserer Welt ist das nicht so easy mit der Liebe. Jemand hat mal bestimmt, man müsse sich erst zehn Jahre kennen, es zehn Jahre austesten, aber Nein! Babe! Ich will nichts austesten, ich brauche das nicht! Ich bin mir so verdammt sicher ... Ich bin mir so verdammt sicher, dass wir glücklich werden können. Ich will nichts anderes sein.

Nur glücklich mit dir.«

Meine imaginäre Liebeserklärung verhallt in meinem Kopf.

Nicht mit ihr sprechen zu können, treibt mich in den Wahnsinn.

Mein Kopfkino wechselt weiter zu unserem ersten Mal am Strand ... Wie sehr ich sie damals bereits vergöttert habe! Einfach so! Wie noch niemals irgendeine Frau zuvor. Es war die absolute Wucht ... ihr perfekter Körper, der sich halb im Sand, halb auf der Decke geräkelt hat, ihre unfassbare Lust auf mich ... ihr süßes Seufzen, ihre unglaubliche Enge, das wahnsinnige Wissen darüber, dass ich der Erste war ... Der Erste? Fuck!

Hat sie mir etwas vorgemacht? Nein ... nein ... das kann nicht sein! Kann es? Es darf nicht! Meine Bewegungen werden drängender, je gewaltsamer ich versuche, mir einzureden, dass ich mir niemals etwas eingebildet hatte – nur wieso verlobt sie sich? Wieso verlässt sie mich?

Die Bilder in meinem Kopf wechseln zu Stellas wütendem Blick, als sie mir in Seattle sagte, ich sei ein Playboy. Jemand, der andere benutzt und sich niemals ändert ...

Fuck! Irgendetwas läuft da schief und mir fällt nichts Besseres ein, als untätig abwechselnd zu fluchen oder zu heulen und mir dabei einen zu wichsen.

Ich lasse meinen Schwanz in Ruhe. Da passiert eh nichts mehr, solange diese furchtbare Ungewissheit in mir keimt. *Stella Baby ... Wo bist du und warum ist das so weit weg von mir?*

50
LIAM

Mein Schädel explodiert. Jede Grenze wurde ihm genommen, da ist nur Schmerz.

Meilenweit, in alle Richtungen, wie ein Orbit kreist er um meinen Kopf und macht mich blind. Und taub. Und wahnsinnig.

Irgendwann schaffe ich es, die Augen zu öffnen. Sofort fällt gleißendes Licht zwischen meine Lider, alles ist blendendes Weiß, bis ich mich endlich an die Scheißhelligkeit gewöhne.

Ausatmen.

Luft holen.

Hilflos hebe ich meine Arme und versuche zu erfühlen, wo ich mich befinde. Ein Bett. Haut. Nackte Haut, die nicht meine ist, jeweils an meiner rechten und an meiner linken Seite.

Fuck.

Ich lasse mich wieder in die Kissen sinken. Krampfhaft versuche ich mich zu erinnern, doch mein Gedächtnis ist wie ausgelöscht. – *Ich weiß überhaupt nichts mehr.* Mein Mund ist trocken. Alles in mir schreit nach Wasser und doch kann ich mich nicht bewegen. – Ich will es auch gar nicht, denn sonst würde dieser Albtraum, in dem ich gerade aufgewacht bin, wahr werden. Zwei Frauen, vielleicht drei, vielleicht ein ganzer Pulk von ihnen neben mir an einem Morgen sind ein verdammt schlechtes Zeichen.

Eine kleine, weiche Hand streichelt mir plötzlich über die Brust. »Honey …«

Ich reiße die Augen auf. »Amie!«, sage ich glücklich. »Shit!« Amie steht angezogen leider *neben* dem Bett. Na, wenigstens ist sie überhaupt da. »Kannst du mir Wasser bringen?«, flehe ich wie die Memme, die aus mir geworden ist. Meine Mundschleimhäute sind kurzerhand zur Wüste mutiert.

Sie lächelt wissend und hält mir ein Glas Wasser hin. *Amie, du Engel in der Not.*

Ich richte mich auf, greife danach und trinke es mit einem Zug leer. Dann begreife ich die Katastrophe: das neue Bett in meinem ehemaligen Zimmer. Drei Frauen zwischen den Decken, eine nackter und schöner als die andere. Und trotzdem: Es ist und war nie mein Stil, sturzbesoffen mit irgendeiner in die Kiste zu gehen. Auch nicht mit Dreien gleichzeitig.

Mir entweicht ein inbrünstiges Stöhnen, bevor der Kopfschmerz wieder einsetzt. *Du säufst zu viel! Viel zu viel!*

Aber Alkohol ist nun einmal die Antwort auf jedes Problem. Die Weiber um mich herum räkeln sich wie Katzen, als ich mich über sie beuge, um aufzustehen. Ich schwanke. Nein – die Welt schwankt zu meinen Füßen und im Geleitschutz von Amie verlasse ich das Schlafzimmer in der Villa meiner Eltern, die den Harsens überraschenderweise wieder gehört.

Das Haus ist ein Schlachtfeld. Überall pennen Leute, in jeder Ecke liegen Flaschen oder Gläser herum. Es stinkt nach abgestandenem Rauch und Kotze. Mir wird übel.

Ich schnappe mir eine Flasche Champagner, die als

einzige Überlebende in einem Raum voller Leichen auf einem der Couchtische steht, und drehe sie auf. Auf jedem Sofa liegt ein anderes Pärchen. Auch ein – vermeintlich? – schwules ist darunter und eines, das während des Ficks eingeschlafen ist.

»Warum hat die niemand nach Hause geschickt?«, frage ich Amie, die mir dicht gefolgt ist.

»Ich weiß nicht, Schatz, ich bin gerade erst gekommen.«

Ich sehe sie mit hochgezogenen Augenbrauen an und verberge so die Panik, die in mir entsteht. Wenn Amie nicht dabei war, werde ich niemals erfahren, was die letzten zwei Tage geschehen ist.

»Prost«, sage ich überschwänglich und setze das widerliche Gesöff an meine Lippen. Mein Magen reagiert unfreundlich auf das Zeug, das ich ihm zumute, aber es ist die einzige Möglichkeit, den Kater auf die sanfte Tour loszuwerden. Außerdem würde ich so die Wahrheit vertragen, die mich jeden Moment erwarten kann.

Amie sieht mir zweifelnd beim Trinken zu, dann zerrt sie mich plötzlich am Arm nach draußen. »Liam«, flüstert sie drängend, vielleicht aus Rücksicht auf die schlafenden Leute. Das kann sie sich sparen, die weckt nämlich niemand. »Erzähl mir, was passiert ist.«

»Stella will Clive Brookstone heiraten«, platzt es sofort aus mir hervor.

»Stella?«, wiederholt Amie. Vielleicht hofft sie, dass sie sich verhört hat. Hat sie nicht.

»Stella.«

»Wieso?«

Amie bugsiert mich zu zwei Liegen, die direkt neben dem Pool stehen. Schwerfällig lasse ich mich darauf nieder.

»Ich werde niemals verstehen, wieso«, resigniere ich.

»Was?« Sie hockt sich neben mich und sieht mich mit großen, dunkelbraunen Augen an. »Wer ist denn dieser Clive?«

»Du erinnerst dich an den Affen, der damals mit Inès ins Café kam?«

»Gott«, macht sie angewidert. »Der war auf fünf Meter unsympathisch.«

Ich nehme noch einen Schluck Champagner. »Auf ihn.«

»Und du lässt das einfach zu?«, fragt Amie.

Ich bedenke sie mit einem Blick, der alles erklärt, und trinke weiter.

»Du bist so furchtbar süß, Liam«, seufzt sie plötzlich und tätschelt mir das Knie. Fassungslos starre ich auf ihre Hand. »Ach, komm schon …«, kichert sie anzüglich und streichelt für einen Moment in Richtung meines Schwanzes. »Diese Abstinenz von dir tut mir überhaupt nicht gut.« Sie lässt mich grinsend los, bevor ich sie wegstoßen muss. Sie wird wieder ernst. »Du solltest mit ihr darüber reden. Du musst doch wissen, was der Grund ist. Sicherlich gibt es da irgendetwas. Wie ist das bei euch Bonzen? Da darf man doch auch nicht irgendjemanden heiraten?«

»Wenn dieser *irgendjemand* ich bin, dann wohl nicht.«

»Okay, rede mit ihr«, wiederholt Amie und betrachtet mich besorgt. Ich zähle derweil den vielen Abfall, der im Pool herumschwimmt. *Was zur Hölle habe ich die letzten zwei Tage getrieben?* »So bald wie möglich«, drängt sie.

»Klar.«

»Oder …« Sie sieht auf und ihr Blick verändert sich. »Auch jetzt sofort.«

»Was?!« Ich fahre herum.

Augenblicklich gleicht alles in mir einem Vulkanausbruch. Lava gleitet durch meine Gliedmaßen und brennt sich in die Gefäße. Das kann nicht wahr sein. Das darf nicht wahr sein. Das *ist* wahr!

»Hi, Liam«, sagt Stella vorsichtig und steht wie die Göttinnenstatue zwischen all dem Müll. »Können wir reden?«

51
LIAM

Geil. Da sitze ich vor ihr. Besoffen, ungeduscht, nach irgendeiner Nacht, an die ich mich nicht erinnere. Den Job los. Die Ehre los. Überhaupt alles los, bis auf meine Villa, die mir nur deshalb gehört, weil ausgerechnet *ihr* Verlobter ein Arschloch ist.

»Hi Stella!«, trällert Amie, bevor ich etwas sagen kann, und hüpft an meiner Liege vorbei auf sie zu. »Wie geht es dir?«, fragt sie und tut so, als wisse sie von nichts. »Ich gehe mal rein und schau nach Jake, ja?« Sie zwinkert mir zu und entschwebt. Die schwarzhaarige Fee, die in jedem Moment das Richtige zu tun weiß.

Stella beginnt nervös ihre Hände vor dem Bauch zu falten und ich sitze da, als hätte man mir mit einem gewaltigen Hammer den Schädel zertrümmert.

»Ich will nur …«, beginnt sie, stockt dann aber.

»Ja?« Ich stehe nicht auf. Ich würde wahrscheinlich umfallen, so beschissen fühle ich mich. Der Vulkan in mir ist versiegt, geblieben ist tote Asche.

»Mein Vater würde dich gerne zu einem Dinner heute Abend einladen«, sagt sie schnell und leise. Beinahe stolpert sie über die Worte. »Du hast ihm sehr geholfen. Ich glaube, er würde sich sehr freuen … Aber … als du dann einfach abgereist bist. Das fand mein Vater nicht so gut, weißt du –«

»Ich habe nur …!«

»Ich weiß. Und deswegen bin ich hier. Er weiß ja nicht … dass es an mir liegt, dass du gegangen bist. Und ich denke, wenn du ihn noch einmal anrufen würdest, Interesse zeigen würdest … Dann hätte er dich heute Abend sehr gerne dabei.«

»Gott, Fuck!« Jetzt stehe ich doch auf. Die Champagnerflasche umkralle ich wie einen Gehstock, ohne den ich nicht mehr laufen kann. »Du kommst hier jetzt ohne Scheiß her, damit ich heute Abend mit dir und deinem Dad und deinem verschissenen Verlobten am selben Tisch sitzen kann?«

»Ich weiß nicht, ob Clive kommt …«, sagt sie ganz leise.

»Sprich lauter!«, schreie ich und wecke damit ein paar Leute auf, die unweit entfernt auf einer Luftmatratze ratzen.

»Dad ist wegen Seattle total begeistert. Er sagt, du hättest ihm … geholfen? Stimmt das? Aber er glaubt jetzt, du hättest kein Interesse mehr für ihn zu arbeiten. Und ich wollte nur sichergehen, dass dem so ist, weil sonst hätte er sicherlich … eine Beförderung …« Sie wird wieder leiser, schmilzt unter meinem harten Blick. »Für dich«, schließt sie flüsternd.

»Na dann.« An mich ziehen. Fest in meine Arme schließen. Zupacken. Spüren. Ich hätte mich niemals auf diesen Kram einlassen sollen. Mir war von Anfang an klar, dass eine wie Stella mein unwiederbringliches Verderben ist. Ich hätte ihr widerstehen sollen, dann stünde ich jetzt nicht wie ein Scheiterhaufen vor ihr, mit totem Schwanz und verbranntem Herz – Nee. Dann würde ich einfach mein fucking Leben genießen, so, wie sich das gehört.

»Darauf könnte man ja sogar anstoßen, was?«, frage ich locker und überspiele gekonnt alles, was in mir vorgeht. Ich sehe mich nach sauberen Gläsern um, entdecke aber nur Glasscherben, also halte ich ihr spontan die Flasche hin.

Stella betrachtet sie mit einem scheuen Blick. Einem scheuen Blick, der es in sich hat, der jeden Mann fertigmacht. Der dafür sorgt, dass man sie sofort und für immer beschützen will, und auch, wenn es nur eine merkwürdige Flasche Champagner ist, die ihr droht. Oder ein Typ, wie ich halt, der sie einschüchtert. Ich will dich nicht einschüchtern!, möchte ich schreien, möchte ich brüllen, ich will dich fühlen! Überall.

Während ich ganz in meine verlangenden Gedanken versinke, greift sie plötzlich nach der Flasche, darauf bedacht, dass sich unsere Finger nicht berühren, und kippt das restliche Zeug auf Ex. Erstaunt sehe ich ihr dabei zu.

»Ahm.«

Es dauert noch einen Moment, bis sie die Flasche geleert hat, dann setzt sie sie wieder ab und drückt sie mir zurück in die Hand. Sie stößt auf, nicht ohne die Hand vor ihren viel zu hübschen Mund zu halten und lächelt eine Spur entrückt. »Ich hasse Champagner«, seufzt sie und für einen Moment ist ihre Stimme so hell und klar, wie ich sie kenne – und liebe.

Baby, heule ich in Gedanken. »Wie bist du gekommen?«

»Was?« Sie reißt die Augenbrauen hoch.

»Hierher. Wie bist du hierher gekommen? Hat dich Lucas gefahren?«

»Nein.«

»Bist du gelaufen?«

»Nein!« Wütend funkelt sie mich an. »Ich gehe dann jetzt auch –«

Ich umfasse scharf ihr Handgelenk und stoppe sie so in ihrer Bewegung. »Du bist gefahren?«

»Mit meinem SLK, na und?«

»Du hast gerade eine halbe Flasche Champagner gekippt«, erinnere ich sie und lasse nicht los, auch als sie sich – zugegeben halbherzig – von mir befreien will. Nichts an ihrer Körperhaltung ist Abweisung! Nein, ich spüre das, ganz bekloppt bin ich ja doch nicht, sie ist keine, die mir etwas vorspielen kann, sie *will* mich verdammt! »Du wirst nicht mehr fahren«, bestimme ich.

»Ich rufe ein Taxi«, presst sie schnell hervor. Ihr Atem.

Sie will fort, schnell weg und doch kann sie sich nicht losreißen. Himmel! Für einen kurzen Moment erliege ich dieser magnetischen Kraft, für eine Sekunde will ich sie an mich zerren und zwingen, mir zu gehorchen. Aber dann erinnere ich mich daran, *wen* sie *mir* vorzieht, und mir wird wieder übel und ich lasse sie los.

»Tu das«, sage ich kühl und gehe an ihr vorbei nach drinnen. »Aber du fährst nicht mehr!«, rufe ich noch, bevor ich das Haus betrete. Drinnen ist es angenehm kühl und der Ventilator unter der Decke sorgt für einen leichten Windhauch auf der Haut. Ich fixiere den Kühlschrank keine paar Meter entfernt und überlege, was ich darin wohl Essbares vorfinden würde, und ob ein Bringdienst – da krallen sich zwei Hände in meinen Bizeps und zerren mich herum.

Irgendein Chic steht vor mir, das scheinbar nur aus Titten besteht, zieht mich zu sich heran und küsst mich kräftig auf den Mund.

»Liam!«, seufzt sie dann und schmiegt sich an meinen Körper. »Kommst du wieder ins Bett?«

»Bridget?«, frage ich erstaunt, weil ich sie erkenne. »In welches Bett?« *Sie?* Ach herrje. Gleich zwei Regeln gebrochen.

»In dein Bett«, sagt sie kichernd und versucht mich an meinem Unterarm mit sich zu ziehen.

»Sorry, null Interesse.«

»Was? Wieso denn nicht?« Übertrieben bestürzt reißt sie die Augen auf und ich habe allerdings Schwierigkeiten ihr ins Gesicht zu sehen. Ihr Ausschnitt reicht ihr bis zum Bauchnabel. Billiger geht's nicht.

»Weil ich keinen Bock hab.« Irgendwo in meinem Rücken steht Stella. Leider kann ich mir bei vollem Bewusstsein nicht vorstellen, eine andere zu vögeln als sie. Ich drücke Bridget zur Seite und gehe zum Kühlschrank, reiße ihn auf und finde darin die gähnende Leere, die ich erwartet habe. Wundervoll.

»Geht's dir denn nicht gut, Baby?«, säuselt Bridget, während sie mir dabei zusieht.

Ich stöhne genervt auf. Dafür, dass das hier *mein* Haus ist, sind mir definitiv zu viele nervtötende Leute hier. »Nenn mich noch einmal Baby und es knallt.«

Sie zuckt vor meinen Worten zurück. Tut mir ja auch leid, Kleines, aber meine Körpersprache ist eindeutig. Ich werfe einen Blick zu Stella, die mit gedämpfter Stimme am Handy ihr dummes Taxi ruft und nahe der Terrassentür steht. Unsere Augen begegnen sich.

Ach, Scheiß doch auf diese vielen Vorsätze!

Ich schlage die Kühlschranktür zu, fordere Bridget stumm auf, sich endlich zu verpissen und gehe zurück zu Stella. »Du warst also schon mal hier, was?«, frage ich freundlich und echt interessiert.

Wenn sie *ihn* wirklich wollte, wenn sie *sich* wirklich entschieden hätte, dann würde sie *jetzt* nicht erleichtert lächeln, als hätte sie nur darauf *gewartet,* dass ich sie noch einmal anspreche.

»Ja«, sagt sie zaghaft.

»Ja? Nur ja?« Und jetzt platzt mir vielleicht doch der Schädel. »Verschwinde.«

Sie reißt die Augen auf.

»Los!« Ich zeige hinter mich Richtung Haustür. »Ich habe nicht nur keinen Bock auf die Nutten in meinem Bett. Ich will vor allem nicht, dass eine *wie du* glaubt, mich verarschen zu können …«

»Ich wollte doch nur …!« Nun wird auch sie lauter.

Endlich! Ja, lass uns schreien und uns die behindertsten Dinge vorwerfen, auf dass wir endlich einmal sagen, was wirklich Sache ist! »Du wolltest mich nur zu eurer Dinner-Party einladen, schon klar –«

»Es wäre doch die Gelegenheit für dich!« Ihre Augen sprühen Funken.

»Und ich und meine Gelegenheiten sind dir ja so wichtig, was?«

»Ja!«

»Warum? Du verhältst dich wie die letzte Schlampe und willst mir dann einen Job bei deinem Dad andrehen?«

»Es ist doch nur …«

»Ich brauche deine Scheißgelegenheit nicht.« Ich zeige um mich herum. »Du siehst, mir geht es wieder fantastisch und ich habe genug Kohle, um mir was zu fressen zu kaufen. Ich brauche euren Job nicht. Ich brauche deinen Dad nicht. Ich brauche vor allem so eine wie *dich* nicht.«

Sie setzt zum Sprechen an, ihr Mund steht für eine Sekunde halb offen, dann schluckt sie und giftet nur: »Schön!« Damit stürmt sie an mir vorbei und für einen Augenblick meine ich, Tränen in ihren Augen zu sehen.

ICH WERDE DIESEN ABGEFUCKTEN SCHEISS niemals verstehen!

Während ich ihr nachschaue, wird mir allmählich bewusst, dass es mir nun doch gelungen ist, dem Wohnzimmer Leben einzuhauchen. Von überall sehen mich die affigen Gäste groß an, bereit, einen in die Fresse zu bekommen.

»Und ihr folgt ihr besser gleich, ja?«, brülle ich in den Raum, bevor ich mir das nächste Bad suche, meine Shorts vom Leib reiße und ausgiebig dusche.

Ich werde jeden kalt machen, der es wagt, in zwanzig Minuten weiterhin meine Villa zu bevölkern.

Absolut kalt.

52
STELLA

ZWÖLF STUNDEN ZUVOR

»Ich weiß nicht, wie es wird«, gebe ich zu und betrachte mein bleiches Gesicht im Spiegel. »Aber es ist eine Harsen-Party, oder? Es kann nur … berauschend werden.« Den Seufzer unterdrücke ich, so, wie ich alles zu unterdrücken versuche, das eine Gefühlsäußerung darstellen könnte.

»Und wieso willst du dahin?«, fragt Beth mich gelangweilt und schlägt die Beine übereinander. Sie liegt auf dem Bett und hält ihr Smartphone in der Hand. Ihr rechter Schenkel thront wippend auf ihrem Knie. »Die Harsens sollen doch total verarmt sein, sicherlich ist das nur Show …«

»Deswegen sollten wir es uns ja anschauen«, versuche ich noch einmal sie zu überreden. »Vielleicht ist es doch ganz nett?«

»Sag mal, Stel.« Sie stützt sich auf die Ellenbogen ab, legt ihr Handy endlich aus den Händen und mustert mich kritisch. »Lief da eigentlich jemals was zwischen dir und ihm?«

»Ihm?«, wiederhole ich unschuldig. Eine ganze Menge! Und viel zu viel! So viel, dass ich es nie wieder vergessen kann. Nie wieder vergessen werde …

»Na, diesem Liam ... Du warst doch so in den verknallt. Wie lief denn euer Date?«

»Na ja ...« Ich wische mit dem Finger über den Rand meiner Spiegelkommode und tue ganz unbeteiligt. *Verknallt.* Jede Faser meines Körpers sehnt sich nach ihm! »Nein, da lief nichts.«

»Ha!«, macht Beth und ich zucke zusammen, aus Angst, dass etwas an mir mich verraten hat. »Dann ändern wir das heute Abend!«

»Ich bin verlobt!«, erinnere ich sie sofort.

»Ja, Maus, aber du willst doch, dass das so bleibt, oder?« Sie steht plötzlich auf, kommt zu mir und stellt sich neben den Stuhl, auf dem ich sitze. »Schau mal ... Clive ist ein Gentleman durch und durch, aber wenn ihr es das erste Mal tun werdet ... mein Gott und du hattest noch nie ... Das ist für keinen Mann geil, Stella.«

»Und deswegen soll ich mich von Liam entjungfern lassen?«, frage ich ehrlich überrascht.

»Na, dem ist das doch egal«, zwinkert sie. »Musst nur drauf achten, dass du ein Kondom nimmst. Wie ich gehört habe, soll er ziemlich –« Sie stockt und schaut über meinen Kopf hinweg zur offenen Balkontür. Draußen ist es bereits dunkel, aber noch immer lauwarm vom heißen Tag. »Gut sein.«

Mein Gott, hat sie etwa ...? Ihrem verträumten Blick nach zu schließen ...

»Nein!«, verbessert sie mich, als sie meine Gedanken erahnt, und mein Magen entspannt sich. Die Eifersucht nagt an mir. Wenn Beth etwas mit ihm gehabt hätte ... Wer noch alles? Wie vielen Frauen würde ich begegnen, die mir etwas von ihm erzählen könnten? Die ihn anschmachten? Die ihn *kennen?* »Ich bleibe Matt treu, das weißt du.« Sie zwinkert wieder und fummelt dann in meinen Haaren herum. »Vielleicht solltest du sie hochstecken. Damit wirkst du älter.«

»Ich will doch überhaupt nichts von ihm«, lüge ich geistesabwesend und greife nach einer Haarspange. »Es ist nur mein Dad, der ihn wieder einstellen will, und er meint, es würde etwas bringen, wenn er mich vorschickt.«

»Dein Dad ist wirklich komisch!«, sagt Beth und natürlich hätte sie recht, wenn diese Geschichte nicht gelogen wäre.

»Manchmal ja«, seufze ich, stecke mir die Haare hoch und sehe damit noch bleicher aus als zuvor.

»Gut, also ich komme mit. Matt holt mich später ab. Entweder du kommst dann mit uns oder bleibst da, wie du möchtest.«

»Ist gut.« *Wie du möchtest.* Was möchte ich wirklich?

Ich kann mir nicht helfen, aber meine Finger beginnen zu zittern, noch bevor ich meine Hand nach dem Schlüssel auf dem Flurtisch ausstrecke. Ich habe Angst. Warum tue ich das? Warum lasse ich nicht einfach alles, wie es ist? Mir sollte es doch egal sein, was aus Liam wird! Und je weniger er mit meinem Vater und Clive zu tun hat, umso besser! Aber … hier geht es nicht um mich. Es geht um ihn und *seine* Zukunft. Dad ist so begeistert von ihm. Es wäre –

»Wo geeht ihr hin?«

Ich fahre erschrocken zusammen. Ich stehe vollkommen neben mir! Wieso kann ich mich nicht beherrschen?

Noch bevor ich mich wieder fassen kann, antwortet Beth: »Zu einer Party, Mary, wie geht es dir?«

»Guut«, sagt Mary gedehnt und rollt näher. Ich traue

mich nicht, ihr in die Augen zu sehen. Sie weiß, was in mir vorgeht, vor ihr kann ich nichts verbergen. »Steella, geht ihr auf Liiaams Party?«

»Pscht, nicht so laut!«, ermahne ich sie schnell und schaue mich im breiten Flur um. Wo ist Dad? Wo Mom? »Ja, gehen wir«, flüstere ich. »Damit Dad –«

Sie bedenkt mich mit einem Blick, der so viel erwachsener scheint als die fünfzehn Jahre, die sie alt ist. Ist sie der eigentliche Grund, weshalb ich mich verlobt habe? Mache ich das alles ihretwegen? Weil sie Dad und Mom bereits genügend Sorgen bereitet? Wenn es so ist, darf sie es niemals erfahren. Sie würde sich dafür hassen. Bin ich fair?

»Daann viel Spaß.«

»Danke«, sage ich kleinlaut und greife endlich nach dem Autoschlüssel. Ich spüre ihren Blick noch lange in meinem Rücken, auch als wir die Haustür hinter uns schließen und vor zum Cabrio gehen.

»Was hat Mary denn? Woher kennt sie Liam?«

»Er war doch mit auf der Geschäftsreise«, erinnere ich Beth matt, setze mich in den Wagen und starte den Motor. Meine Knie sind weich und ich befürchte kurz, das Gaspedal nicht betätigen zu können.

»Stel?«

»Ja?«

»Du brauchst kein schlechtes Gewissen vor Clive haben, das weißt du, oder? Was du machst, ist total nett von dir, und Clive wird das verstehen.«

»Sicher.« Sicher nicht.

»Komm, dann fahr los! Wir mischen die Party auf!«

»Ja«, sage ich und versuche es fröhlich klingen zu lassen, was mir nicht gelingt. Mir wird ganz übel bei dem Gedanken daran, wobei ich Liam gleich zusehen muss und vor allem, wie er auf mich reagieren wird. Was, wenn er mich vor Beth verrät? Was, wenn ich ihn mit einer anderen Frau ›erwische‹? Dummes, dummes, dummes Mädchen!

Aber eine innere Stimme drängt mich dazu, weiterzufahren. Mitten hinein in mein Verderben.

»Wow.« Das ist Beths erster Kommentar, als wir die Party betreten, die so ganz anders ist, als die eine vor zwei Jahren. Das Haus sieht aus, als liefe die Feier bereits seit gestern Abend. Überall stehen leere Alkoholflaschen herum und die meisten Gäste sind nackt. Um die zehn Frauen laufen unbekleidet herum, bespritzen sich mit Alkohol, kreischen irre und tanzen zu der Bassmusik. Liam erkenne ich sofort und mein Herz seufzt erleichtert auf, weil er sich *nur* unterhält. Mit einem *Mann*. Ohje … ohje, ohje … Ich kann das nicht. Ich kann das einfach nicht, nein!

Ich will umkehren und fasse panisch nach Beths Hand, die bereits vorgelaufen ist, um eine alte Bekannte zu begrüßen und halte sie zurück. »Lass uns doch wann anders wiederkommen«, sage ich leise und furchtbar nervös.

»Was? Wieso denn?« Sie sieht mich groß an. Sie passt auf diese Party hier. Sie wird ihren Spaß haben, während es für mich die reine Folter ist. Ich will ganz schnell zurück. Was habe ich mir gedacht? *Was tue ich hier überhaupt?* »Stel … geh einfach zu ihm hin, rede mit ihm. Er wird dich schon nicht umbringen, vielleicht anpampen, dass du ausgerechnet jetzt mit etwas Geschäftlichem ankommst, aber mein Gott. Mach dir nicht so viele Gedanken, ja? Ich gehe kurz zu Alison ›Hallo‹ sagen. Bin ja froh, dass sie noch etwas anhat.« Sie grinst, macht sich aus meiner Umklammerung los, geht zu einer Gruppe laut schwatzender Leute hinüber und begrüßt sie überschwänglich.

Mist! Meine Knie sind Butter. Nur schwerfällig setze ich einen Fuß vor den anderen und nähere mich Liams Rücken, der an die Wand gelehnt steht und sich mit dem anderen Mann unterhält.

»Das kannst du nicht machen, Liam! Echt nicht. Damit würden wir wieder alles verlieren. Wieso kümmert es dich?«

»Weil es verdammt noch mal nicht in Ordnung ist«, höre ich ihn sagen und seine Stimme lässt meinen Körper zerfließen. Ich *dummes, dummes, völlig irres Mädchen!* »Sie soll wissen, worauf sie sich einlässt!«

»Und das ist dir ein paar Millionen Dollar wert? Du willst unsere Villa gegen ein bisschen Moral eintauschen? Was ist nur aus meinem Bruder geworden …«

»Leck mich, Jake.«

Ich gehe noch näher und weiß doch nicht, wie genau ich es schaffe. Jake ist Liams Bruder … und ich erkenne ihn. Es ist der Typ von der Party damals. Meine Gedanken überschlagen sich und ich höre für einen Moment nicht, was Jacob antwortet. *Und wer lässt sich worauf ein?*

Wie erstarrt stehe ich da, unfähig mich zu bewegen, während Liam sich auf Jacobs Worte hin langsam umdreht –

Der Schock steht in unserer beider Gesichter und das unbändige Verlangen, sofort in seine Arme zu stürzen, erfüllt mich. In diese perfekten, starken, liebevollen Arme, ja in die Arme eines Mannes, der behauptet, mich aufrichtig zu lieben und dessen Liebe ich nicht mehr verdiene.

»Stella«, sagt er tonlos.

»Liam«, wispere ich.

»Ihr … ihr kennt euch?«, fragt Jacob und sieht nicht minder schockiert aus wie Liam oder ich. Zu dritt stehen wir da und starren uns an. Hilfe! Rettet mich! Irgendjemand! »Woher kennt ihr euch?«

»Verzieh dich einfach, Jacob!«, fährt Liam ihn an und in seiner Stimme liegt so viel unverhohlener Abscheu, dass er mich kurz damit erschreckt. Liam *hasst* seinen Bruder, das habe ich bisher mitbekommen, aber *so* sehr? »Hörst du nicht?« Er macht einen festen Schritt auf seinen Bruder zu und droht ihm allein durch seine körperliche Präsenz. »Geh und zieh dir was rein und verpiss dich einfach!«

»Mein Gott, reg dich ab«, sagt Jacob leise, gehorcht aber, nimmt seinen Drink von der Anrichte und verschwindet zwischen den vielen Leuten, die um uns herum lachen, tanzen und kreischen.

Jetzt sind wir allein – und sind es doch nicht.

Ein paar Sekunden vergehen, in denen wir uns weiter ansehen und kein einziges Wort über meine Lippen kommt.

Dann hebt Liam sein Glas an und prostet mir knapp zu. »Mrs. Brookstone beehrt mich«, sagt er kalt. »Hat das einen Grund?«

Bei dem Wort Brookstone stellen sich mir die Nackenhaare auf. Er hebt eine seiner wunderschönen, markanten Brauen und bedenkt mich mit einem leicht abfälligen Blick.

»Ich wollte dir nur …«, flüstere ich so leise, dass selbst ich die Worte nicht verstehe.

»Was? Sprich lauter«, herrscht er mich an.

»Mit dir …« Was tue ich hier? Was soll das bringen? Jederzeit könnte eine andere vorbeikommen, jederzeit könnte ich Zeugin davon werden, dass ich ihn verloren habe. Ich habe ihn verloren. Vielleicht hatte ich ihn nie. Meine Beine sind mittlerweile ganz taub. Sein dunkler Blick nimmt mich gefangen. Ich möchte nicht mehr fort.

Ich möchte für immer hier vor ihm stehen, während er mich ansieht, möchte, dass ich in den Genuss komme, seine Aufmerksamkeit zu erhalten, ich möchte ihn. Und ich darf ihn nicht haben. »Nur über … sprechen …«

Ich sehe noch, wie er die Augen aufreißt, dann knicken meine Beine weg und ich falle.

Tief, hinein, in Schatten, in Schwärze.

Was dann passiert, muss ein Traum sein. Ein Duft, der mir so sehr vertraut ist, nähert sich, starke Arme halten mich, umschließen meine Taille und meinen Rücken fest, bringen mich fort. Verschwommen nehme ich die Lichter wahr, die um uns herum explodieren. *Du darfst nicht. Er hält dich. Aber du darfst nicht …*

Eine Tür wird geöffnet und wieder geschlossen. Ich komme langsam zu mir und hoffe doch, ich könne weiter träumen. Panisch klammere ich mich an Liams Körper, spüre die Hitze seiner Haut unter meinen Fingern und will nur eines … Und will nur ihn.

»Lass los«, sagt er und ich meine zu glauben, seine Stimme sei plötzlich sanft. »Stella, bitte.«

»Ich kann nicht!« Ich wimmere und nehme kaum etwas wahr. Ihn, ihn vor allem ihn, aber auch ein Sofa in meinem Rücken.

»Lass mich dich doch bitte wenigstens ablegen, ja?«

Ich bin mit einem Mal wieder wach und lasse ihn los. Weicher Stoff berührt meine nackte Haut an Beinen und Unterarmen und dann erkenne ich, wo ich mich befinde: ein edles Büro, dämmriges Licht, dunkles Holz, aber kaum Bücher in den Regalen und auch kein Computer auf dem Schreibtisch.

»Weißt du, Baby.« Liam steht gebeugt über mir, die Hände auf der Rücken- und Armlehne des Sofas abgestützt. »Ich interessiere mich tatsächlich brennend für den Grund deines Besuches, und dass dir schwarz vor Augen wird, hat sicherlich etwas damit zu tun. Nur leider bin ich so zugedröhnt wie mein Leben noch nicht und vermute, dass ich morgen früh alles vergessen habe, was du mir heute sagen kannst.«

»Okay«, nicke ich. Er hebt wieder eine Braue. »Ich komme morgen wieder.« Ich richte mich auf, doch er umfasst die Lehne nur fester, um zu zeigen, dass ich ihm noch nicht entkommen kann.

»Nein!«, sagt er ruhig, aber auch bestimmend. »Erzähl es mir trotzdem.«

»Aber …«

Plötzlich nimmt er eine Hand und streckt sie nach meiner Wange aus. Sein Blick wird tief und liebevoll und er streichelt mit einem Daumen zärtlich über meine Haut. Allein diese Berührung ist so wunderschön und schmerzt gleichzeitig unendlich.

»Sag mir, wieso du mich nicht willst.«

»Ich will dich!«, sage ich sofort und unüberlegt. Seine Hand zuckt zurück und er richtet sich auf.

»Dann sag mir, wieso du nicht so tust, als ob du mich willst.«

»Ich kann nicht …« Meine Stimme bricht.

»Was ist an diesem Clive besser? Das Geld? Das Geld, Stel, das wird es doch nicht sein, oder?«

»Nein …« Ich kann ihm kaum in die Augen sehen. Alles was ich will, ist das, was ich nicht bekommen werde.

»Also was dann, he?«, fährt er mich an und ist nun wieder ganz nah. Seine dunklen, schönen Augen funkeln, seine Haltung duldet keine Ausflüchte.

»Er …« Ich atme tief ein. »Er ist besser.«

»Worin«, fragt Liam tonlos.

»In allem!«, keuche ich. »In einfach allem! Er ist die perfekte … Partie!«

Er nimmt Abstand und mustert mich ausdruckslos. »Tut ihr's?«

»Hm?«

»*Fickt* er dich.«

»Wir haben –«

Er weicht noch weiter zurück.

»Nein!«

»Warum nicht?« Seine Miene glättet sich und er lehnt sich an den Schreibtisch. Er verschränkt die Arme vor der Brust, aber seine Haltung ist nicht unbedingt abwehrend, eher interessiert. *Oh Gott ...* »Stella Green ...«, sagt er sanft, beinahe zärtlich. »Werde ich jemals eine Chance haben, dich zu verstehen?«

Ich richte mich noch etwas auf. Zum Glück sitze ich, stehend könnte ich mich vermutlich nicht halten. Ich muss ihm die Wahrheit erzählen! Ich muss es einfach tun ... Zögernd beginne ich: »Mein Vater hat –«

Die Tür kracht auf. »Stel!«, ruft Beth panisch und stürzt an Liam vorbei zu mir an die Couch. Sie geht in die Hocke und fasst mich an den Armen. »Was ist passiert? Alles gut bei dir? Bist du ohnmächtig geworden? Soll ich ein Taxi holen? Oder einen Krankenwagen? Oder soll ich einfach Clive –«

»Nein, schon gut!« Närrin! Als etwas anderes kann man mich nicht mehr bezeichnen! »Mir geht's gut.«

»Du siehst überhaupt nicht so aus ...«, sagt sie besorgt und fährt dann plötzlich in der Hocke zu Liam herum. »Lass deine dreckigen Finger von ihr! Hörst du?«

»Wie bitte?«, fragt er.

»Rühr sie nicht an! Nur weil sie hier wehrlos herumliegt!«

»Was?«, fragt er völlig perplex.

»Na, was man von dir so hört. Lass sie einfach in Ruhe, ja?«

»So? Was hört man denn.« Liam nimmt seine Arme herunter und steckt sie locker in seine Taschen. Ich ziehe scharf die Luft ein. Alles an ihm ist Hitze, jede seiner Bewegungen macht mich heiß, vor allem, wenn er so gnadenlos selbstsicher ist. »Ich habe es nicht nötig, jede zu knallen, die sich mir anbietet. Das solltest du doch wissen, oder?« Er verzieht einen Mundwinkel zu einem leichten, kalten Lächeln und Beth wird augenblicklich puterrot.

»Lass uns fahren, Stel«, sagt sie an mich gewandt und hat offenbar Mühe, sich nichts anmerken zu lassen. »Den wirst du doch niemals überzeugen, wieder zu deinem Vater zu gehen.«

Liam lacht. Dann macht er einen Schritt auf Beth zu, packt sie grob am Arm und bugsiert sie zur Tür. »Ich fürchte, drei Augenpaare sind eins zu viel, was?«

»Wie?«, fragt sie verwirrt und wird von ihm zurück auf den Flur geschoben. Er schließt die Tür hinter ihr und – verriegelt sie. Für eine Weile verharrt sein Blick auf der Klinke, als würde er über etwas nachdenken, dann sieht er auf und in seinem Gesicht äußert sich reiner Schmerz. *Würde er sich wirklich für mich entscheiden? Kann er sich ändern?*

»Dein Vater hat?«, greift er meinen Satz auf, als wäre nichts geschehen und bleibt an der Tür stehen, als benötige er Sicherheitsabstand.

»Einen Gehirntumor.«

»Was?« Seine Augen weiten sich. »Wie jetzt.«

»Er ist krank!«, bricht es aus mir hervor. »Er muss operiert werden, direkt am Gehirn! Und es kann so viel schief gehen und er macht sich so unglaubliche Vorwürfe, dass Mary, obwohl sie schon immer gehandicapt ist, seit dem Unfall vor fünf Jahren auch noch im Rollstuhl sitzt und gelähmt ist! Er glaubt, es sei seine Schuld. Er wirft sich so viel vor und alles, was er für mich will, ist, dass ich glücklich bin, und vor allem möchte er, dass da jemand ist, falls er nicht mehr ... Jemand, der seinen Platz einnehmen kann, jemand, der ... anständig ist.«

Das Wort kommt nur schwer über meine Lippen. Ich könnte niemals sagen, ich sei mit Liam Harsen zusammen! Der bei irgendwelchen Frauen wohnt. Für Geld. Für Luxus. Niemals! Er wird seine Meinung ihm gegenüber nicht ändern.

»Er soll wissen, dass es mir gut geht, er soll mit einem guten Gefühl in diese Operation gehen! Ich kann ihn nicht ... weißt du ...«

Ich kann ihn nicht schockieren. Ich kann ihm nicht offenbaren, für wen mein Herz seit ewig schlägt, für jemanden wie Liam, der in seinen Augen die wahre Ausgeburt des Abschaums ist. Das sind seine Worte, sie hallen in meinem Kopf und ich spüre kaum, wie mir die Tränen über die Wangen rinnen.

Liam ist bleich geworden und steht noch immer an der Tür. »Und deswegen heiratest du einen Bonzenarsch, das soll ihn glücklich machen? Du tust das ... für deinen *Dad*?«

»Ja«, ist die einfache Antwort. *Für ihn.* »Und für Mom. Sie haben ein so schlechtes Gewissen, weil Mary seit jeher die meiste Aufmerksamkeit bekommt. Mich stört es nicht, ich liebe sie doch, aber sie glauben, ich würde ihnen etwas vorwerfen. Ich kann sagen, was ich will, sie halten an diesem Gedanken fest ... Ich will einfach, dass sie sich nicht auch noch um mich sorgen brauchen!«

»Aha.«

»Ich hätte ...« Wieder stocke ich.

»Was.«

»Ich hätte mich nicht so schnell mit Clive verloben sollen. Es war unfair, es dir nicht zu sagen. Ich war eifersüchtig. Ich bin eifersüchtig. Wie viele Frauen werden mir noch begegnen, die … Ich glaube einfach nicht daran, dass es …«

»Funktionieren könnte?«, fragt er ruhig.

Er sieht mich an, so lange, bis ich wegsehen muss. Im Augenwinkel bemerke ich, wie er zum Schreibtisch geht und in den Schubladen wühlt. Fluchend sucht er sich etwas zusammen und ich traue mich nicht zu fragen, was.

Dann findet er einen Stift – und Papier, setzt sich auf den Schreibtischstuhl, zieht ihn an den Tisch und beginnt zu schreiben.

»Was tust du da?«, frage ich zitternd.

»Babe, auf die Gefahr hin, dass du mir das nicht noch einmal erklären wirst, schreibe ich es mir auf. Sieht man mir nicht an, wie abgefuckt ich drauf bin? Ich hab alles genommen, was Jacob besorgen konnte. Ich bin seit gestern Abend wach und die Hälfte der Party *habe* ich bereits vergessen.« Er sieht nicht auf, sondern kritzelt weiter. »Ich muss mir auf jeden Fall merken, dass du ein Problem hast, das ich lösen muss.«

Das er lösen muss? Was hat er vor … Ich beginne noch heftiger zu zittern, doch er schreibt einfach weiter und schweigt.

»Bitte …«, flehe ich. Er soll es nicht noch schlimmer machen!

»Keine Angst.« Er sieht auf, lächelt warm und lässt den Stift sinken. »Ich bin ein Arschloch, nehme einen Haufen Drogen, so ein Wort wie ›Verantwortung‹ ist mir fremd, ich habe bisher auf alles und jeden geschissen und mich durch mein Leben gehurt. Ist ja klar, dass ich mich ändern muss, wenn ich eine Green für mich gewinnen will, ne?« Er grinst. »Babe.«

Mein Magen wird vor Hitze ganz taub. Jedes seiner Worte ist viel zu tief in meine Mitte gedrungen. *Er ist so heiß!*

Liam steht auf, fixiert mich mit seinem tiefen Blick und kommt wieder näher. Er ist ganz verändert, die Ruhe in Person und doch elektrisiert sein reiner Anblick jeden Winkel meines Körpers. »Komm her.«

Erstarrt sitze ich da, weiß nicht, wie und ob ich mich bewegen soll.

»Stella, Baby, vertrau mir.«

Ich kann nicht widerstehen, überhaupt nicht. Ich stehe aufrecht, bevor mein Kopf mich zurückhalten kann. Alles in mir brennt dafür, ihm endlich wieder nahe zu sein. Meine Beine stolpern voreinander und ich falle geradezu in seine Arme. Er fängt mich auf und wirbelt mich herum. Plötzlich spüre ich Holz unter meinem Po, als er mich auf den Schreibtisch hebt und sich eng gegen mich schiebt.

Ich kann nicht glauben, was geschieht und bin ihm völlig ausgeliefert.

Langsam nähert er sein Gesicht meinem Hals und zieht die Luft tief ein. »Fuck, du riechst so gut. So unfassbar gut.«

Er vergräbt seine Nase in meinem Haar und ich kralle mich nur noch fester in seinen Rücken. Halten. Nicht wieder loslassen. Niemals mehr.

»Hör zu, Baby …« Seine Hände legen sich auf meine Wangen und halten meinen Kopf so fest, dass ich gezwungen bin, ihm in die Augen zu sehen. »Ich werde mich ändern. Ich werde alles für dich tun und jeden Scheiß machen, damit dein Vater das in mir sieht, was er sich für seine Tochter wünscht. Ich werde dir beweisen, dass du die Einzige für mich bist. Denn das bist du. Und dann …« Er lächelt breit. »Werde ich ganz klassisch in eure Trauung platzen und Einspruch erheben, denn du gehörst zu mir.« Noch intensiver wird sein Blick. »Nur zu mir.«

»Glaubst du an uns?«, frage ich zitternd.

»Glaubst du an uns?«, fragt er grinsend.

»Vielleicht sagst du das alles nur, weil du … betrunken bist.«

»Ich bin nicht betrunken, Stel.« Er streichelt über meine Wange, hinauf zu meiner Stirn. »Ich bin absolut zugedröhnt. Ich werde den Brief morgen oder übermorgen lesen, und mich an meine Worte erinnern. Es wird alles gut.«

»Du hasst mich nicht?«

»Liebst du mich denn?« Er lächelt. Er kennt die Antwort.

»Ja …«, sage ich leise. »Und wie!«, schließe ich an. »Kannst du mich denn verstehen? Wie es mir dabei geht?«

»Ich wollte es nicht verstehen, aber ich werde es«, raunt er.

»Küss mich, bitte«, flehe ich.

»Du quälst mich, Stel«, sagt er, verzieht das Gesicht und kneift angestrengt die Augen zusammen. »Es wird mir morgen früh vorkommen wie Hangover Fünf und ich werde alles vergessen haben. Jeden Kuss und jede Berührung! Willst du das?«

»Keine Ahnung«, gebe ich zu. Ich kann keine Fragen mehr beantworten!

Er lacht. Dann beugt er sich ganz langsam vor. Und küsst mich.

Wieder seine Lippen zu spüren, macht mich wahnsinnig, wieder seine Zunge zu berühren, nahezu blind. Die Lust auf ihn durchdringt mich, legt sich prickelnd in meinen Bauch. Natürlich will ich das! Nur das!

»Hör auf zu weinen, Baby«, raunt er und küsst meine Tränen weg. »Hör einfach auf. Ich werde für dich da sein. Ich liebe dich.«

Alles in mir spannt sich an. Seine Worte dringen in jede Faser meines Seins, das Gefühl ist kaum zu beschreiben, das mich nun überrollt. Er liebt mich! Er! Wie kann das sein?

Sehnsüchtig, ja gierig, verlange ich nach mehr Küssen, suche seine Zunge und zerfließe in seinem Griff …

Meine Hände finden unter sein Shirt, schieben es leicht an und streicheln wie von Sinnen über seine perfekte Haut. Jeder Muskel schmiegt sich unter meine Finger, jedes Härchen stellt sich unter meinen Berührungen auf, während er meine Shorts öffnet, sie hinunter fallen lässt, mich festhält, damit ich mein Bein heben kann und mich wieder aufs Holz zurück drückt.

»Wir werden es heute Nacht in jedem Winkel dieses Hauses treiben«, verspricht er leise, lässt mich kurz los, um seinen Gürtel zu öffnen. Sein Blick ist wieder ernst, sorgt dafür, dass ich *noch* schneller atme. »Denn du musst eine verdammt lange Zeit ohne mich auskommen. Was wir heute tun, muss für Monate reichen, hörst du das? Ich will, dass wir es das nächste Mal nicht heimlich tun. Ich will, dass jeder davon weiß. Und solange, du das nicht willst, werde ich dich nicht anrühren.«

Nein!, will ich widersprechen, doch er legt mir eine Hand auf meinen Mund. Mit der anderen greift er nach meiner und legt sie auf seinen harten Schwanz in seiner halb geöffneten Jeans. Er schließt brummend die Augen und neigt seinen Kopf leicht zurück. Er führt mich weiter in seine Shorts, drückt den Bund hinunter. Und dann streichle ich endlich über die gesamte Länge seiner Lust.

»Wow …«, summt er zufrieden, noch immer die Augen geschlossen und ich beginne alles zu vergessen, was vorgefallen ist. Nein … da ist nichts mehr in meinen Gedanken. Nur er, seine Nähe, seine unfassbare Begierde nach mir und meine unendliche nach ihm.

»Warte, warte, warte«, ermahnt er mich plötzlich, als ich gerade beginnen will, ihn noch schneller zu massieren.

»Deine Hände sind heiß … und ich laufe Gefahr trotz dem ganzen Scheiß in meinem Blut, viel zu schnell zu kommen.« Er schiebt meine Hände beiseite und meine Beine leicht auseinander. »Halt dich fest«, raunt er leise. »Halt mich fest, Stel …«

In dieser Bitte liegt so viel Sehnsucht, dass sie meinen Atem kurz stocken lassen. *Ich halte dich fest,* denke ich voller Liebe, als er in mich gleitet. Vorsichtig erst, mit kleinen, drängenden Stößen, bis er mich weitet und schließlich komplett ausfüllt.

Ich keuche auf. Kralle mich in seine Schultern, presse mich fest an seine halbnackte Brust und nehme jeden Stoß an, den er mir schenkt.

Seine starken Arme schmiegen sich an meinen Körper und es scheint, als würde er versuchen, noch näher zu kommen, mir noch näher zu sein.

»Es waren nur ein paar Tage …«, stöhnt er abgehackt, während der Tisch unter unserem Gewicht mitschwingt und den Raum mit einem knarrenden Geräusch erfüllt. »Und das war viel zu lange. Du bist die reine Folter für mich.«

»Das will ich nicht sein«, erkenne ich voller Trauer.

Er verharrt und ich genieße dieses unvergessliche Gefühl seiner pochenden Lust in mir. Sein Griff um mich wird fester und ich höre ihn bebend aufatmen.

»Du wirst es immer sein«, flüstert er. »Du bist mein ganzes Verderben. Und mein ganzes Glück.«

Ende Band 1

BAD PRINCE
ÜBERALL IM HANDEL BESTELLBAR!
BAD PRINCE: ROYALES SPIEL 978-3-96111-826-7
BAD PRINCE: ROYALE FLUCHT 978-3-96111-793-2
TAUCHE EIN INS ROYALE ENGLAND VOLLER INTRIGEN UND GEFAHR
SIE
Man hat mir meine Identität gestohlen und mich gezwungen, mich in die Royal Family einzuschleusen.
Ich habe keine andere Wahl, als zu lügen.
Auch nicht, als ich dem arroganten und viel zu attraktiven britischen Prinzen begegne und mein gesamter Körper in seiner Gegenwart entflammt.
Mein Geheimnis muss eines bleiben.
Nur leider ist der Prinz nicht mein einziges Problem.
Jemand ist hinter mir her und er wird nicht ruhen, bis er hat, wonach er sucht, oder sich an mir rächen konnte ...

Reich, privilegiert, gutaussehend und gelangweilt.
Der britische Prinz Chester vertreibt sich seine freie Zeit mit ausschweifenden Partys, illegalen Autorennen und wechselt die berühmten Schönheiten an seiner Seite wie Maßanzüge. Er und Prinzessin Rosaline wissen, wie sie sich abseits der royalen Etikette und der Adleraugen der Queen amüsieren können. Doch dann verändert ein schicksalhaftes Ereignis alles und die Royals sind gezwungen, ihr ruchloses Leben aufzugeben – bis ihre adelige Cousine Violet in ihr Leben platzt und dieses auf den Kopf stellt.

Wer ist sie wirklich?
Sind ihre Geheimnisse gefährlicher, als es den Anschein erweckt?
Oder ist alles nur ein Spiel?

DU BIST ALLEIN. UND WIR SIND...

BASTARDS

Klappenbroschur

ISBN: 978-3-98595-662-3

Der Familienname Carpenter steht in New York für ein reiches, elitäres und verdammt herzloses Elternhaus. Insofern kann ich meiner Mutter keinen Vorwurf machen, dass sie mich nicht wie ihre eigene Tochter behandelt. Und sie kann mir keinen Vorwurf machen, dass ich neben meinem Alibi-Studium an der NYU mit Kokain deale. Das hätte ewig so weiterlaufen können, wäre mir nicht dieser viel zu junge und schrecklich attraktive FBI-Agent Landon Mulvaney vor die Füße gerannt. Er enttarnt mein Geheimnis.
Und dann rettet er mich auch noch vor meinem nicht minder interessanten Entführer.

Ganz ehrlich? Das hat ihn nicht in meiner Gunst aufsteigen lassen. Schließlich muss ich wissen, warum ausgerechnet die Mafia Interesse an mir zeigt.
Ihr wollt spielen?
Dann macht euch aufs
Verlieren gefasst!

MILLIARDÄRE, BAD BOYS, INTRIGEN & GLAMOUR!

heißer Anwalt

Haters to Lovers

Romantik

gerissene Hochstaplerin

Jaden Carter hat der Liebe abgeschworen. Als Scheidungsanwalt hält er weder viel von der Ehe noch von Frauen, die nur an das Geld ihres Gatten gelangen wollen. Als Olivia Bloom vor seiner Kanzlei in seinem Privathaus in Miami Beach auftaucht, weiß er sofort, wer sie ist: eine Heiratsschwindlerin, die sich an seinen Freunden bereichern will.
Mit dem Plan, sie zu überführen, übernimmt er ihr Mandat und muss dabei feststellen, dass die hübsche, gerissene junge Frau ihm selbst gar nicht mal so unähnlich ist. Eine Mission treibt Olivia an, die nichts mit Geld zu tun hat.
Was ist ihr Geheimnis?
Und wieso entwickelt sich aus dem Hass, den Jaden für sie empfindet, Verständnis und schließlich ... Zuneigung? Das kann er definitiv nicht gebrauchen.
Aber Olivia macht es ihm nicht leicht, ihr zu widerstehen. Denn auch sie merkt, dass sie der Liebe nach ihren vielen gescheiterten Ehen wieder eine Chance geben sollte ...

MEHR BÜCHER VON J. S. WONDA:

VERY BAD KINGS
Erstes Semester

- o Wunschliste
- o Schon im Regal

VERY BAD ELITE
Zweites Semester

- o Wunschliste
- o Schon im Regal

VERY BAD LIARS
Spring Break

- o Wunschliste
- o Schon im Regal

VERY BAD CHOICE
Die Entscheidung

- o Wunschliste
- o Schon im Regal

VERY BAD TRUTH
Graduation Gala

- o Wunschliste
- o Schon im Regal

VERY BAD BASTARDS
Drittes Semester

- o Wunschliste
- o Schon im Regal

VERY BAD DEVILS
Der Widerstand

- o Wunschliste
- o Schon im Regal

VERY BAD SINNERS
Winter Break

- o Wunschliste
- o Schon im Regal

VERY BAD REVENGE
Viertes Semester

- o Wunschliste
- o Schon im Regal

CATCHING BEAUTY
du gehörst mir

- o Wunschliste
- o Schon im Regal

CATCHING BEAUTY
du entkommst mir nicht

- o Wunschliste
- o Schon im Regal

CATCHING BEAUTY
du bedeutest meinen Tod

- o Wunschliste
- o Schon im Regal

HUNTING ANGEL
ich werde dich jagen

- o Wunschliste
- o Schon im Regal

HUNTING ANGEL
du wirst mir verfallen

- o Wunschliste
- o Schon im Regal

HUNTING ANGEL
fürchte dich vor mir

- o Wunschliste
- o Schon im Regal

TAKEN PRINCESS
du bist mein

- o Wunschliste
- o Schon im Regal

TAKEN PRINCESS
mein Herz ist dein

- o Wunschliste
- o Schon im Regal

TAKEN PRINCESS
das Ende ist unser

- o Wunschliste
- o Schon im Regal

BASTARDS

- o Wunschliste
- o Schon im Regal

SISTERS
Fortsetzung

- o Wunschliste
- o Schon im Regal

CATCH THE BILLIONS, BABY!

- o Wunschliste
- o Schon im Regal

FALLEN
Band 1

- o Wunschliste
- o Schon im Regal

FALLEN DEEPER
Band 2

- o Wunschliste
- o Schon im Regal

FALLEN HEART
Band 3

- o Wunschliste
- o Schon im Regal

LIAM HARSEN
be my fire

- o Wunschliste
- o Schon im Regal

LIAM HARSEN
feel my love

- o Wunschliste
- o Schon im Regal

LIAM HARSEN
only you

- o Wunschliste
- o Schon im Regal

SMOKE
Du bist sein Besitz

- o Wunschliste
- o Schon im Regal

BLAZE
Er ist dein Feuer

- o Wunschliste
- o Schon im Regal

CINDER
Sie ist dein Tod

- o Wunschliste
- o Schon im Regal

WINTER
Sie bringen dein Ende

- o Wunschliste
- o Schon im Regal

UND TÄGLICH
ohne dich

- o Wunschliste
- o Schon im Regal

UND TÄGLICH
mit dir

- o Wunschliste
- o Schon im Regal

MIT DIR UND
doch ohne dich

- o Wunschliste
- o Schon im Regal

NIEMAL WIEDER
ohne dich

- o Wunschliste
- o Schon im Regal

TIMELESS
Liebe gegen die Zeit

- o Wunschliste
- o Schon im Regal

DARK PRINCE
Gefährliches Spiel

- o Wunschliste
- o Schon im Regal

DARK DESIRE
Vebotenes Verlangen

- o Wunschliste
- o Schon im Regal

DARK ROYALTY
Königliches Begehren

- o Wunschliste
- o Schon im Regal

DARK DUTY
Dunkle Pflicht

- o Wunschliste
- o Schon im Regal

DARK PRINCESS
Dunkles Geheimnis

- o Wunschliste
- o Schon im Regal

DARK KING
Königliche Liebe

- o Wunschliste
- o Schon im Regal

BAD PRINCE
Royales Spiel

- o Wunschliste
- o Schon im Regal

BAD PRINCE
Royale Flucht

- o Wunschliste
- o Schon im Regal